Die Teufelsbraut zu Aachen

Papier aus nachweislich umweltverträglicher Forstwirtschaft.
Garantiert nicht aus abgeholzten Urwäldern!

Bibliografische Information der Deutschen Bibliothek
Die Deutsche Bibliothek verzeichnet diese Publikation in der Deutschen Nationalbibliografie; detaillierte bibliografische Details sind im Internet über <http://dnb.ddb.de> abrufbar.



**Die Teuefelsbraut zu Aachen**



Covergestaltung: Andreas Reuel
Illustration: Matthäus Merian, Topographia Westphaliae, 1647, gemeinfreie Nutzung
Satztypografie: Caslon Pro, Kraskario und Footlight
Satz & Layout: Eva Feldmann und Andreas Reuel
Lektorat: Dr. Irmgard Jaeger
Druck und Bindung: CPI – Clausen & Bosse, Leck
Printed in Germany
ISBN 978-3-89899-910-6
E-Mail: verlag@m-m-sports.com
www.aachen-buecher.de

# Die Teufelsbraut zu Aachen

von Martina Kempff

aus der

edition Sagenhaft

Herausgegeben von
Günter Krieger und Dieter Hermann Schmitz

Meyer & Meyer Verlag

*Für meinen Mann Michael, mit dem ich schon seit Jahren darüber streite, was das Göttliche in der Welt hält, und was es aus ihr verschwinden lässt.*

# Prolog

## Ein Orden, der nicht verliehen wird

Die Tür knallt ins Schloss. Hätte ich meinen rechten Daumen noch, wäre er mir jetzt im Handschuh abgequetscht worden. So aber eile ich heil die Stufen vor dem Eurogress-Portal hinunter und entgehe mit knapper Not meinen zornigen Verfolgern. Menschen, die mir, dem begnadeten Dr. Faunus, eigentlich hatten huldigen wollen – weil ich sie mit Witz, Wissenschaft und Weissagung vor Unheil bewahrt habe. Doch all das ist jetzt vergessen.

Wieder einmal kehrt sich Verehrung mit voller Wucht in ihr Gegenteil um. Da ich sprichwörtlich selbst im Detail stecken soll, weiß niemand besser als ich, wie gerade Kleinigkeiten ein Geschöpf zu Fall bringen können. Nun hat dieses Los mich selbst getroffen: Die Hose, die mir Camena für den feierlichen Anlass geschneidert hat, ist viel zu eng und zu kurz. Als ich die Stufen zur Bühne hinaufschritt, rutschten die Hosenbeine weit nach oben und offenbarten die Natur, die ich mir vor sehr vielen Christenmenschenaltern zu eigen gemacht habe. Diese Natur jagt den Menschen seitdem Angst ein und hält die Kirche im Geschäft. Kurzum, ich bin der Teufel.

Wo soeben noch alle fröhlich zur Blasmusik geschunkelt hatten, herrschte plötzlich Schockstarre. Meine Hörner wären rot geworden, hätte ich sie nicht schon zuvor in dieser Farbe lackiert, um ihre Echtheit nicht allzu deutlich sichtbar werden zu lassen.

Ich nutzte den Moment des Entsetzens, riss die Auszeichnung vom Kissen und stürmte davon. Auf die Urkunde in barbarischem Latein kann ich verzichten; den Orden wider den tierischen Ernst aber habe ich mir redlich verdient. Für den Festakt hatte ich auf Gestaltswandlung verzichtet. Ich wollte mit gebotenem satyrischen Ernst einem Aachener Sprichwort entgegentreten: *De Oecher send der Düvel ze lous.* (Die Aachener sind dem Teufel zu schlau.)

Widmen werde ich den Orden der unwiderstehlich schönen Camena, dem klügsten, geistreichsten, unterhaltsamsten und feinsinnigsten Wesen, das je durch die alte und die neue Welt geschwebt ist. Ihre kristallklaren Augen spiegeln das Element, dem sie entsteigt, um mich zu necken. Wie auch jetzt in dieser Stunde meiner Schmach: Dort drüben tanzt sie im Wasserbecken vor dem Eurogress. Sie lässt sich von einer Fontäne besprühen und winkt mir lachend zu. Ich verabschiede mich von der Idee, aus Wut über meinen misslungenen Auftritt den mächtigen Barbarossaleuchter im Dom zu Boden krachen zu lassen und eile zu ihr hin. Nein, nicht um sie für ihren jüngsten Schlag gegen meine Autorität zu maßregeln. Sondern weil ich dem Liebreiz dieser Wassernymphe seit Jahrtausenden verfallen bin. Schon eine winzige Zuneigungsbekundung würde mich für das soeben Erlebte entschädigen.

Camenas wegen habe ich diese undankbare Stadt immer wieder verschont und den Bau des Aachener Doms nicht nur zugelassen, sondern sogar gefördert. Dass er nach diesem schweren Erdbeben immer noch steht, ist auch mir zu danken.

»Was rennen die Menschen dem Teufel hinterher, mein Faunus?«, lockt sie mich mit der Stimme, für die ich einst den Stahl für die Ringanker der Domkuppel geschmolzen habe, und die jetzt das Geschrei meiner Verfolger übertönt.

»Nicht den Teufel jagen sie, Camena, nur dieses bunte Stück Metall«, keuche ich, hüpfe zu ihr ins Becken und werfe ihr das Band mit der Medaille über. »Ich ernenne dich hiermit zu meiner Teufelsbraut.«

Bevor sie widersprechen kann, verwandele ich mich in einen Wasserfloh. Mit meinem Krallenschwanz setze ich mich auf einem zarten Fuß fest. Solange Camena solche Nähe duldet, ertrage ich mit Freuden die Gestalt einer unscheinbaren niedrigen Kreatur.

Das war allerdings nicht immer so.

# I

## Im Land der germanischen Götter

Lange vor der Zeit, da Kaiser Augustus die Menschen aufrief, sich in ihren Heimatorten zählen zu lassen, bot sich mir erstmals die Gelegenheit, Camena meiner ewigen Liebe zu versichern. Ich nutzte den idealen Augenblick, denn die anbetungswürdige Quellgöttin war allein und unglücklich. Weinend saß sie am ausgetrockneten Becken im Hain ihrer einstigen Kultstätte nahe der Via Appia.

Ich näherte mich ihr mit großer Scheu. Denn anders als die vielen Najaden, die über meine Streiche lachten und sich mit Lust von mir verführen ließen, hatte sie stets meine Gesellschaft gemieden. Nicht ein einziges Mal hat ihre Stimme das Spiel meiner Flöte begleitet. Auch nicht, als ich sie zu Ehren des Bacchus einst höflich darum gebeten hatte.

»Enkel des Saturn«, wies sie mich damals zurecht, »ein Tonwerkzeug, das du aus einer meiner Schwestern gebrochen hast, kann mich nicht zum Singen bringen.«

War es denn meine Schuld, dass sich eine unbedeutende Nymphe in ein Schilfrohr verwandelt hatte, um mir zu entkommen und ihre sinnlose Keuschheit zu bewahren? Darauf konnte ich doch nur pfeifen!

Bei Camena lag die Sache anders. Ich war unfähig, sie zu verzaubern, denn sie war mir damit zuvorgekommen. Wie sie es angestellt hat, in meinen menschlichen Oberkörper ein für sie glühendes Herz einzusetzen, habe ich in all den Jahrtausenden nicht ergründen können. Wohl aber weiß ich inzwischen, warum sie es getan hat und warum sie mich dennoch darben lässt.

»Kann ich das Unglück verschwinden lassen, das dich betroffen hat, liebste Camena?«, fragte ich und ließ mich ihr zu Füßen auf einer bröckligen Steinstufe nieder.

»Nur, wenn du wieder Menschen herbeizuschaffen vermagst, die mich so wie früher mit Wasser- und Milchopfern ehren«, antwortete sie. »Meinen Kult gibt es nicht mehr, Faunus, also gibt es auch mich nicht mehr. Meine Zeit ist vorbei. Ich werde mich auflösen müssen.«

Erschrocken sprang ich auf. Eine Ewigkeit ohne Camena war undenkbar.

»Ich glaube an dich und ich liebe dich, Camena!«

Sie lachte bitter.

»Gottheiten hilft es nichts, wenn nur sie aneinander glauben, mein Lieber. Dafür brauchen wir die Menschen. Denk dir, Faunus, die letzte Vestalin, die sich hier mein heiliges Wasser zur Reinigung des Tempels geholt hat, ist schon seit mehr als hundert Jahren tot!«

Deutlicher hätte sie mir die Grenzen meiner Macht nicht aufzeigen können. Wie gern hätte ich sämtliche Vestalinnen Roms zu Camenas früherem Nympharium beordert, doch leider waren die keuschen Priesterinnen meinem Zugriff gänzlich entzogen. Nicht einmal auf ihre Träume konnte ich Einfluss nehmen.

Wohl aber auf die anderer Menschen. Denn im Gegensatz zu Camena wurde mir damals in Rom immer noch reichlich Verehrung zuteil. An den Lupernalien, meinen Festtagen, opferten mir meine Priester Wölfe und schnitten aus den frischen Häuten Riemen. Mit diesen berührten sie alle Menschen, die ihnen bei ihrem Rundgang um den Palatinhügel entgegenkamen. Das Volk strömte herbei, um sich solchermaßen von Schuld zu reinigen - *februare*, wie das in der Sprache des Landes hieß.

Natürlich interessierten mich vor allem jene Frauen, die an meinen Festtagen zum Palatin eilten, um von mir, dem Gott der Fruchtbarkeit, ein Kind zu erflehen. Mit den Schönsten paarte ich mich des Nachts selbst, zu den weniger Begünstigten sandte ich Dämonen aus oder weckte beim jeweiligen Ehemann im Schlaf Begierde für seine Gemahlin. Ich befand mich in der glücklichen Lage, jedem Träumenden eine zweckdienliche Vorliebe einflüstern zu können.

Auch dem Legionär, der jetzt unter dem Olivenbaum neben uns seinen Mittagsschlaf hielt. Kurz nach Camenas Klage öffnete er seine Augen und rappelte sich schlaftrunken auf. Noch in Trance griff er zu seinem Wasserschlauch.

»Sieh hin, Camena, dieser Mann wird dir gewiss opfern«, sagte ich.

»Ach was, er wird nur seinen Nachdurst stillen wollen. Von mir und meinem Kult hat er nie in seinem Leben jemals etwas gehört.«

Aber sie sah doch hin, denn es war ein auffallend hübscher Legionär.

Noch war er nicht ganz wach, noch besaß ich Macht über ihn. Er fiel vor Camena auf die Knie.

»Quellgöttin, ich bete dich an«, sprach er brav meine Gedanken aus und leerte den Wasserschlauch zu Füßen des Wesens, das er ebenso wenig wie mich sehen konnte. Dann schüttelte er den Kopf. Die Klarheit des Tages hatte ihn wieder und ich somit die Gewalt über seine Gedanken verloren. Ich hielt die Luft an. Was, wenn er jetzt fluchen würde, weil er sein sauberes Trinkwasser verschüttet hatte?

Camena beugte sich vor und strich ihm durch das wirre schwarze Haar.

»Camena?«, wiederholte er rätselnd den Namen, den ich seinem Traum eingehämmert hatte.

In Camenas Augen trat überirdisches Leuchten. »Er nimmt mich wahr, Faunus, er glaubt an mich! Noch ist nicht alles verloren!«

»Sag ich ja.«

»Ein wunderschöner Jüngling opfert mir seine letzten Wassertropfen! Ach, Faunus, für ihn ganz allein könnte ich weiterexistieren. Was für ein edler Mann! Welch wohlgeformter Körper! Hast du je einen solch dichten Wimpernkranz um so ausdrucksvolle Augen gesehen? In ihrer Schwärze könnte selbst ich ertrinken!«

Ich unterdrückte den Impuls, mit dem Bocksfuß aufzustampfen. Warum nur hatte Amor wieder einmal den falschen Pfeil abgeschossen? Behutsam wies ich Camena auf die größte Schwäche des betörenden Legionärs hin: »Er ist sterblich.«

»Nicht, solange ich um ihn bin. Unsere Kinder könnten unsterblich werden.«

Ich bemühte mich um Sachlichkeit.

»Als wen oder was wirst du ihm erscheinen?«

»Als die Frau seiner Träume.«

»Vielleicht bevorzugt er Männer.«

Camena lachte. »Als ob ich mich darauf nicht einstellen könnte! Ich werde ihn und seine Sehnsüchte kennenlernen. Ich werde ihn glücklich machen.«

Da hatte ich uns etwas Schönes eingebrockt. Aber immerhin hatte ich Zeit gewonnen und Camena vor der Selbstauslöschung bewahrt. Sie wich nicht mehr von der Seite ihres hübschen Legionärs. Und ich nicht von ihrer.

Es war eine schöne Epoche. Gemeinsam reizten wir alle denkbaren Erscheinungsformen aus, bis wir mit der sechsten Legion nach Germania inferior aufbrachen. Da wurde es dann erheblich ungemütlicher. Auf der beschwerlichen Reise durch das dicht bewaldete, unwirtliche Land lieferten sich unsere Kohorten immer wieder Schlachten und Metzeleien mit derb gewandeten, grimmigen Ureinwohnern. Auch deren Göttern gebrach es nicht nur an Feinschliff, sondern vor allem an militärischer Raffinesse. Also konnte sich Mars nach erstem Erschrecken über die unkonventionelle Kriegsführung zunächst ganz gut behaupten.

Da die Schlacht im Teutoburger Wald noch in ferner Zukunft lag, ersparte ich den Legionären Traumbilder über deren Ausgang. Doch ich war des Krieges und der Herumzieherei mehr als überdrüssig. Ich sehnte mich nach fruchtbarem Weideland, nach reichen Viehherden, behaglichen Badestellen, mildem Klima und konsequenter Einhaltung der Mittagsruhe. Zu Camenas Entsetzen rief ich den Einzigen der fremden Götter herbei, dessen Vorhandensein ich zumindest dulden konnte.

Loki zeigte sich allerdings nur zu einem Gespräch bereit, wenn ich ihn zuvor bei einem Wettstreit in Gestaltungskunst besiegt haben würde. Darauf ließ ich mich gern ein. Und natürlich gewann ich: Mit meinem Schweif erledigte ich mühelos die Fliege, in die er sich verwandelt hatte. Dem Bakterium, zu dem ich daraufhin wurde, konnte er hingegen nicht beikommen. Für die Germanen mag es bedauerlich sein, dass er zu ungeduldig war, um sich auch nur das Prinzip dieser mikroskopisch kleinen Kreatur erklären zu lassen, mir aber konnte es nur recht sein, schnell zur Sache zu kommen. Rasch zählte ich die Anforderungen an mein gewünschtes Reiseziel auf. Loki nickte.

»Nicht weit von hier gibt es genau den Ort, den du suchst, aber …« Er brach mitten im Satz ab.

»Aber?«, wiederholte ich fragend und deutete auf das, was gemeinhin mein Pferdefuß genannt wird.

»Dort hockt ein griesgrämiger, uralter Gott, dem schon vor einer halben Ewigkeit die Gläubigen abhandengekommen sind. Trotzdem will er sich einfach nicht auslöschen. Jede Gottheit, die sich ihm nähert, vertreibt er mit wüsten Tiraden und stinkenden Dämpfen.«

»Das würde sich Jupiter nicht gefallen lassen.«

»Kein Problem«, meinte Loki, »dies ist ein großes Land. Wir lassen den Alten sinnlos walten. Er bewirkt ja nichts mehr, brüllt nur dauernd seinen Namen in die menschenleere Gegend hinaus. Aber auch dieser Klang wird irgendwann gänzlich verhallen. Dann kommt die Auslöschung ganz von selbst.«

»Wie heißt er denn?«, fragte ich.

»Grannus.« Loki verzog das Gesicht. »Versuche dein Glück, Faunus, mehr als verjagen kann er dich ja nicht.«

Der Floh, als der sich Camena mir ins Ohr gesetzt hatte, raunte: »Grannus ist ein Quellgott, Faunus, der wird uns willkommen heißen!«

Aber leider irrte sie sich da.

## II

### Wie Gott Grannus endet und das Bahkauv entsteht

Der Centurio der Vorhut sandte am nächsten Morgen eine Kundschaftertruppe Richtung Nordwesten aus. Fragen nach dem Grund einer Mission derart abseits der großen römischen Verkehrswege umging er mit der Antwort, die Männer würden dort dringend benötigt. Was durchaus der Wahrheit entsprach. Der Trupp sollte die Kultstätte des Quellgottes Grannus ausfindig machen und dort ein kriegsfernes Erholungslager mit angemessenen Kultstätten für Camena und mich errichten.

Diesen Befehl hatte ich dem Centurio in der Nacht eingetrichtert. Dabei hatte ich allerdings den Namen des ihm fremden Gottes Grannus durch den des Apollo ersetzt, obwohl mich seit dem musikalischen Wettstreit im Hause Midas ein gespaltenes Verhältnis mit diesem Gott des Lichts verbindet. Blond gelockt, purpurgewandet und lorbeerbekränzt, schindet man bei Neureichen mit der antiken Leier eben mehr Eindruck, als wenn man ihnen mit Hörnern, nacktem Oberkörper und Bocksfüßen auf einer Mehrrohrflöte etwas bläst.

Doch da wir uns in einem feindlichen Land befanden und Apollo gegnerischen Truppen auch gern mal die Pest ins Lager schickte, erschien es mir sinnvoll, diesen reiselustigen Gott in unser Projekt mit einzubeziehen. Ich freute mich, dass der Centurio seinen Traumauftrag augenblicklich in die Tat umsetzte.

Weniger beglückt war ich, als unterwegs ein unanständig liebreizendes Hirtenmädchen am Wegesrand über einen verknacksten Knöchel wehklagte. Der schöne Legionär Fabius beugte sich vom Ross und versprach, das unglückliche Geschöpf heimzubringen.

»Aber es ist doch noch so schrecklich weit«, säuselte Camena, und dem dummen Legionär fiel nicht einmal auf, dass sich das vermeintliche Kind des Barbarenlandes seiner eigenen Sprache bediente.

»Alles eine Frage der Perspektive«, antwortete der Legionär und starrte auf den halb entblößten Busen vor sich. Dann hob er Camena hinter sich auf seinen Hengst. Ich wandte mich angewidert ab, als sie sich entzückt an den breiten Rücken des Sterblichen schmiegte. Wie peinlich die Vernarrtheit der Geliebten doch sein kann, wenn sie einem nicht selbst gilt!

Camena würde diese lächerliche Erscheinungsform wohl erst aufgeben, wenn mehr als nur ein einziger, leicht beeinflussbarer Legionär ihren Kult wieder aufleben ließe.

So dachte ich damals. Ich hatte ja keine Ahnung, dass sie sich später aus lauter Liebe sogar soweit herablassen würde, neben dem dummen Legionär scheinbar zu altern. Denn leider kann ich nur für andere die Zukunft vorhersagen. Alle Angelegenheiten, die mich selbst betreffen, und dazu gehört eben auch Camena, sind für mich, einen Gott der Weissagung, in undurchschaubare Nebel gehüllt. Während die Göttin meiner Sehnsucht mit dem Legionär ihrer Sehnsucht Süßholz raspelte, gaukelte ich ein drohendes Unwetter vor. Ich trieb ein paar Auerochsen vor uns her und so zu unbehaglicher Eile an. Es wurde Zeit, dem vernachlässigten alten Quellgott unsere Aufwartung zu machen.

Ich hörte ihn schon lange, bevor ich ihn roch:

»Grannus! Grannus! Grannus!«

Die Stimme klang laut, aber so zittrig, wie die eines jeden Greises, den Angst vor herannahender Nichtexistenz befällt.

Die Pferde scheuten, die Legionäre hielten sich die Nasen zu.

»Welch infernalischer Gestank!«, rief Fabius, wandte sich um und zog Camena fürsorglich das karierte Bauerntuch übers Gesicht.

Ich holte tief Luft. Ach, welch ein köstliches Aroma! Nichts ist bekömmlicher als Sulfur. Schwefel verhütet Krankheiten, trocknet Pusteln aus, veredelt Wein, bleicht Stoffe und ist obendrein auch noch als Brandbeschleuniger nützlich. Nie habe ich verstanden, weshalb die Menschen diesem Element eine solche Abneigung entgegenbringen. Ich versinke am liebsten darin.

»Grannus! Grannus! Grannus!«

»Wir kommen ja schon!«, rief ich und flog rasch voraus. Hah, damit hatte ich es Camena gezeigt! Wie sollte sie sich jetzt vom Rücken des dummen Legionärs lösen?

Doch als ich in die immer dichter werdende Schwefelwolke eintauchte, spürte ich eine weitere göttliche Präsenz. Ich verlangsamte meinen Flug.

»Camena?«, fragte ich unsicher.

»Natürlich«, antwortete sie. »Ich lasse dich das doch nicht allein machen! Schließlich geht es um mein Dasein.«

»Und … Fabius?«, fragte ich, mir den dummen Legionär mühsam verkneifend.

»Den hält meine Zwillingsschwester jetzt fest.«

Ich stürzte ab.

»Hoppla«, sagte Camena und zog mich aus dem Sumpf. »Die Kunst des Fliegens hast du auch schon mal besser beherrscht, mein lieber Faunus. Muss ich mir um dich etwa Sorgen machen?«

»Deine Zwillingsschwester?«, brachte ich atemlos hervor.

»Natürlich. Du hast doch nicht angenommen, dass ich ohne sie auf Reisen ginge?«

»Aber sie ist doch nur …«

»… ein Schatten meiner selbst, gewiss. Aber dennoch sehr nützlich, wie du siehst.«

»Aber sie ist stumm. Wie soll sich dein Legionär erklären, dass du plötzlich aufhörst, lauter dummes Zeug daherzuplappern?«

»Dummes Zeug in der Tat. Nachdem ich ihm von den wundersamen Klängen vorgeschwärmt habe, die der Gott Faunus zu Ehren Apollos an den Schilfufern meiner germanischen Heimat hervorbringt, muss mich die Eintönigkeit dieser Vorstellung in den Schlaf gewiegt haben.«

»Grannus! Grannus! Grannus!«

»Es reicht!«, brüllte ich. »Zeig dich uns, Grannus!«

»Ausländische Götzen!«, krächzte es. »Verlasst mein Reich! Raus! Sonst lasse ich eure Flügel flattern!«

Die Ladung heißen Dampfes, die der greise Gott zur Bekräftigung hinterhersandte, atmete ich begierig ein. Camena aber liebt frischere Dünste. Sie schüttelte sich und sandte einen besonders schön geformten Tautropfen aus. Wie ein riesiger Diamant schnitt er durch die wabernden gelben Schwaden und kam zu einem funkelnden Halt vor den kaum erkennbaren Umrissen eines krötenähnlichen Wesens in Hinkelsteingröße.

»Ich opfere dir, verehrter Grannus«, zirpte sie. »Ich, die Quellgöttin Camena.«

»Wasserschlange!« Der schlecht gelaunte Gott schleuderte den Tautropfen zurück. »Nicht mir, sondern mich willst du opfern! Um meinen Platz einzunehmen! Verschwinde! Ich bin hier der Gott, ich, Grannus, Grannus, Grannus.«

»Schweig!«, donnerte ich in den Nachhall hinein. »Kein Mensch glaubt mehr an dich. Dein Name ist nur noch Schall und Dampf! Du bist ein Niemand! Lös dich auf! Oder soll ich dich in den Orkus stürzen?«

Um meiner Drohung Nachdruck zu verleihen, verwandelte ich mich in ein schreckliches Ungetüm. Ich hätte nichts, was dem Innersten der Erde entkommt, grauenerregender aussehen lassen können. Klotzige Augen ließ ich wie Feuerkugeln leuchten. Scharfnägelige, lange Klauen drohten, den Schemen des gastfeindlichen Gottes zu zerfetzen. Ich ließ meinen schuppenbesetzten Schweif auf die Erde schlagen und eiserne Ketten an Hals und Beinen gewaltig rasseln.

»Ich werde mich über dich herwerfen, Grannus! Deine müden Knochen werden mich nicht abschütteln können! Je lauter du fluchst, desto fester werde ich dich halten! Bis du endlich im Abgrund erstickt und aufgelöst bist!« Ich öffnete das Maul mit den riesigen Fängen und schleuderte dem Schatten des Quellgottes einen Feuerstrahl entgegen. Er schaffte es zwar, ihn verzischen zu lassen, aber die Anstrengung kostete ihn Kontur.

»Hebe dich hinweg!«, nuschelte er.

Zum ersten Mal hörte ich jene drei Wörter, die meine spätere moderne Erscheinungsform über Jahrtausende zwar bannen sollte, doch mit dem Namenszusatz Satan meine Existenz immer wieder aufs Neue konsolidierte.

»Gib nicht so an, Faunus«, wies mich Camena zurecht und flatterte an mir vorüber. Sie ließ vor den immer schwächer werdenden Umrissen der Kröte eine frische Fontäne emporsprudeln. Auf deren Spitze führte sie einen so betörenden Tanz auf, dass mir zu schwindlig wurde, um einzugreifen.

»Hast du Kinder, Quellgott Grannus?«, flötete sie.

»Waren mir nicht vergönnt«, knurrte der Krötenschatten.

»Ach, und ich bin elternlos der Quelle entsprungen.«

»Und dazu noch im Ausland!«, antwortete Grannus. Seine Stimme klang schon erheblich weniger barsch.

»Elternlos und fern der Heimat«, schluchzte Camena. »Willst du nicht mein Vater sein?«

»Dich adoptieren? Was hätte ich davon? Ich, Grannus, Grannus, Grannus!«

Das musste man dem Alten lassen: Mitten in der Auflösung konnte er mit seinem Namen immer noch ein ganz schönes Unwetter entfachen. Die Kundschafterabteilung hinter uns geriet auf der Suche nach Schutz in ein heilloses Durcheinander.

»Du könntest deine Stimme schonen«, antwortete Camena dem Alten.

»Was bleibt mir sonst?«

Die Silhouette der Kröte war kaum noch sichtbar.

»Aquae Granni«, flüsterte Camena. »Die Wasser des Grannus. So soll die Kultstätte heißen, die dich dem Vergessen der Menschen entreißen wird. Das verspreche ich dir, bei allem, was mir heilig ist. Apollo sei mein Zeuge.«

Sie deutete nach oben. Die Schwefelwolke teilte sich und zeigte für einen Augenblick das Bild des blond gelockten, purpurgewandeten und lorbeerbekränzten Leiergottes.

»Das bin ja ich!«, jauchzte die schon nicht mehr sichtbare Kröte. Der wohlgefällige Blick, mit dem Apollo Camena eine Botschaft zu übermitteln schien, gefiel mir überhaupt nicht. Der blasierte Gott ignorierte mich gänzlich und trollte sich. Vermutlich Richtung England, wo er sich in zahlreichen etablierten Kultstätten feiern lassen konnte.

»Apollo Grannus«, bestätigte Camena. »Der Name steht. Du darfst dich also zur Ruhe setzen, mein Vater. Ich führe deine Arbeit weiter. Dein Haus ist gut bestellt.«

Angesichts der kümmerlichen Kultstätte fand ich diese Bemerkung übertrieben, aber Schmeichelei funktioniert offenbar immer. Grannus entließ noch einen letzten köstlichen Sulfurseufzer und löste sich dann tatsächlich in der Tiefe seines Quells auf.

Anmutig hüpfte Camena von der versiegenden Fontäne und wandte sich mir zu.

»Verhandlung und Tanz«, sagte sie, »sind brachialer Gewalt doch allemal vorzuziehen. Und machen zudem mehr Spaß. Sag, Faunus, was sollte dein Auftritt soeben, wen oder was wolltest du damit überhaupt darstellen?«

Die Schwefelschwaden waren inzwischen verzogen. Neu geordnet, rückten die Legionäre näher. Den Abgang des grantigen Gottes hatten sie nur als Wetterkapriole wahrgenommen.

»Nun, Faunus«, drängte Camena, »wie wirst du diese zerzauste Gestalt denn nennen?«

»Bah«, äußerte sich Fabius, dem der Sulfurduft noch in der Nase steckte. Er legte seine Arme um Camenas durchnässte stumme Zwillingsschwester und bezupfte den zerschlissenen Stoff unterhalb des Busens. »Dieser Gestank durchdringt alles. Bah, kaufe ich dir doch ein neues Kleid, meine Schöne!«

»Bahkauv«, stotterte ich, »das unversöhnliche Bahkauv aus dem Ort der Verdammnis. Es wird die künftigen Bewohner von Aquae Granni in Furcht versetzen, wenn sie uns nicht die gefällige Verehrung schenken.«

Camena lachte. »So ein niedliches Tierchen. Sah aus wie ein unrasiertes Bachkalb, fand ich.«

Ich fand, dass sie selbst nie schöner ausgesehen hatte und trieb den Bau der Kultstätte voran. Dem feurigen Bahkauv aber blieb ich zugeneigt. Sehr viele Menschenalter später gab ich seiner Gestalt eine Heimat im Kolbert, dem großen Abflusskanal der heißen Quellen, wo sich Büchel und Holzgraben begegnen. Gelegentlich stieg ich dort aus der Tiefe, um Spitzbuben und betrunkenen Männern der Stadt Aachen einen Schreck einzujagen. Bis Camena mir auch diesen harmlosen Spaß vermasselte. Aber ich greife zu weit vor. Aachen konnte schließlich nur zu Aachen werden, weil wir zuvor Aquae Granni als Kurort erschlossen hatten.

Ach, was war das für eine prächtige Anlage! Klein, aber fein. Befestigte, saubere Straßen in einem ordentlichen Planquadrat. Sie waren gesäumt von wohnlichen Holz- und Ziegelhäusern mit reich verzierten Kalksteinfassaden, verglasten Fenstern und leicht geneigten Dächern aus Schiefer oder Ziegel. Innen edel ausgestaltet mit Wandmalereien, Mosaiken, Parkett, edlem Mobiliar und feiner Keramik in den Sanitärbereichen.

Oberste Priorität aber schenkten wir dem Ausbau der Thermen, die zu unseren Kultstätten werden sollten. Camena wollte sämtliche Quellen, die sie aufgespürt hatte, freilegen und fröhlich sprudeln lassen. Ich aber hielt drei ergiebige Quellen für mehr als ausreichend.

»Wir dürfen uns nicht verzetteln«, warnte ich sie, ließ allerdings die meisten Brunnen mit Ton, Steinen und Zement erst zu einem Zeitpunkt verpfropfen, als Camena anderweitig beschäftigt war. Ihre schwächste Stunde hatte geschlagen: Sie trauerte um den dummen Fabius, den Altersschwäche dahingerafft hatte, und zürnte den Göttern, dass diese weder ihm noch ihren Kindern Unsterblichkeit geschenkt hatten. Ich konnte ihr nur einen kleinen Trost spenden: Eines ihrer Kindeskinder würde dereinst der Unsterblichkeit so nahe kommen, wie es einem Menschen nur möglich war. Dieser Nachfahr, versicherte ich, sollte als römischer Feldherr gen England ziehen und dank seines göttlichen Erbes dort ein bedeutender König werden. »Seinen Namen wird die Menschheit niemals vergessen«, versprach ich.

»Und wie lautet der?«, fragte sie unter Tränen.

»Artus«, antwortete ich. »König Artus.«

»Klingt musisch und kraftvoll«, erklärte sie und schnäuzte sich hold. »Dann kann ich ja jetzt in Frieden sterben.«

»Fabius sei Dank!«, seufzte ich, heilfroh, dass ihre verhutzelte Weibchenhülle endlich zu Grabe getragen werden konnte. Sie hatte sich zwar nur der Familie und Nachbarn wegen so verunstaltet, aber mir hatte es doch jedes Mal einen Stich versetzt, wenn ich das zahnlose, rotäugige Weiblein am Stock durch die Straßen humpeln sah. Über diese Bedrücktheit hatten mir Orgien mit frivolen Nixen nur unzulänglich hinweggeholfen, wie auch die Streiche, die ich den Bewohnern oder dem lieben Vieh spielte. Immer seltener wurden Opfergaben an meiner provisorischen Kultstätte abgelegt. Niemand wollte einen traurigen Faunus anrufen oder verehren. Aber jetzt, da Fabius endlich tot war, brauchte ich meiner Flöte keine weiteren schwermütigen Weisen zu entlocken. Ich wollte wieder zu munteren Zechgelagen einladen, panisches Gelächter hervorrufen und den Badenden im heißen Schwefeldampf die Fußsohlen kitzeln.

»Deine Garderobe gefällt mir überhaupt nicht«, tadelte Camena, als wir die würdige Beerdigung der Eheleute Fabius von oben verfolgten. »Wie kannst du uns nur als Schmeißfliege die letzte Ehre erweisen?«

»Wäre dir das Bahkauv lieber gewesen?«, gab ich zurück und ließ mich auf dem schwarzen Gefieder der trauernden Krähe neben mir nieder. »Und das *Uns* besteht jetzt wieder aus dir und mir.«

»Niemals wieder werde ich mein Herz an einen Sterblichen hängen«, krächzte sie.

»Ein löblicher Vorsatz«, summte ich zustimmend, wohl wissend, dass sie ihn noch einmal brechen würde, allerdings erst sehr viele Menschenalter später.

Bis dahin aber sollte sie mir, unbelastet von der Zerbrechlichkeit menschlichen Seins, wieder die Gefährtin werden, von der ich mehr zu erhoffen wagte. Ich fragte sie, welche der drei Thermen sie zu ihrer persönlichen Kultstätte erwählen wollte.

»Dein Name droht in Vergessenheit zu geraten«, warnte ich sie. »Du selbst hast deinen Kult in letzter Zeit sträflich vernachlässigt.«

»Das habe ich nicht«, antwortete sie sanft. »Ich habe nur meinen Namen geändert.«

»In Fabius?«, fragte ich ungläubig.

Sie lachte. »Natürlich nicht. Und für dich werde ich auf ewig Camena bleiben. Aber …«

»Aber?«

»Konntest du etwa den Blick nicht deuten, den mir Apollo zugesandt hat? Damals, als er sich vor dem alten Gott Grannus manifestiert hat?«

Die Richtung des Gesprächs behagte mir überhaupt nicht. »Willst du jetzt gen England fliegen oder was?«, fragte ich.

»Sei nicht albern, Faunus. Der alte Grannus hat mich adoptiert, Apollo seinen Segen und seinen Teil des Namens dazugegeben. Ich bin jetzt Apollo Grannus. Kapiert?«

Wenn sie sich da mal nicht überhebt, dachte ich, sagte aber nur: »Mit Zwittern verstehe ich mich normalerweise bestens.«

»Ach, Faunus, seit wann denkst du in menschlichen Kategorien?«

»Stimmt. Das ist deine Domäne.« In dieser Lage konnte ich mir die Häme nicht verkneifen.

»Die Domäne des Apollo Grannus heißt Aquae Granni«, bemerkte Camena hoheitsvoll.

Ich nickte. Als Apollo Grannus war meine Quellgöttin vor der Selbstauflösung endgültig gefeit. Nichts anderes zählte.

Damals entschieden wir uns dagegen, Aquae Granni zu einer Colonia heranwachsen zu lassen, zu einer richtigen Stadt. Wir beschränkten uns auf den Status eines Vicus, also einer Siedlung. Ganz gewiss nicht aus Bescheidenheit; diese Untugend ist mir fremd. Wir wollten dem Neid von Sterblichen und

Unsterblichen Grenzen setzen und nur ganz bestimmte Götter anlocken, zum Beispiel den nützlichen Merkur. Ihm ließen wir ein hübsches Plätzchen an einer Kultstätte weihen, der heutigen Münstertherme. Und unseren Kurgästen, wie wir die Römer gern nannten, wollten wir Ärger mit den Ubiern im Osten und den Tungrern im Westen ersparen, um sie nicht von den uns zustehenden Kulthandlungen abzulenken.

Gelegentlich mussten wir allerdings doch Mars um Hilfe anrufen. Zum Beispiel, als die Eburonen 15 Kohorten unserer Legion niedergemetzelt oder die Bataver sich gegen die römische Herrschaft aufgelehnt hatten.

Nach militärischen Auseinandersetzungen erholten sich auch Caesars Krieger in unseren warmen Wassern. Vor allem die Betagteren fanden dort Linderung für ihre Gebrechen. Die therapeutische Wirkung unserer Bäder sprach sich herum. Sogar der Soldatenkaiser Caracalla machte uns seine Aufwartung. Von schwerer Krankheit geheilt, konnte er nach dem Besuch der Kultstätte des Apollo Grannus weiterziehen, um sich später ermorden zu lassen.

Jahrhundertelang genossen einfache römische Soldaten in Germanien einen Luxus, den sie sich zu Hause nie hatten leisten können. Sie aalten sich mit hübschen, einheimischen Frauen in Marmorbädern, schritten über Mosaike, unter denen sich Fußbodenheizung verbarg, und nutzten eine Kanalisation, die besser funktionierte als die des späteren Aachens.

Ich lief in dieser Zeit zur Hochform auf und konnte mich über Mangel an Aufmerksamkeit wahrlich nicht beklagen.

Doch leider stand es nicht in unserer Macht, den Abzug der Römer aus Aquae Granni zu verhindern. Jupiters Befehl ist Jupiters Befehl, da konnte ich des Nachts noch so viele Soldaten im Schlaf zum Desertieren aufrufen. Camena fuhr eine andere Strategie und war damit erfolgreicher. Sie führte einer Reihe von Legionären eingeborene Frauen zu, die ums Verrecken nicht mit in den Süden abwandern wollten. Diese Familie blieben, und die Qualität der Inbrunst, mit der sie uns huldigten, entschädigte uns ein wenig für die Quantität. Unsere göttlichen Existenzen waren gesichert.

Bis das Unheil über uns hereinbrach.

»Aquae Granni braucht eine anständige Kapelle«, sagte König Pippin, als er sehr viele Menschenalter nach unserer Eroberung der Grannus-Quelle vor ihr stand. Die ungeheure Tragweite dieses kleinen Satzes hatte ich zunächst gewaltig unterschätzt. Wie auch die Tatsache, dass der neue Glauben begonnen hatte, uns die Menschen zu entfremden. Das betraf vor allem mich. Ich stand unmittelbar vor der Auflösung und musste mir schnell etwas einfallen lassen.

## III

## Wie auf König Pippins Altar Faunus zum Teufel wird

Camena schwebte aus der kleinen Holzkapelle und setzte sich neben mich an den Rand des Pfuhls. Ihre Augen leuchteten. »Ach, Faunus, sie singen so schön!«

Empört zog ich meine Bocksfüße aus dem dampfenden Wasser und sprang auf.

»Bist du von allen guten Göttern verlassen, Camena? Da schleifen diese Barbaren das schöne Heiligtum des Apollo Grannus, ersetzen es durch eine vergängliche Holzbude, und dir fällt dazu nur ein, dass sie schön singen? Wo bleibt da dein Stolz?«

»In der Musik«, trällerte sie. »Als Muse des Gesangs beglücken mich erbauliche Klänge. Lausche und genieße!« In eine Nachtigall verwandelt, flatterte sie auf einen Buchenzweig und tirilierte drauflos. Augenblicklich machte ich mich zum schwarzen Kater mit hohem Buckel und fauchte sie an.

»Spielverderber!« Als schmalen Wasserfall ließ sie sich vom Baum auf mein schwarzes Fell niederregnen. Erst als ich gründlich durchnässt war, nahm Camena wieder Nymphengestalt an. Bei mir dauerte es erheblich länger, zur alten Form zurückzufinden. Meine Kräfte schwanden zusehends.

»Ein begossenes Kätzchen!«, spottete Camena. »Als Bahkauv hättest du auf mich größeren Eindruck gemacht. Was ist los, Faunus, du wirst langweilig!«

Sie hatte den Ernst meiner Lage immer noch nicht erfasst. Wie sollte sie auch? Ihr ging es bestens. Der Name, den sie sich damals vor dem griesgrämigen alten Gott auf der Fontäne ertanzt hatte, lebte in Aquae Granni weiter. Die Einheimischen gingen immer noch ins »Apollo Grannus«, um Linderung für ihre Zipperlein zu finden, auch wenn es dort längst keine Marmorbäder, Mosaike oder Fußbodenheizungen mehr gab - von Nymphen ganz zu schweigen. Und die Priester des neumodischen Kults besprenkelten ihre Anhänger mit dem Wasser, das Camenas Brunnen entstammte. Die Quellgöttin war ganz in ihrem Element und würde darin ewig weiterexistieren können.

Ich aber schien als Faunus dem Untergang geweiht zu sein. Kein Schäfer bat mich mehr um Schutz für die Herde, nicht einmal, wenn ich seine Tiere so erschreckte, dass sie in Panik auseinanderliefen. Kein Bauer rief mich an, seine Erde fruchtbar zu machen, wenn ich seine Ernte vernichtet hatte. Kein Jäger, dem ich seine Beute vorenthielt, erflehte Waidmannsheil von mir, keine Schönheit, die ich nachts gern aufgesucht hätte, einen lüsternen Traum. Ich erreichte die Menschen im Schlaf überhaupt nicht mehr; sie vergaßen beim Aufwachen alles, was ich ihnen eingeflüstert hatte, vor allem meinen Namen. Nixen und Nymphen hatten sich in ihre Grotten zurückgezogen. Sie ignorierten meine Flötenklänge und behandelten mich wie die Luft, zu der ich bald werden würde, wenn ich der Auflösung nicht Einhalt gebieten konnte. Die Zeit der ergötzlichen Ausschweifungen und des großen Schabernacks war endgültig vorbei. Die lichte Spätantike war dem dunklen Mittelalter gewichen. Mein Dasein hing ausschließlich an dem dünnen Lebensfaden jener wenigen uralten, weisen Frauen, die dem neuen Kult nichts abgewinnen konnten, und die aus Sorge um das Wohlergehen von Krähen, Katern, Kräutern und Bäumen gelegentlich meinen Namen vor sich hinmurmelten.

Bislang hatte ich meine zunehmende Ohnmacht vor Camena geheim gehalten. Einer möglichen aufkeimenden Liebe ist schließlich nichts abträglicher als die Aussicht auf Verfall. Doch inzwischen konnte ich mir Eitelkeit nicht mehr leisten. In dürren Worten klärte ich Camena über meine drohende Substanzlosigkeit auf.

»Unsere gemeinsame Zeit neigt sich also dem Ende zu«, schloss ich und hoffte, dabei nicht wehleidig zu klingen. Ich wollte nicht so jämmerlich abtreten, wie der Gott, den wir mit Apollos Hilfe vertrieben hatten. Ich wollte überhaupt nicht abtreten.

Camena schwieg eine lange Zeit. Mir schwante Schreckliches. Was, wenn sie dem Beispiel den anderen Nymphen folgen, sich von mir abwenden und mich kommentarlos der Auflösung überlassen würde?

Doch die betörende Quellgöttin überraschte mich. Ausgerechnet in dieser Stunde meiner größten Not entsprangen ihren Lippen die schönsten Worte, die ich je von ihr gehört hatte: »Ach, Faunus, eine Welt ohne dich kann und will ich mir nicht vorstellen. Ich brauche dich doch.«

Aus ihrem rechten Auge quoll eine Träne. Ich fing sie auf und steckte sie ein. Längst zu Kristall geworden, ziert sie noch heute meinen Bauchnabel.

»Wie konnte mir deine Schwäche nur entgehen!«, klagte Camena.

»Ich bin eben der Großmeister der Verstellung«, prahlte ich, um beklommen hinzuzufügen: »Auf dem Weg zum Schattenmeister.«

»Gibt es denn gar keine Hoffnung?«

»Nur eine. Wir müssen diese neuen Götter treffen und mit ihnen verhandeln. Und zwar flott.«

»Dir steht aber nur ein einziger Gott im Weg.«

»Was? Nur einer? Wie schafft der das alles?«

»Er hat einen Sohn, der hilft ihm, und dann ist da auch noch von einem Geist die Rede.«

»Eine äußerst dünne Personaldecke für so viele Aufgaben«, sagte ich nachdenklich. »Da wird sich doch bestimmt noch ein Platz für mich finden lassen. Wie heißt der Vater?«

»Gott.«

»Und weiter?«

»Der Allmächtige.«

»Logisch, wenn er alles allein tun muss. Und wie ruft man ihn an?«

Sie zögerte.

»Komm, Camena, das musst du doch wissen! Wo du dauernd in das Holzhaus rennst.«

»Nur, um Musik zu hören. Herrliche Choräle. Der cantus Romanus, Faunus, da kommt Heimweh auf. Ach, unser armes Rom, alle unsere Freunde sind aufgelöst …«

»Singt Gott mit?«

Sie schüttelte den Kopf. »Nicht, dass ich wüsste. Ich habe ihn in der Kapelle jedenfalls noch nie gesehen.«

»Wahrscheinlich lässt er sich nur an seinen hohen Feiertagen dort blicken, so beschäftigt, wie er ist.«

»Möglich.«

Ich bohrte weiter nach. Da es einen Sohn gäbe, müsste dieser eine Mutter haben. Womöglich könnte ich mich über die Gemahlin dem Alten nähern. Schließlich käme ich bei der Weiblichkeit im Allgemeinen und vor allem im Göttlichen doch recht gut an, oder etwa nicht?

»Der Fall liegt hier etwas anders«, antwortete Camena und erzählte mir eine Geschichte, die ich nicht recht glauben konnte, die aber die Menschen um uns herum offenbar nicht anzweifelten. Danach hatte sich dieser einzige Gott mit einem verheirateten Menschenweib verbunden, das selbst nach der Geburt des gemeinsamen Sohnes noch als Jungfrau durchging.

»Beeindruckend«, sagte ich anerkennend. »Das nenne ich ein Wunder. Ist dieser Gott als Geist über die Frau gekommen, so wie es mir auch nicht ganz fremd ist?«

Camena schüttelte den Kopf. »Anders, Faunus, ganz anders. Wie ich es verstanden habe, sind Gott, sein Sohn Jesus und der Heilige Geist ein und dasselbe. Die Christen, so nennen sich seine Anhänger, rufen eine einzige göttliche Trinität an.«

»Gut, Camena, dann lass uns das jetzt auch tun. Ich bin sehr gespannt, wie sich dieser Gott vor uns manifestieren wird.«

Dass diese Spannung eine Ewigkeit andauern würde, konnten wir damals natürlich noch nicht ahnen. Denn anders als die

Götter der alten Welt schien dieser Allmächtige von Geselligkeit nicht viel zu halten. Wir griffen tief in die Trickkiste, um ihn herbeizulocken, doch alle Mühen waren vergeblich. Nie ließ er sich zu einer Audienz herab. Es hätte ihn ebenso gut gar nicht geben können.

Seine Macht aber war unbestreitbar: In seinem Namen führte und gewann König Pippin Kriege gegen Andersgläubige; in seinem Namen ließen sich Männer und Frauen mit Camenas Wasser übergießen und versprachen, ein gottgefälliges Leben zu führen; in seinem Namen wurden Menschen hingerichtet oder begnadigt. In seinem Namen wetterte sein menschlicher Stellvertreter in unserer alten Heimat Rom gegen alle anderen Götter. In seinem Namen wurden die Menschen dazu aufgerufen, unsere Tempel zu zerstören, die Namen unserer göttlichen Verwandten aus dem Marmor zu kratzen und die Wahrheit über sie zur Sage zu verunstalten. Die Welt hallte wider vom Namen dieses einen Gottes, der keinen anderen Namen neben seinem duldete.

Meine zügig voranschreitende Auflösung schien unaufhaltsam. Bis Camena mir eine abenteuerliche Idee unterbreitete.

»Du musst den Spieß umdrehen«, sagte sie an einem lauen Frühlingsmorgen am Ufer unseres Tümpels. Sie meinte damit natürlich etwas ganz anderes, als das, was den Menschen beim Gedanken an mich und Bratspieße heute so in den Sinn kommen mag. Sie meinte, ich sollte Gott in aller Öffentlichkeit so unter Druck setzen, dass er nicht mehr umhinkäme, die Menschen auf mich aufmerksam zu machen.

»Fordere ihn in seinem eigenen Haus heraus.« Anmutig reichte sie mir einen Halm aus Schilfgras. »Wenn er sich dir schon nicht zeigt, so zeigst du dich ihm und den Menschen in all deiner Pracht und gibst dich als sein Gegner aus.«

Ich zerkaute den Halm. »Wie soll das gehen?«, fragte ich. »Ich habe ja nicht mal mehr die Kraft, mich in das Bahkauv zu verwandeln.«

»Nicht nötig. Du siehst schon leibhaftig wunderschön erschreckend aus, mein Lieber. Angesichts deiner Hörner, deiner feurigen Blicke, deiner Bocksfüße und deines Schweifes werden sich die Menschen entsetzlich fürchten. Dein Schwefelodem wird sie erschauern lassen. Sie werden dich für den Gegenspieler ihres Gottes halten und dir einen Namen geben, um dich zu bannen. Deine Existenz wäre damit fürs Erste gesichert.«

Sie schlang ihre Arme um mich und küsste mich auf die Stelle zwischen meinen Hörnern. Das machte mich noch schwächer, als ich ohnehin schon war und ließ mich sentimental werden:

»Du wirst an meiner Seite bleiben, Camena?« »Auf ewig«, versprach sie, »auch wenn ich nie so die Deine sein kann, wie du es dir wünschst. Dazu sind wir zu gute Freunde, Faunus.«

In mir keimte frische Hoffnung auf. Als Faunus konnte ich bei ihr nicht landen. Mit einem neuen Namen und neuer Macht ausgestattet, könnten sich doch meine Chancen deutlich verbessern.

Es war einen Versuch wert.

Für meinen Auftritt wählten wir den höchsten Feiertag der Christen. Da an jenem Ostersonntag auch der König mit seiner Familie der Messe beiwohnen sollte, zweifelten wir nicht daran, diesmal Gott, den Allmächtigen, in seiner Holzbude anzutreffen.

Das Wetter war auf unserer Seite. Donnergrollen in der Ferne kündigte ein Frühlingsgewitter an. Der Himmel hatte sich bereits verdunkelt. Tief hängende Wolken entließen erste schwere Tropfen. Von überallher schwärmten Menschen herbei und suchten hastig Schutz unter dem Holzdach. Es regnete bereits in Strömen, als die Herrscherfamilie herangeritten kam. König Pippin, Königin Bertrada und ihr jüngster Sohn Karlmann hatten es eilig, ins Trockene zu kommen. Nicht so der älteste Sohn.

Er sprang von seinem kleinen Pferd, hielt den Kopf nach oben und breitete die Arme aus, als heiße er die Himmelsdusche willkommen. Wir standen ihm direkt gegenüber, hatten aber noch keine Sichtbarkeit angenommen.

»Was für ein entzückender Knabe«, flüsterte mir Camena zu und strich dem Königssohn sanft über die Wange. Er senkte das Haupt, sah direkt zu uns hin und lächelte, als hätte er die Berührung wahrgenommen.

»Eil dich, Karl!«, wurde aus dem Inneren des Gebäudes gerufen. »Schnell! Da draußen ist der Teufel los!«

»Der kann mich nicht schrecken«, gab das Kind zurück und schlug begeistert die Hände zusammen, als ein Blitz die Landschaft um uns herum erhellte. Seine Freude an der Naturgewalt machte mir den Knaben sogleich sympathisch.

»Das reicht!«

Die Königin höchstselbst eilte aus der Kirche herbei. Mit einer Hand packte sie ihren Sohn am Arm, mit der anderen schlug sie nach mir aus. »Lasst ihn in Ruhe«, fauchte sie und verschwand mit ihrem Sprössling in der Kirche.

Verblüfft sahen wir einander an. Camena fand als Erste die Sprache wieder: »Wenn sie uns erschauen kann …«

»… dann steckt was Göttliches in ihr«, vollendete ich den Satz.

»Wie in ihrem Sohn dann sicherlich auch«, bemerkte Camena versonnen.

»Du hast gehört, wir sollen ihn in Ruhe lassen!«

»Sei nicht albern, Faunus, er ist ja noch ein Kind.«

Aber das würde er leider nicht bleiben. Ich verscheuchte eine mir sehr unangenehme Zukunftsvision und materialisierte mich.

Camena folgte meinem Beispiel, blieb aber noch einen Augenblick im Regen stehen, ehe sie vor mir die Kirche betrat.

Hinter mir ließ ich die Tür zeitgleich mit einem Donnerschlag lautstark ins Schloss fallen. Der Knall hallte durchs Gebäude und ließ die dicht gedrängt stehende Masse zusammenzucken. Gleichzeitig wandten sich die Köpfe zur Tür. Ich hielt mich im Hintergrund, doch aller Augen waren ohnehin auf Camena gerichtet.

Wie ein Schleier aus Diamanten glitzerten die Regentropfen auf ihrem langen, offenen Haar. Funkelnd flossen sie das lichtblaue Gewand herunter, das eine Figur umschmeichelte, die Jupiter vor Äonen geschaffen hatte. Camena zeigte sich ganz als das göttliche Wesen, das sie war: die liebreizendste Nymphe, die je einen Quell geadelt hat.

Verzücktes Raunen lief durch den Saal. Die Menge teilte sich und ließ Camena ungehindert nach vorn schreiten, dorthin, wo die Königsfamilie vor dem blumengeschmückten Altar stand. Ich wusste, was die Leute dachten: Ein derart überirdisch anmutendes Geschöpf kann nur der nobelsten Sippe der Welt angehören.

Bevor aber Camena dazu kommen konnte, den kleinen Karl an die Hand zu nehmen, mobilisierte ich meine allerletzten Kräfte. Für mich ging es jetzt ums Ganze; ich hatte nur einen Versuch und konnte mir keinen Fehlschlag erlauben.

Nie ist ein Laut markerschütternder gewesen, als das bedrohliche Knurren, das ich plötzlich durch die Kirche brummen ließ.

Aus meinem Maul stieg höllischer Brodem empor und zog durch das ganze Holzhaus. Die Kerzen flackerten heftig, erloschen aber nicht. Als sich die Schwaden gesetzt hatten, stand außer mir niemand mehr aufrecht.

Die ganze Gemeinde lag auf den Knien.

»Ich bin hier!«, brüllte ich. Meinen Worten folgte ein gewaltiger Donnerschlag, aber immer noch kein Gott. Mir blieb keine Wahl. Ich würde ohne diesen Allmächtigen weitermachen müssen. Doch noch waren die Menschen offenbar zu verschreckt, um brauchbare Namen hervorzustoßen.

Mit einem Riesensatz sprang ich auf den Altar und stieß dabei das silberne Kreuz zu Boden. Breitbeinig ging ich auf dem Holztisch in die Hocke, wischte mit dem Schweif die Blumen vom Tisch und stützte die Handflächen auf dem Spitzentuch vor mir ab. Ich hob mein gehörntes Haupt und sandte feurige Blicke und reinen Schwefelodem in die Menge.

»Ich bin hier, um zu bleiben!«

Voller Anspannung spitzte ich die Ohren. Ich spürte die Namen mehr, als dass ich sie hörte. Doch immerhin verschaffte mir selbst das zaghafteste Gemurmel noch ausreichend Kraft, um durchzuhalten.

Mit einem Mal ergriff der kleine Karl das silberne Kreuz zu seinen Füßen. Er sprang auf, hielt es mir mit zitternden Händen vor die Nase und rief: »Hebe dich hinweg, Teufel!« Das Kerlchen hatte wirklich Mut.

Ein Schwall frischer Energie strömte mir durch Kopf und Glieder. Ich richtete mich zu voller Größe auf. Der Bann war gebrochen. Nützliche Namen allerlei Art schwirrten durch den Raum: *Teufel, Satan, Beelzebub, Voland, Leibhaftiger, Baphomet, Samael, Luzifer.*

»Geschafft, mein Teufel!«, summte mir der Fliegenschwarm zu, in den sich Camena verwandelt hatte, und der in einer Wolke meinen Kopf umkreiste.

»Der Herr der Fliegen!«, rief jemand angstvoll. Eine noch nie zuvor gekannte Dynamik befeuerte mich. Wohin nur mit dieser unglaublichen neuen Vitalität? Freudetrunken stampfte ich mit einem Bocksfuß so stark auf, dass der Altar unter mir zusammenkrachte. Noch als ich das Holz splittern hörte, verwandelte ich mich in eine Fledermaus und brauste mit Camena aus der Kirche.

Es gab viel zu tun. Ich wollte meine neue Existenz ordentlich feiern. Und ich musste herausfinden, was die Menschen von einem Teufel erwarteten.

## IV

## Weshalb König Karl Aquae Granni zu seiner Residenz macht

Ich steckte bis tief über die Hörner im warmen Pfuhl, als mich eine Bewegung unmittelbar vor mir aufschrecken ließ. Zwei menschliche Füße, von denen einer größer als der andere war, suchten Halt im sumpfigen Untergrund. Ich sah genauer hin. Im trüben Gewässer konnte ich unter dem aufgebauschten Unterkleid jedoch nur mühsam die Umrisse eines weiblichen Körpers ausmachen. Natürlich wollte ich diese Spezies unbedingt näher erforschen. Doch selbst als Wasserschlange kam ich nicht weit. Zwei Hände krallten sich in meine glitschige Form und beförderten mich an die Oberfläche.

»Da bist du ja schon wieder«, sprach Königin Bertrada ungehalten. »Du hast meinen Sohn mit deinem Auftritt sehr unglücklich gemacht. Und jetzt lasse uns in Ruhe baden.« Bevor sie mich an Land schleudern konnte, flog ich als Krähe auf den dicksten Zweig des Holunderstrauchs am Ufer. Ich setzte mich neben das Rotkehlchen, das die Badeszene unter uns mit sichtlicher Wonne beobachtete.

»Eine kluge Mutter«, zirpte Camena. »Unser Wasser wird den Ausschlag auf dem Rücken des Knaben heilen. Schau mal, mit welcher Freude er baden geht! Ja, er ist schon ein ganz besonderes Kerlchen, dieser kleine Karl, dem guten Wasser sehr zugeneigt. Ich werde mich ihm mal kurz zeigen.«

Bevor ich sie daran hindern konnte, stand sie in ihrer schönsten Prägung splitterfasernackt im Schilf.

Königin Bertrada hatte ihr den Rücken zugewandt. Im Pfuhl stehend, hielt sie ihren Sohn mit beiden Armen hoch. Über ihren Kopf hinweg blickte der kleine Prinz auf den Uferstreifen und machte große Augen. Seine Mutter ließ ihn rücklings ins Wasser fallen, aber er tauchte sehr schnell wieder auf und deutete zum Ufer.

»Die wunderschöne Frau!«, prustete er. »Sie war eben noch da!« Bertrada hielt ihren Sohn wieder fest und wandte sich kopfschüttelnd um. Ihr Blick streifte den Zweig des Holunderstrauchs.

»Das sind schon zwei komische Vögel«, sagte sie vorwurfsvoll. »Genau wie die beiden, die neulich unsere Messe gestört haben.«

»Das war der Teufel!«, rief Karl.

»Und seine Gespielin«, setzte Königin Bertrada hinzu. »Du darfst diese Frau nicht bewundern, Karl. Auch sie war schuld daran, dass Gottes Tisch zusammengebrochen ist.«

Tränen schossen in die hellen Augen des Knaben. »Nein, nein, nein, sie hat damit gar nichts zu tun«, schluchzte er. »Die Frau war doch so rein wie die Mutter Maria.«

»Aber der schöne Altar ist trotzdem hin«, gab seine Mutter zurück.

»Maria wird uns helfen!«, rief der Knabe. »Sie wird uns einen neuen Altar schenken.«

Das Rotkehlchen neben mir geriet in Bewegung. Es plusterte sich derart heftig auf, dass ich schon Angst um seine Existenz bekam.

Welcher magischen Anspannung setzte sich Camena da nur aus?

Das Ergebnis sah ich zur selben Zeit wie der Königssohn und seine Mutter.

Im Schilf vor dem Hollerbusch materialisierte sich ein wuchtiger Tisch aus Stein. Die Front zierte ein grob gehauenes Relief, das einen bärtigen Mann mittleren Alters im Kreise kleinerer, gesichtsloser Gestalten zeigte. Dem Mann zu Füßen sprudelte ein Quell, über seinem Kopf prangte ein Stern. Camena hatte diesen Tisch, einst erhabener Mittelpunkt der Kultstätte des Apollo Grannus, gerade noch rechtzeitig vor der Zerstörung gerettet und im Pfuhl versenkt.

»Zur späteren Verwendung«, wie sie mir damals gesagt hatte. Jetzt war ich fassungslos. Was fiel ihr ein, einem uns feindlich gesinnten Gott ein solches Geschenk darzubieten?

Jubelnd schlang der kleine Karl die Arme um seine Mutter.

»Sie hat mich erhört! Da siehst du es!«

Er riss sich los, paddelte aufs Ufer zu und watete durchs Schilf. Am steinernen Tisch strich er über die Konturen des Reliefs und rief verzückt: »Sie hat uns einen Altar mit Gottes Bild geschickt!«

Seine Mutter, die es besser wissen musste, unterließ es, ihn zu korrigieren.

»Er muss gründlich gereinigt und geweiht werden«, sagte sie nur. »Lauf, Karl, und hole starke Männer. Ich warte hier.«

Der Knabe zog sich rasch an und lief immer noch jubelnd davon. In ihrem nassen Unterkleid trat die Königin an den Tisch und blickte nach oben.

»Damit wir uns recht verstehen«, sprach sie. »Wir sind euch nicht zu Dank verpflichtet. Ihr habt diesen Tisch einst Gott gestohlen und ihn jetzt nur wieder zurückgegeben. Aber dem Allmächtigen und mir reicht das nicht. Stellt ihn gefälligst an die Stelle, wo er hingehört.«

Sie hob beschwörend die Hände, bevor ihn Camena tatsächlich verschwinden ließ. Mein Unbehagen wuchs. Welchen Einfluss hatte ich noch auf diese Quellgöttin, wenn sie schon Befehle von Sterblichen entgegennahm?

Über das große Wunder des aus dem Nichts aufgetauchten Steinaltars in der Kirche schwirrten bald viele Gerüchte durch Aquae Granni. Einmal hieß es, ein Riese aus uralten Zeiten habe den Tisch dort deponiert, um sich der Gnade Gottes zu versichern. Mehrere Menschen behaupteten, eine Vielzahl von wunderschönen Engeln mit mächtigen Flügeln geschaut zu haben. Diese wären in gleißendem Sonnenlicht herniedergeglitten und hätten zu himmlischen Klängen den Tisch mit dem Bild des Erlösers in der Kirche abgesetzt. Eine andere Version kam der Wahrheit ziemlich nahe und bereitete Camena besondere Freude: Durch den kräftigen Auftritt des Teufels habe sich der Boden unter dem Tisch geöffnet und somit den alten Altar des Apollo Grannus freigegeben. Mit Wucht und Gottes Hilfe habe ihn dann die Kraft der unterirdischen Gewässer nach oben gedrückt. Niemand aber zweifelte in Aquae Granni daran, dass der Allmächtige höchstselbst seinen Anhängern diesen Tisch als Zeichen seiner Herrschaft über das Böse gesandt habe.

Camena wohnte inzwischen als Kirchenmaus jeder Messe bei. Sie erzählte mir, wie die Königsfamilie vor dem steinernen Tisch in die Knie gegangen sei. Der kleine Karl habe mit großer Inbrunst gebetet und dabei ganz besonders entzückend ausgesehen.

»Und weißt du, Faunus, was König Pippin am Ende der Messe seinem Sohn zugeraunt hat?«, fragte sie mich sichtlich aufgeräumt.

»Woher sollte ich?«, gab ich murrend zurück. »Ich sehe keinerlei Anlass, diesen Holzschuppen noch einmal zu betreten.«

Damit verschwieg ich ihr die Wahrheit. Es gelang mir nämlich einfach nicht mehr, mich in der Kirche zu materialisieren. Alle meine Bemühungen, über die Schwelle zu gelangen, scheiterten kläglich, ganz gleich, in welcher Gestalt ich es versuchte. Nicht einmal als Holzwurm oder Geist schaffte ich es noch, die Wände oder das Dach zu durchdringen. Auch von unten war nichts zu machen. Das unscheinbare Holzhaus befand sich außerhalb meiner Reichweite. Es gehörte jetzt einer Welt an, die mir den Zutritt verweigerte. Der Allmächtige zeigte sich zwar immer noch nicht selbst, mir aber gnadenlos meine Grenzen auf. Somit sah ich mich in der seltsamen Lage, die Existenz dieser unsichtbaren höheren Macht doch anerkennen zu müssen. Was natürlich noch lange nicht hieß, dass ich mich ihr außerhalb der Holzhütte zu beugen hatte!

»Hörst du mir überhaupt zu, Faunus?«

»Ja«, knurrte ich. »Der König hat seinem Sohn etwas zugeraunt. Wie spannend.«

»Sei nicht so grantig! Er hat ihm ein interessantes Versprechen abgenommen. Und ich werde dafür sorgen, dass Karl es einhalten kann.«

»Was für ein Versprechen?«

»Dass dieser Altar seinen heiligen Ort niemals verlassen darf, ganz gleich, was geschehe.«

»Und wenn das Holzhaus abbrennt?«

Wieso war mir diese Idee nicht schon früher gekommen?

»Unterstehe dich, Faunus«, warnte Camena mit funkelnden Augen. »Ich werde mit allen Wassern dagegenhalten. Mein Tisch bleibt da, wo er ist, und zwar mindestens solange Karl lebt.«

Tatsächlich ließ sie ihn erst lange nach Karls Tod verschwinden. Aber ich greife schon wieder vor.

Mir zuliebe achtete Camena bei den sonntäglichen Veranstaltungen im Holzhaus nun nicht mehr nur auf die Musik, sondern auch auf die Worte des Priesters, ungeachtet seiner barbarischen Aussprache unseres heimatlichen Idioms. Auf diese Weise konnte sie mir nach und nach übermitteln, was das Heilige Buch der Christen dem Teufel so alles zuschrieb. Ich war ein begieriger Lehrling, wollte in meine neue Rolle hineinwachsen und sie angemessen ausfüllen. Viele Aspekte meines aktuellen Daseins entsprachen durchaus meinem ursprünglichen Naturell, manches Neue aber machte mir gehörig zu schaffen. Schwer verständlich erschien mir vor allem das Prinzip der christlichen Seele.

»Wenn ich es recht verstehe, besteht meine Aufgabe also darin, die Menschen in den Orkus zu führen?«

Erschöpft lehnte sich Camena an den dicken Stamm der Eiche, deren Blätterdach uns in diesem heißen Sommer Schatten spendete.

»Du denkst schon wieder viel zu römisch, Faunus! Nicht die Menschen ...«

»Sei nicht so spitzfindig. Die Toten, also.«

»Auch nicht die Toten.«

»Wen dann?«

»Die Seelen der Menschen, wie oft soll ich dir das noch sagen! Du musst dich der Seelen bemächtigen, sie ihrem Gott entreißen und sie dann in die Hölle schaffen. Die Unterwelt ist dein Reich.«

»Pluto gegen Jupiter. Der alte Streit. Nur dass ich jetzt offenbar zu Pluto geworden bin.« Ich streckte meine Hand mit den länger gewordenen Krallen nach ihr aus. »Und so wie Pluto seine Proserpina über alles liebte, Camena ...«

»Du bist nicht Pluto, Faunus, und Proserpina hat sich bei aller Liebe auch schon längst aufgelöst. Du bist jetzt der Teufel, mein Freund, der Satan! Du stiftest die Menschen zu bösen Taten an und appellierst an ihre niedrigsten Instinkte. Du bist ein bösartiges Wesen, ein hinterlistiger Verführer.«

»Stimmt. Das alles war ich schon immer. Aber eine Beförderung vom Faun zum Teufel muss mir doch mehr einbringen!«

»Du bist die Inkarnation des Bösen, mein Lieber, der Gegenspieler des unsichtbaren Gottes. Ein gefallener Engel, der aus dem Paradies vertrieben worden ist.«

In gewisser Hinsicht entsprach das sogar der Wahrheit. Verglichen mit dem unzivilisierten, kalten Frankenland betrachtete ich unser altes Rom als das verlorene Paradies. An Rückkehr war nicht zu denken, denn da, wo wir so viele Menschenalter lang unter Säulen und Palmen in sorgloser sonniger Üppigkeit geschwelgt hatten, herrschte jetzt der Stellvertreter jenes Gottes, der es nicht einmal für nötig hielt, sich seinem ärgsten Feind zu zeigen.

Dieser Gott hatte offenbar die Doktrin der Seele erfunden, von der Camena jetzt andauernd sprach. Was aber war diese Seele? Wie sah sie aus; wie roch sie, woraus bestand sie? Meine Quellgöttin musste zugeben, dass sich die Seele aus keinem uns bekannten Stoff zusammensetzte. Dennoch sei in ihr das Wesen des jeweiligen Menschen sogar über dessen Tod hinaus fest verankert. Die Seele selbst aber sei so unsichtbar wie der Gott, der sie geschaffen hatte. Eine wahre Krux für mich. Denn meine Befähigung, mich selbst unsichtbar zu machen, half mir nicht, etwas von Natur aus Unsichtbares wahrnehmen zu können.

»Ach, könnte ich nur die Seele dieses Papstes in Rom ergreifen und sie ins Höllenfeuer werfen!«, erklärte ich verzweifelt.

Camena atmete tief aus.

»Endlich, Faunus, jetzt hast du begriffen, um was es geht! Übe doch schon mal an Tieren, die könnten auch eine Seele haben. Dann versuchst du es an Menschen, die von Natur aus böse sind. Pack sie dir einfach und schau, was passiert. Was hast du denn zu verlieren? Zu gewinnen gäbe es viel.« Sie stieß einen tiefen Seufzer aus. »Vielleicht können wir irgendwann endlich wieder heimkehren – wenn du dir die Seele des Mannes geschnappt hast, der heute unser Rom regiert, die Seele des Papstes.«

Das klang verheißungsvoll. Doch es würde noch eine recht lange Zeit vergehen, ehe mir eine solche Chance geboten werden sollte.

In der Zwischenzeit hatte ich reichlich zu tun. Je mehr sich das Christentum in der Welt ausbreitete, desto stärker wurde meine Macht. Ich war ständig unterwegs und hielt mich nur noch selten in Aquae Granni auf. Bei den vielen Schlachten, die König Pippin zu schlagen hatte, wurde ich immer geübter im Ergreifen von Seelen. Als ich den König nach Rom begleitete, sah ich meine große Stunde gekommen.

Doch ach, wie hatte sich die Stadt verändert. Von unseren alten Götterfreunden traf ich nur noch wenige an – aber auch diese waren schon längst durchsichtig geworden und hatten ihre Stimmen verloren. Voller Zorn versuchte ich, den Palast von Gottes Stellvertreter zu stürmen, um ihm die Seele aus dem Leib zu reißen. Doch auch hier musste ich mich von der unsichtbaren Macht demütigen lassen. Sie verweigerte mir den Zutritt zu allen Stätten, an denen dieser Papst weilte. Es war zum Verzweifeln.

Und noch etwas anderes bekümmerte mich. Während ich in der Welt umherzog, war meine geliebte Camena fest an Aquae Granni gebunden. Um ihre Existenz nicht zu gefährden, durfte sie die Stätte ihrer Macht nicht verlassen. Bedauerlicherweise aber zog es König Pippin immer seltener zu der Ansiedlung mit den heißen Quellen. In Rom ging mir auf, dass meine Sehnsucht nach Camena weitaus größer war als die nach unserem Leben im alten Rom. Wie nur könnte ich der Geliebten wieder nahe sein? Ein Weg dazu eröffnete sich mir nach dem Tod König Pippins.

Allerdings nicht sofort – erst herrschte Königin Bertrada, eine Dame, der ich großen Respekt entgegenbrachte und die ich ein wenig fürchtete. Zudem hinderte sie mich am Seelenfang, da sie sich weniger dem Geschäft des Krieges als vielmehr dem der Diplomatie verschrieben hatte. Ihr Ziel, Frieden unter den Menschen zu schaffen, war schlecht vereinbar mit den Aufgaben, die mir die Heilige Schrift der Christen auferlegt hatte. Am meisten ärgerte mich aber, dass sie ihre unterschiedlich großen Füße so gut wie nie nach Aquae Granni lenkte.

Ihr Sohn Karl hingegen hatte die Gegend um die inzwischen immer weiter zerfallende Siedlung zu seinem bevorzugten Jagdrevier auserkoren. Auf der Suche nach Wölfen, Füchsen, Dachsen, Rehen, Hirschen, Ebern und Auerochsen legte er weite Strecken durch dichte Wälder zurück. Er ritt durch Sümpfe, Moore und Heidestrecken und erholte sich auf dem Rücken sanfter Hügel, die ihm weite Aussichten auf Schluchten und Täler boten. Sowie auf die zahllosen Silberbäche, die zu Camenas Reich gehörten. Immer wenn es meine Aufgaben zuließen, begleitete ich den jungen König auf die Jagd und feierte ein freudiges Wiedersehen mit der Quellgöttin meiner Sehnsucht.

Doch bei diesen Begegnungen glänzten ihre Augen leider nicht meinetwegen. Ich hatte es kommen sehen, es sogar gewusst, aber mit aller Kraft aus meinen Zukunftsvisionen verdrängt. Das Unabänderliche war geschehen: Camena hatte sich doch wieder in einen Sterblichen verliebt, anders und sogar noch erheblich heftiger als damals in den dummen Legionär. Und natürlich belästigte sie ausgerechnet mich mit ihrer unerträglich kindischen Schwärmerei.

»Wer hätte gedacht, dass der kleine Karl zu einem so stattlichen Burschen heranreift! Ach, Faunus, mit mir an seiner Seite wird er mal zu einem ganz Großen werden!«

»Er ist schon verheiratet«, gab ich zu bedenken, wiewohl ich ja wusste, dass den König weder diese noch jede künftige Ehe von jenen Genüssen abhalten würde, die sein freudloser Gott als verwerflich brandmarkte.

Camena lachte über meinen Einwand.

»Was für ein spießiger Teufel du doch bist, mein Freund! Ich muss ihn nicht heiraten, um seine Liebe zu gewinnen.« Ihr schönes Gesicht verdunkelte sich. »Es hat mir gereicht, einmal nach Art der Menschen alt zu werden, eine Wiederholung wäre zu schmerzlich. Aber ich möchte ihn häufiger sehen. Kannst du da nicht etwas machen, Faunus? Ich flehe dich an, hilf mir!«

Niemals habe ich Camena etwas abschlagen können, aber solange Königin Bertrada die Fäden in ihren Händen hielt, waren mir meine gebunden. Ich habe leider nie ergründen können, welche Macht dieser beunruhigenden Frau zur Seite stand. Glücklicherweise schien aber auch diese an Kraft verloren zu haben, als Karl endlich seiner Rolle als König gerecht wurde.

Von einem Tag auf den anderen verbot er seiner Mutter jegliche weitere Einmischung in die Politik und verbannte sie aus seiner Umgebung. Auf Bertradas Geheiß hatte er sich einst von seiner ersten Gemahlin Himiltrud trennen und die Tochter des Langobardenkönigs Desiderius heiraten müssen, eine Frau, die er zutiefst verabscheute. Um zu zeigen, wer jetzt Herr im Reich war, schickte er die ungeliebte Dame zu ihrem Vater zurück. Er vermählte sich unverzüglich mit der sehr jungen, hübschen Alemannin Hildegard und nahm sie auf seine Reisen mit. Die neun Kinder, die er ihr unterwegs innerhalb von 10 Jahren machte, sowie die Strapazen der Ritte kosteten diese Gemahlin schließlich das Leben.

Karl fand zwar bei der fränkischen Grafentochter Fastrada schnell Trost, doch nach der Erfahrung mit Hildegard fürchtete er um das Leben seiner neuen Frau. Erstmals kamen ihm die Vorzüge einer festen Residenz in den Sinn. Jetzt galt es, ihn für Aquae Granni zu erwärmen. Angesichts der schäbigen Siedlung in abgelegener Lage war das wahrlich keine leichte Aufgabe. Ich tat, was ich vermochte. Natürlich nur Camena zuliebe, obwohl ich mir damit eine Menge Ärger einhandelte.

Als sich König Karl für Worms als feste Bleibe entschied, ließ ich seine Burg dort niederbrennen. Seinem nächsten Favoriten, der prächtigen Pfalz von Ingelheim, drohte das gleiche Schicksal. Ich fürchtete schon, sehr viele weitere Anlagen zerstören zu müssen, ehe der König endlich auf den Gedanken kam, sich in Aquae Granni eine neue errichten zu lassen.

Doch Karls Freude an der Jagd hat Ingelheim und diese anderen Stätten vor der Vernichtung bewahrt.

Denn bevor der König seinen Plan zur Sesshaftigkeit weiter ausarbeitete, ging er an einem lauen Herbsttag in Camenas Territorium wieder einmal auf die Pirsch. Die Quellgöttin hatte dort schon auf ihn gewartet. Sie verwandelte sich in eine weiße Hirschkuh, die aber nur der König sehen konnte. Er jagte dem Tier hinterher und entfernte sich dabei immer weiter von seinen Jagdgenossen. Schließlich irrte er einsam im Wald nahe unserem alten Pfuhl umher. Und da lieferte Camena ihr Meisterstück ab.

Sie ließ aus dem spiegelglatten Wasser eine alte, zerfallene, von Efeu umrankte Burg aufsteigen. Als der König heranritt, um die Ruine näher zu betrachten, sank sein Ross mit den Vorderfüßen in die Erde und scheute dann erschrocken empor. Der König bändigte das Tier und stieg ab, um nachzusehen, weshalb es in die Erde eingebrochen war. Da ließ Camena Dämpfe aufsteigen und direkt vor dem König eine heiße Fontäne emporsprudeln.

Ganz ging ihre Rechnung allerdings nicht auf. Anstatt nämlich auf die schöne Frau zu schauen, die auf der Spitze der Fontäne einen bezaubernden Tanz aufführte, fiel der König sogleich auf die Knie, senkte das Haupt und dankte Gott, dem Allmächtigen für die Segnung dieser heißen Quelle. Als er wieder aufblickte, war die Burg verschwunden. Zwischen zwei Wimpernschlägen aber nahm er mitten im Schilf die gleiche Erscheinung wahr, die ihn schon als Knabe verzaubert hatte. Er holte tief Luft und bekreuzigte sich.

»Hier werde ich mich niederlassen und Maria eine Kirche weihen!« Der König blies in das Horn, um seine Jagdgenossen herbeizurufen und ihnen seinen Entschluss zu verkünden.

»Mein lieber Faunus, wir erleben gerade den Anfang von etwas ganz Großem«, sirrte die Mücke in das Ohr des Luchses, als welcher ich das opulente Schauspiel beobachtet hatte.

»Jetzt mache daraus mal keinen Elefanten!«, gab ich zurück.

»Warum eigentlich nicht?«, fragte die Mücke. »Vielleicht können wir den auch noch gebrauchen.«

»Bloß nichts überstürzen«, stöhnte ich. »Mit dem Elefanten kriegen wir es schon früh genug zu tun!«

Bis der allerdings in Aquae Granni eintreffen sollte, würde noch sehr viel Wasser aus Camenas Quellen verdampfen.

## V

## Der Bau der Marienkapelle, der Ring der Fastrada und Emmas Geburt

Camena stand kurz vor dem Ziel ihrer damaligen Träume. Denn so oft ihn seine Kämpfe gegen die aufständischen Sachsen Zeit ließen, eilte König Karl nach Aquae Granni, um den Bau der riesigen Pfalzanlage zu überwachen. Unzählige Bauern verrichteten dort ihren Frondienst; Knechte und Leibeigene schufteten bis zum Umfallen. Aus allen Teilen des Reichs waren Arbeiter, Handwerker, Künstler und Huren herbeigeeilt, um ihren Beitrag für das ehrgeizige Projekt des Frankenkönigs zu leisten: Aquae Granni sollte zur Hauptstadt des Reichs ausgebaut werden.

Für die gewaltige Pfalz wurden große Waldstücke gerodet, Steinbrüche beim jetzigen Kornelimünster, bei Breinig, Maastricht und Valkenburg erschlossen und Ziegel aus den alten römischen Ruinen gebrochen. Viele Fachwerkhäuser waren bereits errichtet, Werkstätten etabliert und sogar einige Straßen befestigt worden. Die ersten massiven Steinbauten, wie zum Beispiel die Königsaula, standen auch schon.

Camena zeigte sich besonders beglückt, dass die alten Thermen wieder aktiviert werden sollten. Ich freute mich, dass die vor Kurzem noch so verschlafene Siedlung endlich wieder zu neuem Leben erwacht war und mir mit der rasant wachsenden Bevölkerung zahllose frische Seelen in Aussicht stellte.

Maßlos aber störten mich des Königs regelmäßige Badestunden in unserem Pfuhl. Ich verstand nicht, weshalb es der verliebten Wassernymphe zunächst zu genügen schien, ihn dabei nur zu beobachten. So schmerzlich der Gedanke auch war, ich hätte es vorgezogen, wenn sie sich ihm gleich beim ersten Mal ohne weitere Kunststückchen hingegeben hätte. Natürlich nur, um danach einzusehen, dass ihr auch dieser Sterbliche kein Glück bescheren könne, schon gar kein ewiges. Da jedem Anfang ein Ende innewohnt, trieb ich die Erfüllung von Camenas ungesunder Leidenschaft voran.

»Warum zeigst du dich ihm denn nicht, wenn du ihn verführen willst?«, wollte ich also wissen, als sie wieder einmal mit verzücktem Blick des Königs nackten Körper im Wasser musterte. Wie immer war er zum Bad an dieser Stätte ohne Begleitung gekommen. Er bewegte sich im Teich, als verrichte er eine heilige Handlung. Während er seinen müden Gliedern die Wohltaten des schwefelduftigen warmen Wassers gönnte, hielt er unablässig den Uferstreifen im Blick. Wahrscheinlich erhoffte er sich eine nochmalige Sichtung der erhabenen Frau im Schilf.

»Ich übe mich in Geduld«, gab Camena auf meine Frage zurück.

Eine unsinnige Bemerkung angesichts der kurzen Haltbarkeitszeit von Sterblichen. Nur Götter können sich Geduld leisten, vor allem in Liebesangelegenheiten. Nein, nicht die Geduld frisst den Teufel, wie die Menschen sagen, sondern die Missachtung seiner Persönlichkeit. Eines solchen Verstoßes machte sich Camena schuldig. Sie quälte mich gnadenlos mit ihrem Thema Nummer eins, vergaß darüber sogar ihre neckischen Spielchen mit mir und vernachlässigte zudem noch ihre Pflichten als Hüterin der Quellen.

Das musste ein Ende haben.

»Geh zu ihm!«, drängte ich sie.

»Ich darf mich ihm nicht so zeigen wie früher«, wehrte sie ab.

»Warum nicht? Er war doch von deiner Erscheinung hingerissen.«

»Weil er mich für Mutter Maria hielt. Die würde er nie im Leben anfassen. Jedenfalls nicht so, wie ich es mir wünsche. Ich möchte von diesen starken Händen gestreichelt und geliebkost werden, von Karls kräftigen Beinen umschlungen …«

Ich unterbrach sie mit lautem Husten. So genau wollte ich es wirklich nicht wissen. Rasch wechselte ich das Thema.

»Dieser Maria will er sein neues Gotteshaus weihen. Es wird aber keine neue Kultstätte geben, liebe Camena. Mit all meiner Macht werde ich den Bau verhindern!«

Das feindliche kleine Holzhaus war schon schlimm genug, unerträglich aber die Vorstellung, künftig aus einem gewaltigen steinernen Prunkbau zur Glorie des Unsichtbaren ausgeschlossen zu werden. Dafür hatten wir Aquae Granni nicht gegründet.

»Das wirst du schön bleiben lassen«, gab Camena erregt zurück. »Die Kirche wird gebaut werden! Ich träume jetzt schon von der großartigen Akustik in dieser Halle, von Klängen, wie ich sie noch nie vernommen habe. Du hast ja keine Ahnung, mein teuflischer Freund, welche Freude mir die gregorianischen Gesänge bereiten! Ich werde mir meinen Hörgenuss von dir doch nicht versauen lassen. Ach, Faunus, schau doch mal, diese kräftigen Beine, wie die Tropfen auf den goldenen Härchen im Sonnenlicht glitzern, ist das nicht ein ausgesprochen göttlicher Anblick?«

Gerade dem Pfuhl entstiegen, hatte sich der König auf einen großen Stein gesetzt. Er hielt die Augen geschlossen und sein Gesicht den wärmenden Strahlen der Mittagssonne entgegen.

»Der Legionär war besser gebaut«, knurrte ich. »Dieser Mann hat einen Bauch. Findest du das etwa schön?«

»Jetzt oder nie«, flüsterte Camena. »Ich halte es nicht mehr aus!«

Schwaches Geplätscher. Der König öffnete die Augen. Ein paar Schritte von ihm entfernt entstieg dem Pfuhl ein wunderschönes junges Mädchen mit hüftlangem blondrotem Haar. Das helle Kleid klebte an dem vollkommenen Leib der Quellgöttin, die ich in dieser gerade erst erblühten menschenweiblichen Phase noch nie gesehen hatte. Der König griff rasch nach seiner Tunika, warf sie sich über und stand auf. Er spürte nicht einmal den Biss des Flusskrebses, der wütend an seinem rechten großen Zeh kniff. Am liebsten hätte ich mich in ein aggressives Wildschwein verwandelt. Doch Camena würde mir nie verzeihen, wenn ich das Objekt ihrer Begierde zerfleischte. Also ließ ich den Flusskrebs verschwinden, machte mich zu einer Hornisse und zog böse brummend meine Kreise über des Königs Haupt.

»Schöne Maid«, rief der König, »Was tust du hier?«

»Nur baden, erhabenster Herr, verzeiht mir«, sagte die glockenhellste Stimme, die je an diesem Pfuhl erklungen war. Camena deutete über seinen Kopf. »Ihr seid in großer Gefahr, Herr König.«

Blitzschnell griff sie nach mir und umschloss meinen Flügelleib mit beiden Händen. Ach, welch köstliche Nähe! Ausgiebig erforschte ich die warme Höhle ihrer Hände und beschnupperte die Wurzel eines jeden Fingers. Selten habe ich mich an einem Ort so wohl gefühlt.

»Um Gottes willen, Mädchen, ist das etwa eine Hornisse?«

»Ja«, hauchte Camena und hielt ihm die geöffneten Hände hin. Immer noch überwältigt, blieb ich auf der verlogenen Lebenslinie ihrer linken Hand hocken und putzte mich.

Der König trat einen Schritt zurück.

»Du bist eine Hexe!«

»Nein«, sang Camena, »nur ein Kind des Waldes. Ich kenne die Tiere hier, sie tun mir nichts, ebenso wenig wie ich ihnen.«

Sie hob die Hand an ihre Lippen und pustete mich fort. Das war mir nur recht. Nichts wie weg. Den vorhersehbaren Gang der Ereignisse wollte ich mir nicht zumuten. Blieb nur zu hoffen, dass mir Camena später Details ersparte.

Ihre gregorianischen Gesänge aber sollte sie sich in Zukunft außerhalb einer christlichen Festung anhören, schwor ich mir. Mehr denn je war ich nun darauf bedacht, den Neubau eines mir unzugänglichen Tempels in Aquae Granni abzuwenden. Stattdessen plante ich, der Quellgöttin die schönste Grotte der Nymphengeschichte in Tropfstein meißeln zu lassen. Dort sollten die edelsten Stimmen der von mir eroberten Seelen erklingen, nie verwehen und auf ewig hell und sauber für Camena ihren Zauber verbreiten.

Das war mein Plan.

König Karl aber hatte natürlich einen anderen. Camena entlockte ihm alle Einzelheiten dazu. Denn in diesem verfluchten Sommer traf sie sich täglich mit dem König am Pfuhl. Bevor sie mir anschließend über den Fortgang der Bauarbeiten berichtete, musste ich mir anhören, wie liebevoll Karl doch mit ihr umgehe, und welche Sorgen das armselige bedeutende Menschlein so plagten.

»Niemand will einsehen, weshalb er die Gebäude seiner Pfalz, die Aula und die königlichen Häuser, so kreuz und schräg mitten in das alte römische Geviert hineingesetzt hat«, sagte Camena.

»Stimmt«, gab ich zurück. »Warum hält sich dieser dumme König nicht an die Vorgaben des Geländes und unseres vernünftigen römischen Gefüges?«

»Er ist ebenso wenig dumm wie du, Faunus. Er hat aber etwas, was dir abgeht.«

»Ach ja? Und was sollte das sein?«

»Ehrgefühl. Er ist an ein Versprechen gebunden, weißt du das nicht mehr?«

»Sei so lieb und klär mich auf.«

»Der Altar, Faunus, der Steintisch des Apollo Grannus.« Ihre Stimme vibrierte sanft, wie immer, wenn sie ihren angenommenen Namen selbst in den Mund nahm.

So erfuhr ich, dass dieses von Camena hervorgehexte Möbelstück zur Grundlage einer absolut unsinnigen Städteplanung geworden war. Der kleine Karl hatte seinem Vater Pippin versprochen, den Tisch genau an der Stätte zu belassen, wo er hingezaubert worden war. Aber wie Nachkommen nun mal sind, plante der große Karl, die Vorgabe seines Vaters leicht abzuändern. Der Altar sollte um genau 38 Grad gewendet werden, angeblich damit er als Herzstück von Kirche und Pfalz nach Jerusalem weise. Meiner Meinung nach aber wollte der König damit ein Zeichen setzen: Niemand, nicht einmal sein dahingeschiedener Vater, dürfe ihm detaillierte Vorschriften machen.

Den ersten Nadelstich versetzte ich dem Bau, als das Fundament gelegt wurde. Dabei machte ich mir Camenas Pflichtvergessenheit zunutze. Als sie sich wieder einmal mit dem König am Ufer unseres Pfuhls vergnügte, ließ ich Wasser aus einer ihrer Thermen aufsteigen, über der des Königs Kirche errichtet werden sollte. Ratlos wateten die Baumeister durch den Morast. Auf diesem sumpfigen Grund würde kein Fundament je eine hohe Kirche aus massivem Stein tragen können, erklärten sie später dem König. Doch der wischte ihre Bedenken beiseite. Die Fachleute sollten sich gefälligst etwas einfallen lassen. Die Kirche müsse genau an jener Stelle errichtet werden, die er angewiesen habe.

Außer sich vor Zorn stellte mich Camena zur Rede. Wie unverschämt es doch sei, dass ich in ihren ureigenen Quellbereich eingreife und es ihr zudem noch unmöglich mache, das Wasser wieder versiegen zu lassen!

»Es kommt aus der Unterwelt«, gab ich zurück. »Und über die herrsche nun mal ich.«

Sie verlegte sich aufs Flehen, doch ich blieb unnachgiebig. Aber dann machte sie mir ein Angebot, das ich nicht ablehnen konnte.

»Eine Nacht, Faunus«, hauchte sie. »Ich schenke dir eine einzige Liebesnacht, wenn du den Sumpf wieder verschwinden lässt oder den Baumeistern zu einer Eingebung verhilfst, wie sie das Fundament da ausschachten können, wo es der König haben will.«

Mir stockte der Atem. Camenas Begeisterung für den König und seine Kirche wurde mir zwar immer unheimlicher, aber ich hörte nur noch das Wort Liebesnacht. Bei einer einzigen solchen würde es gewiss nicht bleiben, wenn ich geschickt alle Register zog. Dem ehrlichen Werben des Teufels kann auf Dauer schließlich kein Wesen widerstehen! In meinen haarigen Armen würde Camena den dickbauchigen Frankenkönig vergessen und bis in alle Ewigkeit nur noch nach meinen Liebkosungen lechzen. Ach, welch süße Aussichten! Unverrichteter Dinge würde König Karl künftig den Ort des Stelldicheins verlassen und sich zu Recht fragen, ob es beim Verschwinden des schönen Mädchens etwa mit dem Teufel zugegangen sei.

»Liebesnacht«, wiederholte ich verzückt das Zauberwort. »Wann?«

»Sobald du das Problem mit dem Sumpf gelöst hast.«

Ganz so schnell aber wollte ich nicht nachgeben. Ich legte Camena den Plan meiner musikalischen Nymphengrotte vor.

Sie schüttelte den Kopf. »Das hast du nicht zu Ende gedacht, Faunus, verdammte Seelen singen kein Halleluja. Nicht einmal du wirst sie dazu zwingen können.«

»Es gibt auch andere schöne Musik.«

»Dafür verschenke ich keine Liebesnacht. Entscheide dich schnell, ich muss weg. Einen König lässt man nicht warten.«

Oh, wie tief Camena doch gesunken war! Ich erinnerte sie an ihre Wesenheit.

»Du bist eine Göttin!«

»Die eine Verabredung hat. Also Liebesnacht gegen Fundament?«

»Einverstanden«, murmelte ich geschlagen.

Bereits geschaffene Tatsachen mache ich nur ungern rückgängig. Also besuchte ich noch in derselben Nacht einen der Baumeister und gab ihm ein, den Boden achtzehn Fuß tief auszuschachten und dem Sumpf mithilfe einer großen Anzahl angespitzter Eichenpfähle ein Fundament abzutrotzen.

In der darauf folgenden Nacht schuf ich im Wald aus feinstem Moos ein Lager, das einer Göttin würdig war. Den Blättern der Bäume legte ich harmonisches Geraschel auf, dem Silberbach melodisches Geplätscher und einem Bienenchor im Hintergrund romantisches Gesumme, unterlegt von lockenden Eulenrufen.

Ich ermahnte mich, mit dem Geschöpf meiner Begierde sanft umzugehen. Also fuhr ich meine Krallen ein und wartete mit blank geputzten Hörnern auf die Stunde der Erfüllung.

Zwischen zwei Bäumen trat nach einer Weile eine anmutige Gestalt auf mich zu. Sie breitete die Arme aus und lächelte mich an.

»Camena! Endlich!«

Ich riss sie an mich, küsste sie und vergaß im Hunger der Leidenschaft alle Vorsätze. Sanfte Liebkosungen liegen nun mal nicht in der Natur des Teufels. Außerdem hatte ich Angst, dass mir die Göttin im letzten Moment noch ihre Gunst entziehen würde. Also landete sie sehr hart auf dem Moos und ich auf ihr. Ich kam sofort zur Sache.

Wortreich entschuldigte ich mich, als ich meine erste Begierde befriedigt hatte, und versprach ihr, sie jetzt zu den köstlichsten Höhen der Leidenschaft zu führen.

»Wir haben ja noch die ganze Nacht vor uns«, sagte ich versonnen.

Eine Antwort blieb aus.

»Camena?«, fragte ich. »Habe ich dich verstimmt?«

Schweigen.

Und da wusste ich es. Camena hatte mich reingelegt.

Aufgebracht forderte ich ihre Zwillingsschwester zum Verschwinden auf: »Mach, dass du wegkommst, du ungeliebter Schatten! Von dir will ich nichts.«

Das sprachlose Wesen schwebte davon. Mit einer Hand brachte ich den musikalischen Hintergrund ebenfalls zum Verstummen und rief zum Blätterdach über mir hinauf: »Du hast mich betrogen, Camena!«

»Habe ich nicht«, erklang ihre Stimme.

»Du hast mir eine Liebesnacht versprochen!«

»Und gegeben. Ist es meine Schuld, wenn du sie abbrichst?«

»Eine Liebesnacht mit dir!«

»Eine Liebesnacht. Von mir war nicht die Rede. Du weißt doch, dass ich vergeben bin. Meine Liebe gehört allein König Karl.«

Einem König, der sein eigenes Gesetz brach. Er war verheiratet und betrog seine Gemahlin mit Camena. Da endlich, endlich fiel mir ein, wie ich der unerfreulichen Angelegenheit ein Ende bereiten könnte. Ich hatte ja eine Verbündete!

Noch in derselben Nacht suchte ich Königin Fastrada in ihrer Kammer heim.

Sie war nicht überrascht, mich zu sehen.

»Herr der Finsternis«, flehte sie mich an. »Erlöse mich von meinen Zahnschmerzen!«

Ich tat, wie mir geheißen und fragte dann: »Ist das dein einziger Wunsch, Frau Königin?«

Sie schüttelte den Kopf.

»Sprich!«, forderte ich sie auf.

Tränen rannen ihr über das Gesicht, als sie von ihrem Gemahl sprach. Wie er einst auf sie aufmerksam geworden war, als sie sich in einem Schlachtgetümmel barbusig den Sachsen in den Weg geworfen hatte, wie er sie auf Händen getragen und ihr jeden Wunsch von den Augen abgelesen hatte - bis er von einem Tag auf den anderen plötzlich gänzlich das Interesse an ihr und ihrem Leib verloren hätte.

»Nicht wünsche ich mich sehnlicher als seine Liebe zurück!«, schluchzte sie.

»Du sollst sie haben«, versicherte ich und überreichte ihr einen Ring, der in den heißesten Feuern der Unterwelt geschmiedet worden war. »Solange du diesen Ring an deinem Leib trägst, wird der König bis in alle Ewigkeit keine andere Frau mehr begehren, kein anderes Wesen!«

»Muss ich dir als Gegenleistung dafür meine Seele versprechen?«, fragte sie ängstlich.

Ich schüttelte den Kopf. Ihre Seele gehörte mir bereits – sonst hätte sie mich gar nicht wahrnehmen können.

Camena sollte nie erfahren, weshalb der König seine Badestunden nicht mehr in unserem Pfuhl abhielt. Ich freute mich darauf, sie in ihrem Liebeskummer trösten zu können, aber seltsamerweise wirkte sie überhaupt nicht unglücklich.

»Stört es dich denn gar nicht, dass dich dein König so einfach fallen gelassen hat?«, fragte ich sie eines Mittags.

»Er fehlt mir«, gab sie zu, »aber er hat mir etwas sehr Kostbares geschenkt. Ich erwarte sein Kind.«

Göttinnen unterliegen nicht den gleichen Schwangerschaftsgesetzen wie Menschenfrauen. Noch in derselben Nacht wurde Camenas Tochter geboren, ein vollkommenes Geschöpf, das sie Emma nannte.

»Emma bedeutet die Allumfassende«, erläuterte sie, als sie mir das Kind zeigte. »So allumfassend und groß, wie meine Liebe zu Karl immer bleiben wird, auch wenn seine zu mir erloschen ist.«

Als Ehefrau des Legionärs hatte die menschspielende Camena einige Kinder großgezogen, darunter auch den Urgroßvater des inzwischen längst in den ewigen Ruhm eingegangenen König Artus. Wie aber wollte sie sich als Geistwesen um den sehr stofflichen Nachwuchs des Frankenkönigs kümmern?

Sie überraschte mich. Aus Liebe zu ihrer Tochter zog sie sich mit ihr in eine Waldhütte zurück. 40 Monde später, als König Karl wieder mal auf die Jagd ging, erhaschte er einen Blick auf dieselbe Hirschkuh, die ihn damals zum Pfuhl gelockt hatte. Der König gab seinem Pferd die Sporen und jagte dem Tier wieder ohne Begleitung hinterher. Diesmal brachte es ihn zu Camenas Waldhütte. Karl stieg ab, band sein Pferd an einem Baum fest und betrat das Häuschen.

Es schien verlassen zu sein. Doch dann blickte der König in den großen Weidenkorb, der mitten im Raum neben der erkalteten Feuerstelle stand.

Darin lag ein Kind.

»Dies ist deine Tochter Emma«, vernahm er plötzlich die glockenhelle Stimme, die ihn Jahre zuvor am Pfuhl so verzückt hatte. Wild blickte er um sich, aber es war niemand zu sehen.

»Nimm sie zu dir und gib ihr die Wärme, die ich ihr nicht zu bieten vermag«, sang Camena. »Sie wird dir eine Freude sein. Sollte sie aber je deinen Unmut erregen, schicke sie zurück zu mir in den Wald.«

Sehr viele Jahre später sollte der König genau das tun – aber diese Geschichte werde ich erst erzählen, wenn sie in der Chronologie an der Ordnung ist.

Denn es gibt vorher noch Wichtigeres zu berichten: Das stolze Königshaus ging pleite. Vor allem der Bau der Pfalz sowie die vielen Kriege hatten die Mittel der Schatzkammer erschöpft. Es gab weder Gold noch Geld, um weiter an der Marienkapelle zu bauen. Die Arbeiten ruhten, und viele tüchtige Handwerker hatten schon ihre Zelte in Aquae Granni abgebrochen. Mit Freuden sah ich bereits erste Grashalme aus den Mauern der Bauruine wachsen.

Der König selbst aber wusste nichts von der leeren Kasse und der Not seiner Leute, da er sich wieder mal auf einen ausgedehnten Feldzug gegen die Sachsen begeben hatte. Er erwartete, nach seiner Rückkehr ein nahezu fertiges Gotteshaus vorzufinden. Die Folgen seines Zorns wagte sich niemand auszumalen.

Guter Rat war teuer. Und die Verzweiflung war so groß, dass ich höchstpersönlich um ein Darlehen angefleht wurde. Da schlug meine ganz große Stunde.

## VI

### Geldsorgen

Königin Fastrada rief mich zu sich. Seit unserer ersten Begegnung hatte sie mich schon öfter um kleine Gefälligkeiten gebeten. Die erfüllte ich ihr gern; schließlich hatte der König dank ihr endgültig von Camena abgelassen.

Außerhalb meiner Macht stand es allerdings, Fastrada auf Dauer die Zahnschmerzen zu nehmen. Daraus schloss ich, dass diese Qualen göttlichen Ursprungs sein mussten. Vermutlich strafte sie der große Unsichtbare für ihren Kontakt zu mir und anderen dunklen Mächten. Da halfen auch ihre vielen Gebete am Grab des sogenannten Heiligen Goar nur wenig.

Den Ring hatte sich die Königin so kunstvoll ins Haar geflochten, dass er nur noch durch die Schere zu entfernen gewesen wäre. Zu jener Zeit aber hätte sich eine hohe Frau niemals von ihrer Haarpracht getrennt, schon gar nicht Fastrada, der das Wissen um die Kraft des Haars deutlich bewusst war. Eine Kenntnis, die inzwischen leider nicht nur modernen Royals verloren gegangen ist. Königinnen und Prinzessinnen, die ihre

Kraftquelle wechselnder Frisurmode opfern, lassen mich ob ihrer Unbedarftheit erschauern.

Aber wer weiß denn heute noch, welcher Zauber Haaren innewohnt? Sie dienen dem Menschen als Fühler, sind quasi nach außen verlagerte Nervenstränge, die wichtige Informationen an die Sinne weiterleiten und magische Energie abgeben. Jedes Haar, das der Mensch an seinem Körper schneidet oder diesem ausrupft, entzieht ihm ein Stück Zauberkraft. Die Kunst, eine solche wirkungsvoll einzusetzen, geht allerdings Gurus der Jetztzeit völlig ab. Bei ihnen ist die Berufung auf magische Fähigkeiten wahrlich an den Haaren herbeigezogen, da bei ihnen der verheißungsvolle Wildwuchs längst zur Mode verkommen ist.

Christenmenschen behaupten zwar heute auch noch, ihnen stünden vor Schreck die Haare zu Berge, aber sie hinterfragen diese Redewendung nicht mehr. Offenbar ebenso wenig wie Samsons Geschichte in ihrem heiligen Buch. Der Riese verlor erst seine Kraft, als ihm Delila ans Haar ging.

Königin Fastrada gab sich keine sonderliche Mühe, die Begeisterung für Magie vor ihrem Gemahl geheim zu halten. Karl mochte zwar als eifriger Kämpfer für die Bekehrung zum Christentum auftreten – er war aber mittlerweile so besessen von seiner Frau, dass er ihr diese Spielereien, wie er es nannte, nachsah. Da er allerdings auch frische Luft liebte, hielt er sich ungern in ihren Gemächern auf.

Denn sie hatte Wände und Fenster mit dichtem Stoff verhängen lassen. Der Duft der Kräuter, die in kleinen Schalen verglommen, kam dadurch intensiver zur Wirkung. Mit kostbaren, würzig riechenden Ölen, die jüdische Händler aus dem Morgenland ins Frankenreich brachten, rieb Fastrada zu ihrer Sicherheit fast alles ein, was sie berührte. Ihre Haut suchte sie mit speziellen Salben gegen die Zeichen eines Alters zu schützen, das sie nie erleben sollte. Sie konnte ja nicht ahnen, dass ihre Seele schon sehr bald mir gehören würde.

Die Königin stand nicht nur mit mir in Verbindung – sie hatte sich auch einige Dämonen dienstbar gemacht. Diese Boten der Geisterwelt aber traten ehrfurchtsvoll in den Hintergrund, sobald ich der Königin erschien.

Wie auch an jenem Tag, als ich durch die Wand das düstere, duftgeschwängerte Gemach Fastradas betrat. Brummen, Pfeifen und Knistern ebbten ab, und dunkle Schemen verflüchtigten sich in die Muster der Stoffe. Die Königin ruhte auf ihrem Lager und winkte mich näher zu sich heran.

»Schon wieder Zahnschmerzen?«, fragte ich, ließ mich auf der Bettkante nieder und ordnete meinen Schweif.

»Wenn es nur das wäre!«, seufzte sie und setzte zu einer großen Klage an. Der Schatzmeister gebe ihr weder Geld, Gold noch Geschmeide heraus. Er wage es, ihr, der Königin, ein heiliges Recht vorzuenthalten! Am liebsten würde sie ihn köpfen lassen.

Natürlich wusste ich, was ihr besonders sauer aufstieß: Sie konnte sich das Amulett nicht leisten, das ihr ein Hexenmeister von der großen fremden Insel im Westen an diesem Mittag angeboten hatte. Das gute Stück hatte einst den Hals der ebenso mächtigen wie berüchtigten Fee Morgana geziert - mit der übrigens Camenas Nachfahre König Artus einst gehörig aneinandergeraten war. Fastrada hatte sich von der geballten Ladung Magie überzeugt, die das Schmuckstück auch nach so vielen Menschenaltern immer noch in sich barg. Dementsprechend kostspielig war es auch.

»Du kannst den Schatzmeister gern einen Kopf kürzer machen«, sagte ich ihr. »Ich freue mich über jede neue Seele, und seine ist mir ja gewiss, aber sein Nachfolger wird dir auch nichts geben können. Kein müder Pfennig mehr da.« Ich grunzte zufrieden. »Nicht mal für den Steinpalast des Allmächtigen, was ich für eine durchaus erfreuliche Entwicklung halte.«

»Dieser Bau hat unseren Reichtum verschlungen!«, klagte Fastrada. »Nur deshalb muss ich jetzt darben. Was keinen Menschen hier am Hof kümmert. Niemand denkt an mich. Alle haben nur Angst vor Karls Zorn. Davor, wie er wüten wird, wenn er bei seiner Rückkehr diese Bauruine vorfindet.« Sie beugte sich vor und flüsterte: »Die Angst der Höflinge ist so groß, dass sogar dein Name fiel, mein gehörnter Freund. ‚Geld muss irgendwie herbeigeschafft werden', sagte der Schatzmeister soeben. ‚Und wenn wir es uns vom Teufel selbst leihen müssen.' Was hältst du davon?«

»Dass sie lange darauf warten können!«, rief ich. »Wieso sollte gerade ich den Bau eines Gebäudes fördern wollen, das mir den Zutritt verweigert?«

»Das wäre schön dumm«, bestätigte Fastrada. »Aber mir kannst du doch ein kleines bisschen Gold schenken?«

Kokett entblößte sie die Brüste, deren Anblick einst den König so verzaubert hatte. Ich war nicht in der Stimmung, ließ also so viel Goldstaub auf den prächtig gewölbten Busen niedergehen, dass er wieder züchtig bedeckt war.

»Das sollte für Morganas Amulett reichen.«

Entzückt griff Fastrada zu einem Elfenbeinspachtel und transportierte sorgsam die Fragmente des Edelmetalls in eine Silberdose.

»Für die Kirche müsstest du erheblich mehr als nur ein bisschen Staub herbeizaubern, mein Teufel! Karl wird wahrlich außer sich sein. Welch eine Schmach! Wo er sogar schon den Heiligen Vater zur Einweihung seiner Marienkapelle eingeladen hat!«

»Meinst du etwa den Papst?«, fragte ich sehr interessiert. »Würde der wirklich aus Rom hierher kommen?«

»Natürlich würde er das, aber wenn es keine neue Kirche gibt, kann er sich die Beschwerlichkeiten der Reise ersparen«, erwiderte Fastrada. »Dabei hat Karl alle Einzelheiten der Einweihung schon genauestens geplant. Nach seinem streng geheim gehaltenen Plan soll der Papst als Erster den fertigen Bau betreten, um ihn zu weihen, und dann ...«

Ich ließ sie weiterreden und löste mich in Luft auf.

Mit einem Schlag hatten sich meine Prioritäten verändert. Sollte das Haus Gottes seinen Stellvertreter zu uns locken, dann musste es auf jeden Fall fertig gestellt werden. Wo ich in Rom gescheitert war, könnte ich in Aquae Granni triumphieren.

Schnöder Mammon eröffnete mir nun eine bislang ungeahnte Möglichkeit: Ich würde die Mittel zum Bau der Kirche bereitstellen und mir dafür die erste Seele ausbedingen, die am Einweihungstag das Gebäude betreten sollte. Karls Berater würden gewiss alles daran setzen, unseren Deal vor ihrem König geheim zu halten. Allerdings musste ich verhindern, dass sie frühzeitig erfuhren, wer denn die Kirche als Erstes betreten sollte.

Hatte ich mir den Obersten Hirten der Christenheit geschnappt, würden mir die Seelen aller seiner Schafe zur leichten Beute werden. Und der Papst würde den künftigen Dom dann nicht seinem unsichtbaren Gott, sondern mir, dem Teufel, weihen müssen.

Eine größere Genugtuung war kaum vorstellbar. Faunus reloaded! Ich wäre Herr dieser Welt, könnte sie ungestört nach meiner Vorstellung gestalten und vielleicht sogar ein paar ausgesuchte Gottheiten alter Zeit wieder zu frischer Existenz erwecken. Nicht gerade Jupiter, eher solche, die sich mir bedingungslos unterordneten. Mein alter Freund Bacchus wäre ein guter Kandidat. Er könnte mit dazu beitragen, Aquae Granni zur Hauptstadt eines weltumfassenden orgiastischen Kults aufsteigen zu lassen.

An meiner Vorschau konnte ich mich gar nicht sattsehen. Nymphen und Faune, Kobolde und Feen, die, in üppigen Gärten und an lauschigen Stränden von edlen Tropfen berauscht, umhertollen, sich mit Menschen vergnügen und ihre Lustbarkeit nur unterbrechen, um mir zu huldigen. Natürlich würde ich meinen christlichen Namen wieder ablegen sowie alle Bezeichnungen, die mich als Gegenspieler des dann natürlich längst aufgelösten Unsichtbaren kennzeichneten.

Ich könnte wieder als der auftreten, der ich wirklich war und mich am Schelmentum ergötzen. Die lästige Jagd nach Seelen würde ich aufgeben. Nicht etwa, weil mir dann ohnehin schon alle zugefallen wären, sondern weil kein Unsichtbarer mehr eine Alternative anböte. Künftig würden die toten Sterblichen auch ohne meine Hilfe den Weg in den Orkus finden, so wie bisher ja meistens auch. Ich müsste meine Kraft nicht mehr aus der Angst der Menschen vor der Hölle ziehen.

Ich rief mich selbst zur Ordnung: Verliere dich nicht wieder in Details! Zu oft schon haben sie dir den Blick aufs große Ganze versperrt und dadurch Niederlagen herbeigeführt. Behalte das große Ziel im Auge, dir sämtliche Wesenheiten untertan zu machen!

Zuallererst natürlich Camena. Wie jede andere Göttin auch würde sie angesichts meines Triumphs endlich ihre Liebe zu diesem sterblichen König vergessen. Ich sah sie schon vor dem ewig existierenden Meister des Universums in die Knie gehen. Natürlich würde ich die Quellgöttin nicht im Staub liegen lassen, sondern ihr großmütig die Hand reichen und sie an meiner Seite in das majestätische Musiktheater führen, das ich dem Allmächtigen entrissen hatte. Ach, wie lächerlich sah daneben doch die musikalische Nymphengrotte aus!

Alles deins, würde ich ihr zuflüstern, wenn sie staunend durch den steinernen Prachtbau mit den edlen Bogengängen, den bunten Fenstern und der weiten Kuppel wandelte. Mein Ziel rückte in greifbare Nähe. So dachte ich.

Dass dann vieles leider entschieden anders kommen sollte, als ich es mir damals vorgestellt hatte, quält mich heute noch. Aber, wie gesagt, in eigener Sache lässt mich meine Vorsehungsgabe gnadenlos im Stich. Doch hinsichtlich der Marienkapelle konnte ich einen bemerkenswerten Erfolg verbuchen: Noch Jahrtausende später sollte sich die Menschheit fragen, wie zum Teufel die barbarischen Franken ein solch eindrucksvolles Gebäude im ausklingenden achten Jahrhundert zustande gebracht haben. Wissenschaftler rätseln noch immer, welcher unbekannte Meister die weiteste Kuppel nördlich der Alpen gewölbt haben mag. Ein recht verwirrter deutscher Historiker hat sogar Jahrhunderte aus den Geschichtsbüchern herausgestrichen, nur um dieses Phänomen zu erklären. Dem armen Mann verschafft Camena heute noch regelmäßig schlaflose Nächte. Sie verübelt ihm die Behauptung, ihr großer Karl habe nie gelebt. Nun, wenn die Existenz ihrer Lieben auf dem Spiel steht, ist mit der Quellgöttin wahrlich nicht zu spaßen.

Damals, als ich noch glaubte, alles würde in meinem Sinne für mich ausgehen, hatte ich mich zu etwas Unverzeihlichem hinreißen lassen, mich nämlich nicht nur in Details, sondern vor allem in Träumen verloren. Der Klang in diesem Neubau, so fantasierte ich unbeirrt weiter, würde Camena derart entzücken, dass sie endlich ihren Widerstand aufgeben und mit Freuden die Meine werden würde.

Trunken vor Glückseligkeit griff ich am Pfuhl zur Flöte.

»Ach, Camena«, jubelte ich zwischen zwei Takten, »Ich habe eine wunderschöne Überraschung für dich!«

Gespannt wartete ich auf ihre Antwort. Würde zumindest Neugierde den Groll der Quellgöttin überwinden? Seit dem Stillstand der Bauarbeiten an dem künftigen christlichen Steinhaufen mied sie meine Gesellschaft. Das schmerzte. Sie hatte mich angefleht, den Franken Mittel für den Weiterbau der Kirche zur Verfügung zu stellen, aber ich musste dieses Ansinnen als absolut unzumutbar zurückweisen.

»Behalte deine Überraschung für dich, Faunus«, vernahm ich die geliebte melodische Stimme. »Du bereitest mir doch nur Kummer.«

»Niemals mit Absicht und diesmal schon gar nicht! Du sollst deine Kirche haben, Camena! Ich werde die Franken mit Geld, Gold und Kunstfertigkeit ausstatten. Das Ding wird gebaut werden.«

Ich unterstrich meine Ankündigung mit einer hübschen Folge fröhlicher Takte.

»Woher dieser plötzliche Sinneswandel?« Das Misstrauen in ihrer Stimme war unüberhörbar.

»Um dir eine Freude zu machen, du Holdeste aller Göttinnen. Ich kann es nicht ertragen, wenn du mir zürnst.«

»Du willst wirklich helfen, diese Kirche zu bauen?«

»Ich schwöre es!«

»Und was verlangst du als Gegenleistung?«

»Nichts. Ich handele gänzlich uneigennützig.«

»Das ist gänzlich wider dein Naturell.«

»Mein Naturell sehnt sich nach deinem.«

»Aha. Also doch eine Gegenleistung.«

»Wäre es zu viel verlangt, dich so wie früher erschauen und sprechen zu dürfen?«

»Nur das?«

»Nur das. Keine Angst, du brauchst deine Zwillingsschwester nicht abermals zum Teufel zu schicken.«

Aus dem Pfuhl schoss eine Fontäne. Auf deren Spitze thronte Camena in genau jener berückenden Gestalt, die ich einst am verlassenen Nympharium in Rom angesprochen hatte. Damals hatte ich sie berühren können. In ihrem ureigenen Element aber blieb sie für mich unfassbar. Ich verging fast vor Sehnsucht.

»Listenreicher Faunus«, sang sie. »Ich vermag dir nicht zu glauben. Du hast für alles einen Preis. Da du ihn mir nicht nennen willst, wird er außerordentlich hoch sein. Also werde ich dir meinerseits einen Pakt anbieten.«

Sie richtete sich auf, hob die Arme über den Kopf, bis sich die Fingerspitzen berührten, und drehte auf der Fontäne eine Pirouette. Erst langsam, dann so schnell, bis ihre Konturen mit dem sprudelnden Wasserstrahl verschmolzen. Mir wurde vom Hinsehen schwindlig. Ich setzte mich auf dem Stein nieder, von dem aus König Karl einst Camena dem Pfuhl hatte entsteigen sehen.

Sie ließ die göttliche Vorführung in eine Kaskade ausfließen und die Fontäne so weit absinken, bis sie mit mir auf Augenhöhe war.

»Pakt?«, keuchte ich atemlos, als wäre ich selbst durch den glitzernden Wasserstrudel gewalzt. »Sprich, Camena, du Lieblichste aller Libellen!«

»Sobald der Schlussstein der Kuppel gesetzt sein wird …« Sie brach ab und berührte ihren Mund mit zwei Fingern, »… darfst du diese Lippen küssen. Das schwöre ich, so wahr ich Apollo Grannus bin.«

Fast hätte es mir den Schwefelbrodem verschlagen. Ein Kuss war mehr, als ich zu hoffen gewagt hatte. Doch ich blieb auf der Hut.

»Einen leidenschaftlichen Liebeskuss«, verifizierte ich ihr Angebot. »Für einen freundschaftlichen oder zwillingsschwesterlichen Schmatz gehe ich keinen Pakt mit dir ein.«

»Wusste ich es doch«, seufzte sie. »Dein Preis ist hoch. Ich bin einverstanden und schwöre, dass du mich so ausgiebig und innig küssen darfst, wie du es wünschst. Aber erst, wenn der Schlussstein für die Marienkapelle gesetzt worden ist.«

Ich verkniff mir ein diabolisches Grinsen. Wer den Atem des Teufels schmeckt, bettelt nach mehr.

»Dann lass uns dieses Geschäft schon mal mit einem rein freundschaftlichen Kuss besiegeln!«, rief ich und sprang in den Pfuhl.

Doch sie war bereits in einem Sprühnebel verschwunden.

Ich verlor keine Zeit. Ordentlich herausgeputzt, betrat ich noch am selben Abend den Beratungssaal der königlichen Würdenträger. Ringe an den Fingern, Goldketten um den Hals und ein gefiederter Kopfputz sollten mich zunächst einmal als reichen Edelmann aus italischen Landen ausweisen.

Wer ich wirklich war, würden die daheimgebliebenen Männer am Tisch des Königs schon früh genug erfahren. Ihre Köpfe fuhren herum, als ich plötzlich in der Tür stand.

Einhard, Karls kurz geratener Schreiber und Kathedralenkoordinator, sprang auf. Bevor er nach Wachen rufen konnte, hob ich die Hand.

»Ich weiß, dies ist eine geschlossene Gesellschaft, meine Herren, doch ich komme als Retter in der Not! Hört mich an, es soll euer Schaden nicht sein.«

Damit zog ich drei prall gefüllte Säckchen unter meinem pelzbesetzten Reisemantel hervor und warf sie auf den Tisch.

»Überzeugt euch selbst, reines Gold«, versicherte ich. »Und reichlich mehr ist auf dem Weg nach Aquae Granni, wenn wir uns einig werden.«

Während Hände nach den Säckchen griffen, ließ ich mich auf jenem geschnitzten Stuhl nieder, den sonst nur der König besetzen durfte. Ich machte mir die Sprachlosigkeit der Höflinge zunutze und redete weiter.

»Meine Herren, ganze Aquae Granni weiß es, und wer es nicht wüsste, könnte es in euern Mienen lesen. Ein ungeheurer Geldkummer drückt euch. Da kann ich augenblicklich Abhilfe schaffen.«

Freudiges Staunen malte sich in den Gesichtern der Männer ab, die den Inhalt der Säckchen geprüft hatten.

»Wer seid Ihr?«, fragte Einhard misstrauisch. Er stand neben mir, und ich sah, wie es hinter seiner hohen Stirn arbeitete. Zunächst überlegte er noch, wie er den seltsamen Gast aus des Königs Stuhl herauskomplimentieren könnte. Gleich aber würden ihn ganz andere Sorgen plagen.

»Graf Faunus aus Italien.« Im Sitzen deutete ich eine Verbeugung an. »Die Kunde von eurer misslichen Lage hat mich nach Aquae Granni eilen lassen. Nur ich kann euch jetzt noch helfen. Denn ich gehöre zu den Wenigen, die Geld und Gold in Überfluss haben.« Freundlich nickte ich der Runde zu: »Nennt mir nur die Summe, die ihr zum Bau der Kirche benötigt. Das Geld ist euer, ganz gleich, wie viel es sein mag.«

Nach erstem ungläubigen Staunen verklärten sich alle Gesichter. Nur der lästige Einhard schien noch Bedenken zu haben. Unumwunden fragte er mich, unter welchen Bedingungen und zu wie hohen Zinsen ich dieses Darlehen denn anbiete.

»Zinsen!«, wiederholte ich mit einer wegwerfenden Handbewegung, »Zinsen verlange ich ebenso wenig, wie die Heimzahlung der Summe. Ich stelle nur eine winzig kleine Bedingung: dass nämlich die erste Seele, die am Weihetag des Baus denselben betritt, mein Eigen werde.«

Somit hatte ich die Karten auf den Tisch gelegt. Um jeglichen Zweifel an meiner wahren Identität und meinen Absichten auszuräumen, schob ich des Königs Stuhl ein wenig nach hinten und legte einen Bocksfuß auf den Tisch.

Die Entsetzensschreie blieben den Männern in der Kehle stecken. Sie schafften es nicht einmal, sich zu bekreuzigen. Entkräftet rutschten alle von den Bänken und verkrochen sich unter dem Tisch.

Nur Einhard blieb stehen. Er hob einen zitternden Arm.

»Hebe dich hinweg, Satan!«

Ein mutiges Kerlchen. Es hielt sogar meinem feurigen Blick stand. Nicht aber dem Schwefelstrahl, der meinem Maul entwich und der den kleinen Schreiber durch das offene Fenster auf den Hof hinauskatapultierte. Mit diesem Spielverderber konnte ich mich jetzt nicht abgeben.

»Meine Herren«, sprach ich gelassen zu der Versammlung unter dem Tisch. »Ich hätte euch wirklich nicht für so schwach gehalten. Mehrere von euch haben das Geld von mir erfleht. Nun, da ich erschienen bin und euch dasselbe gutmütig anbiete, verkriecht ihr euch wie furchtsame Knaben! Aber gut, wenn ihr mein Gold nicht wollt, dann bleibt es eben bei den Awaren. Dort verhelfe ich gerade des Königs Sohn Pippin, die Ringburgen zu erobern. Aber er muss ja nicht notsächlich die unermesslichen Reichtümer dieses Volkes erbeuten. Er kann genauso gut im ehrenvollen Kampf sterben. Ihr habt die Wahl, meine Herren.«

Unter dem Tisch rührte sich nichts. Es war mucksmäuschenstill im Raum. Geräuschvoll schob ich den Stuhl zurück und erhob mich.

»Wie ihr wollt. Dann überlasse ich euch eben Zorn und Trauer des Königs. Seine Wiederkehr steht vor der Tür, durch die ich euch jetzt verlassen werde. Seid gewappnet.«

Ich öffnete die Tür.

»Halt«, meldete sich eine bebende Stimme unter dem Tisch.

# VII

## Der Pakt mit dem Teufel und der Tod der Fastrada

Einiges geriet jetzt unter dem Tisch in Bewegung. Verhaltenes Stoßen und Schlagen hatte angehoben. Der Haltrufer wurde offensichtlich daran gehindert, hervorzukriechen und sich mir zu stellen. Ich vernahm asthmatisches Keuchen, eintöniges Gemurmel und ängstliches Wimmern. Dann reckten sich mir Arme entgegen.

Belustigt betrachtete ich die hübsch gefertigten Kettenanhänger zwischen zitternden Fingern, Kreuze, die mich schon längst nicht mehr zu bannen vermochten. Sie hatten ihren Weihezauber verloren, da sie nur noch als Symbole des Reichtums und eitel Schmuckwerk die Hälse der Räte zierten. Aha, der unsichtbare Allmächtige hatte also Prinzipien. Mit einem kurzen Blick nach oben und einer angedeuteten Verneigung zollte ich ihm für diese Demonstration von Fair Play meinen Respekt. Danach setzte ich das fort, was er so gern verhindert, nämlich meinen Seelenfang.

»Wenn ihr nun doch verhandeln wollt, meine Herren, müsst ihr mir schon mehr von euch zeigen«, bemerkte ich. »Warum fürchtet ihr euch vor einem gefälligen Teufel? Wollt ihr aber auf meine kleine Bedingung nicht eingehen, berührt mich das nicht weiter.

Für eine solche Summe Geldes, wie ihr sie nötig habt, kann ich mir mühelos 10 Dutzend Seelen erwerben. Geld ist nun mal der schmackhafteste Köder, mit dem ich mir Menschenseelen angele.«

Zur Ermunterung warf ich ein weiteres Säckchen unter den Tisch.

»Geschmeide wird ebenfalls gern gegen Seelen eingetauscht. Seht doch, wie großzügig ich mich abermals verhalte: Für den Schmuck in diesem Säckchen verlange ich von euch keine zusätzliche Seele. Ihr könnt euch selbst und eure Frauen also unbesorgt damit behängen. Natürlich nur, falls ihr auf meine eben erwähnte winzige Kondition eingeht. Setzt euch also wieder auf die Bänke, meine Herren! Wie wollt ihr mich denn über den Tisch ziehen, wenn ihr unter ihm hocken bleibt?«

Nach und nach krochen die Männer aus ihrem Versteck hervor und sanken mit immer noch bebenden Körpern auf die Bänke nieder.

»Nun, ehrwürdige Herren, zu welchem Entschluss seid ihr gekommen?«

Ein rotgesichtiger Königsberater räusperte sich und brachte dann heiser hervor: »Die Bedingung ist gänzlich unzumutbar. Sie wird von uns einstimmig und in vollem Umfang zurückgewiesen. Wir sind Christenmenschen. Niemals werden wir dem Teufel eine Seele verkaufen und sollte darüber die Welt untergehen!«

Ich warf mich wieder auf des Königs Stuhl und brach in Gelächter aus.

»Was seid ihr doch für schlechte Rechner, meine Herren! Zählt nur all die Seelen, die mir durch diese Kirche, die ihr mit meinem Gelde bauen könnt, abspenstig gemacht werden – und ich verlange dafür nur eine Einzige! Seht ihr denn nicht, dass nicht ihr, sondern ich bei diesem Handel im Nachteil bin? Ach was …«.

Ich sprang auf den Tisch, hockte mich breitbeinig hin wie einst auf Pippins Altar und grinste jedem der Männer ins Gesicht.

»Was für eine dumme Grille von mir, euch derartig freundlich entgegenzukommen. Doch ich warne euch, damit ist gleich Schluss. Wenn ihr euch nicht eines Besseren besinnt, wird eure Bauruine bald hübsche Nester für meine Eulen abgeben, das verspreche ich euch. Und zu Walpurgis werde ich natürlich meine Hexen dorthin beordern. Wartet nur, bis ihr sie mit den Dämonen zwischen den verfallenden Mauern tanzen seht!«

Mit einem eleganten Salto sprang ich zu Boden und griff mir im Flug die Sanduhr aus einer Wandnische. Ich drehte sie um und deponierte sie mit einer ausladenden Bewegung auf des Königs Tisch.

»Und doch bin ich so liebenswürdig und zeige noch einmal Nachsicht mit euch. Mein Angebot steht, bis das letzte Sandkorn durchgeflossen ist. Danach aber wird mich kein Betteln und Flehen mehr umstimmen. Was natürlich nicht heißt, dass mich nicht ein jeder von euch in anderer Sache herbeirufen kann. Im Tausch gegen seine Seele mache ich ihn reich, ihm jede Frau gefügig, verpflanze ihn in ein Land mit wärmerem Klima oder erfülle ihm auch andere abwegigere Wünsche.«

Während der Sand nach unten rieselte, steckten die Männer ihre Köpfe zusammen. Sie hätten nicht zu flüstern brauchen; ich verstand ohnehin jedes Wort.

Man war sich sehr schnell einig, dass meine Seelenrechnung richtig aufgestellt war. Für mein Angebot sprach zudem, dass ich keine Agio, also keinen Aufschlag auf den Nennwert, verlangte. Eine einzige verlorene Seele schien angesichts der unzähligen Seelen, die in der Kirche gerettet werden könnten, schlussendlich ein recht vorteilhaftes Geschäft zu versprechen.

Noch nicht einmal die Hälfte des Sandes war durch den schmalen Hals des Stundenglases geflossen, als die Würdenträger mein Angebot akzeptierten. Danach hatten sie es sehr eilig, den Tauschhandel über die Bühne zu bringen. In zittrigen Minuskeln malte einer der Herren rasch einen entsprechenden Satz aufs Pergament, den dann ein jeder unterschrieb. Besiegelt schoben sie mir das Schriftstück zu.

»Noch eins verlange ich von euch«, sagte ich, nachdem ich mich von der ordnungsgemäßen Ausfertigung des Schuldscheins überzeugt hatte. »Ein jeder schwöre bei seiner Seele, niemandem von dem zu berichten, was hier gerade abgemacht worden ist.«

Hatten sich die Gesichter der Herren bei meinem ersten Satz noch erschrocken verdunkelt, so hellten sie sich augenblicklich wieder auf. Alle nickten zustimmend. Keinem erschien es zweckmäßig, Kunde von dem Vorkommnis zu verbreiten. Sollte die Geschichte nämlich ruchbar werden, würde niemals auch nur ein einziger Mensch die Kirche betreten und mir somit die versprochene Seele vorenthalten werden. Des Königs Ratgeber aber hatten sich solidarisch für diese Seele verpflichtet, womit mir dann freistünde, zumindest eine der ihren zu holen.

»Wir schwören bei unseren Seelen Geheimhaltung«, sprachen die Männer im Chor. Um die angespannte Stimmung zu lockern, verkündete ich eine gute Nachricht: »König Pippin von Italien hat mit meiner Hilfe soeben den Schatz der Awaren erbeutet.«

Ich nahm meine Kopfbedeckung ab, griff zum Pergament und spießte es auf einem Horn auf. »Doch es wird noch eine Weile dauern, ehe der Sohn König Karls mit den Schätzen in Aquae Granni eintrifft. Dieser Vorschuss dürfte genügen, um die Zeit bis dahin finanziell zu überbrücken. Ihr seht also, ich halte mein Versprechen und erwarte von euch nichts anderes.«

Ich schnipste mit den Fingern und zauberte eine große Eichentruhe mit Silberbeschlägen herbei. Im selben Augenblick flog die Tür zur Beratungskammer auf. Gänzlich aufgelöst stürzte Einhard herein. Er war kreidebleich.

»Was ist das hier?«, schrie er entgeistert und schlug den Deckel der bis zum Rand gefüllten Truhe auf. Ein Strahl der untergehenden Sonne stahl sich durchs Fenster und ließ die Goldstücke prächtig funkeln.

Der Schreiber des Königs sank zu Boden und verbarg sein Gesicht in den Händen.

»Welch ein Unglück, meine Herren!«, jammerte er. »Auf was für einen Handel habt ihr euch bloß eingelassen! Gott sei unseren armen Seelen gnädig!«

Er warf sich auf die Knie und bekreuzigte sich. Als aufrichtig gläubiger Mensch verscheuchte er mich damit, sodass ich die nachfolgende Diskussion persönlich nicht weiterverfolgen konnte. Doch alles für mich Wesentliche war ja bereits unumkehrbar geregelt worden. Die Seele von Gottes Stellvertreter hatte ich gewissermaßen schon im Sack; so glaubte ich damals, ich dummer Tropf!

Die Arbeiten an der Kirche wurden so schwunghaft und mit solchem Eifer wieder aufgenommen, dass sich der König bei seiner Rückkehr sehr zufrieden über die Fortschritte äußerte. Über die einstmals leere Schatzkammer hüllten sich seine Ratgeber in Schweigen wie natürlich auch über ihre hübsche Vereinbarung mit mir. Die ich meinerseits vor Camena geheim hielt. Sie sollte weiterhin glauben, ich unterstützte den Bau dieser Kirche einzig, um ihr Freude zu bereiten. Und natürlich des versprochenen innigen Kusses wegen.

Genüsslich berichtete ich ihr bei unserem nächsten Zusammentreffen von meiner Großtat im Vorfeld.

»Du musst schon zugeben, meine Liebe, dass es eine wirklich geniale Idee war, dem Königssohn Pippin die Schätze aus den Ringburgen der Awaren zufallen zu lassen, nicht wahr?«, fragte ich sie, als wir am Pfuhl ein kleines Gelage abhielten. Ich ließ eine Karaffe feinsten italischen Weins erscheinen. Schließlich gab es etwas zu feiern.

Sie machte eine wegwerfende Handbewegung.

»Das ist doch das Mindeste, was man von einem einigermaßen klugen Teufel erwarten kann«, versetzte sie. »Gold regnen zu lassen …«, sie sah mich von der Seite her kopfschüttelnd an, »… oder es säckchen- und truhenweise herbeizuzaubern, das allerdings wäre schön dumm gewesen.«

Woher wusste sie das schon wieder?

»Es waren nur drei sehr kleine Säckchen und eine einzige Truhe«, verteidigte ich mich, »gewissermaßen eine Übergangslösung, bis der Reichtum hier eintrifft.«

»Und ein Säckchen mit Schmuck.«

»Nichts im Vergleich zu dem schmückenden Beiwerk, das in den nächsten Tagen hier eintreffen wird. Ganz speziell für dich, liebste Camena, habe ich etwas organisiert, das dir in Aquae Granni noch ein wohligeres Gefühl von Heimat bescheren wird als dieser köstliche Tropfen. Rate doch mal.«

Sie würde nie darauf kommen.

Fastrada hatte mir berichtet, dass Papst Hadrian ihrem Gemahl für die neue Kirche Geschenke aus Rom und Ravenna versprochen hatte. Zum Beispiel das alte Reiterstandbild von Theoderich dem Großen. Mit diesem zusammen sollten antike Säulen über die Alpen nach Aquae Granni geschafft werden. Da diese aber erst aus unseren alten Bauwerken herausgebrochen werden mussten, lenkte ich das Augenmerk der römischen Kultschänder auf das alte Nympharium Camenas. Wie gern hatte sie sich einst gegen die grünen Porphyrsäulen gelehnt und ihr edles Antlitz am Stein gekühlt –, das würde sie hier bald wieder tun können.

»Nun?«, hakte ich nach. »Womit werde ich dir also eine Freude bereiten?«

»Schmückendes Beiwerk«, wiederholte sie abfällig. »Was soll ich damit, Faunus? Schmuck ist doch eher was für deine gierigen menschlichen Gespielinnen!«

Sie steckte sich eine Rose ins Haar.

Ich lachte.

»Du hast recht, Camena, die Natur ist dir in der Tat Schmuck genug! Doch das schmückende Beiwerk, von dem ich sprach, wirst nicht einmal du dir umhängen können. Und dennoch wird es dir Tränen des Glücks in die Augen treiben. Wollen wir wetten? Um einen Kuss?«

Natürlich ließ sie sich auf diesen Handel nicht ein.

Des Königs Freude über die Kunde von den Schätzen, die sein Sohn Pippin von den Awaren erbeutet hatte, wurde bald erheblich getrübt: Der Gesundheitszustand von Königin Fastrada verschlechterte sich rapide. Karl war außer sich vor Verzweiflung. Er überwand seine Abneigung gegen ihre miefigen dunklen Gemächer und verbrachte jede freie Minute an der Bettstatt seiner Gemahlin.

Ich übrigens auch, aber mich konnte er natürlich nicht wahrnehmen. Mir ging es darum, augenblicklich zur Stelle zu sein, wenn die Königin das Zeitliche segnete. Nicht nur, weil mir das Ergreifen ihrer Seele einen ungeheuren Schub an Kraft verleihen würde, sondern weil ich mich verpflichtet fühlte, ihr ein ehrenvolles Geleit in die Unterwelt zu geben. Schließlich hatte ich Fastrada sehr viel zu verdanken. Man darf über mich denken, was man will, doch meine Schulden begleiche ich gewissenhaft.

Camena lag auch auf der Lauer, aber aus anderen Gründen. »Wenn sie tot ist, wird der König endlich zu mir zurückkehren«, meinte sie.

Das wollte ich natürlich verhindern, musste also dafür sorgen, dass niemand einer toten Fastrada den Ring aus den Haaren ziehen würde. Dann nämlich würde der König seine Gemahlin auch über den Tod hinaus weiterhin verzweifelt lieben und sich nie wieder einer anderen Frau, vor allem eben nicht meiner bezaubernden Quellgöttin, zuwenden. So glaubte ich damals. Doch weil es wieder um meine eigenen Belange ging, blieb mir verborgen, welch fürchterliche Folgen dies zeitigen sollte.

Karl verbrachte Tag und Nacht im Gemach seiner Gemahlin und flehte sie an, ihn nicht zu verlassen. Als ihm die Ärzte gestanden, ihr nicht mehr helfen zu können, sandte er Boten ins Land. Sie sollten alle Wunderheiler und Wanderprediger auftreiben, die es gab, ganz gleich, ob diese getauft waren oder nicht. Er rieb Fastradas schweißnassen Körper mit Wein ab, überwachte höchstselbst die Zusammenstellung von Kräutertrünken, die ihn seine Mutter gelehrt hatte, und warf sich vor dem Bett seiner Gemahlin auf die Knie. Ich hörte, wie er mit Gott handelte und haderte. Doch der Allmächtige hatte längst seine Entscheidung getroffen.

Nach zwei Wochen hob Fastrada zum ersten Mal wieder die Lider. Erst war ihr Blick trüb, weitete sich aber, als sie meine Gestalt am Fußende ihres Bettes erblickte. Ihr Mund öffnete sich, und ihre Füße zuckten. Karl missverstand die Lage gänzlich. Voller Hoffnung reckte er die Arme empor, eilte zum Fenster und dankte Gott im Himmel laut und vernehmlich.

Als er sich umwandte, hatte ich Fastrada bereits von ihrer Seele befreit. Ihr Kopf war zur Seite gekippt. Aus ihrem Mund lief etwas Speichel, und ihre Haut war kreidebleich geworden.

»Nein, nein, nein!«, schrie Karl entgeistert. Er warf sich aufs Bett und drückte den schnell erkaltenden Körper seiner Gemahlin an sich. Als seine Wärme nicht auf sie übergehen wollte, riss er der Königin das Krankengewand herunter und steckte seine großen Hände in die Schüssel mit Wein neben dem Bett. Hastig, aber sorgsam rieb er jede Stelle ihres Körpers ab und pflanzte seine Küsse auf jedes Fleckchen Haut, als könnte er es dadurch wieder zum Leben erwecken.

»Karl, lass ab, die Mühe ist vergeblich, Gott hat sie zu sich genommen«, sagte der vom Schrei des Königs herbeigerufene Priester, der es natürlich nicht besser wissen konnte.

»Das dulde ich nicht!«, brüllte der König. »Geh mir aus den Augen und sprich solches nie wieder! Meine geliebte Frau schlummert doch nur.«

Er blieb bei dieser Behauptung. Tagelang durfte es niemand wagen, sich dem König im Bett der toten Königin zu nähern. Nicht einmal seiner Lieblingstochter Rotrud gelang es, ihn zum Verlassen der Leiche und der Kammer zu bewegen.

Der Schmerz des Königs war namenlos. Fassung und Besonnenheit, die man an ihm in traurigen und misslichen Verhältnissen gewohnt war, hatten ihn gänzlich verlassen. Alle am Hof erschauerten vor der Zurschaustellung dieser Leidenschaft. Man fürchtete um den Verstand des Königs und war ratlos, wie es weitergehen sollte.

Karls Gemahlin hatte sich im Orkus schon längst häuslich eingerichtet, als er sich immer noch mühte, die Tote zu erwecken. Er lag neben der leblosen Hülle auf dem Bett und rief sie bei den süßesten und zärtlichsten Namen.

»Sie ist nicht tot, sie schläft nur!«, schrie er jeden zornig an, der es wagte, sich auf der Schwelle zur Kammer zu zeigen.

Durch die geschlossene Tür flehten seine Kinder und Höflinge ihn an, das Unvermeidliche zu akzeptieren und die Leiche endlich bestatten zu lassen.

Der König liebte Fastrada über den Tod hinaus. Meine Rechnung war also aufgegangen. Doch unverzeihlicherweise hatte ich Fehler wie ein Sterblicher gemacht, nämlich die Konsequenzen meiner Handlung nicht bedacht. Zudem hatte ich den Zauber des Rings unterschätzt. Selbst ich wäre nie auf den Gedanken gekommen, dass er den König davon abhalten könnte, die Hülle der geliebten Frau beerdigen zu lassen.

Über das Grauenvolle, das im Palast vor sich ging, wusste Camena ebenfalls Bescheid. Es dauerte nicht lang, bis sie den Braten roch.

»Da hast du dir einen ganz faulen Zauber ausgedacht, Faunus!«, fuhr sie mich an. »Ich weiß doch, dass du dahinter steckst!«

»Was hätte ich davon?«, gab ich zurück. »Fastradas Seele gehört mir doch schon längst.«

»Du hast mir den König abspenstig gemacht, und jetzt zwingst du ihn, sich mit der Leiche seiner Frau zu vereinen?«, rief sie außer sich. »Eine solche Erbarmungslosigkeit ist nicht mal des Teufels würdig! Ich verabscheue dich, Faunus, und werde erst wieder ein Wort mit dir wechseln, wenn du meinen König erlöst hast.«

Meinen König! Ich sah ein, wie hoffnungslos meine Hoffnung immer noch war. Solange Karl lebte, würde Camena nicht von ihrer dummen Liebe lassen. Da ich aber nicht solange auf ihre Gesellschaft verzichten wollte, gab ich mir einen Ruck.

Ich schlich mich in den Traum eines Würdenträgers und verriet ihm den Grund für Karls schauerliche Leidenschaft.

Der Mann sprang sofort aus dem Bett und eilte in das Zimmer Fastradas, wo der König, an deren Leiche geschmiegt, tief und fest schlief.

Ohne auch nur eine Sekunde zu zögern, griff Karls Berater zur Schere und schnitt das Haar der Königin da ab, wo der Ring verräterisch funkelte. Das zauberhafte Juwel rollte dabei zu Boden. Der Mann, dem fürchterlich grauste, machte sich nicht die Mühe, danach zu suchen. So schnell er konnte, floh er vor dem schauderhaften Anblick und dem Gestank aus der Kammer.

Ich hob den Ring auf, steckte ihn ein und weckte den König. Der öffnete die Augen.

Wie aus einem schweren Traume erwacht, erkannte er mit einem Schlag die Wirklichkeit. Hastig sprang er aus dem Bett, blickte entsetzt auf den verwesenden Leichnam seiner einstmals so schönen Frau, brach in Tränen aus und verließ schleunigst das Totenzimmer.

Noch bevor er in seine eigenen Gemächer zurückkehrte, erteilte er die Anordnung, augenblicklich alles für das Leichenbegängnis der Königin vorzubereiten.

Ich kehrte an den Pfuhl zurück.

»Camena!«, rief ich. »Dein Wunsch war mir Befehl! Der König ist erlöst.«

Als ich nichts sah oder hörte, warf ich den Ring in hohen Bogen in den Pfuhl. »Sieh selbst, das magische Kleinod ist soeben versunken!«

Vor mir materialisierte sich eine versonnen lächelnde Camena.

»Das hast du gut gemacht, Faunus!«, strahlte sie und hauchte mir einen Kuss auf die haarige Wange. Meine Freude darüber währte nur sehr kurz. Ich hatte einen gewaltigen Fehler begangen, einen so großen Lapsus, wie er einem berechnenden Teufel niemals unterlaufen darf.

Denn der Zauber des Rings wirkte nicht nur weiter, sondern konterkarierte sogar meine eigenen lauteren Absichten.

Das begriff ich wenige Stunden später, als der König zum ersten Mal seit Jahren wieder in unseren Pfuhl sprang. Als er auftauchte, lag ein träumerischer Glanz auf seinem Gesicht, ganz so, als wäre mit ihm aus den Tiefen des Weihers eine wunderschöne Erinnerung aufgestiegen. Mit unruhigem Blick suchte er das Schilfufer ab.

Schamlos, dachte ich empört, als sich ihm Camena tatsächlich zeigte.

»Mein Mädchen!«, rief Karl begeistert.

Er schwamm mit kräftigen Zügen zum Ufer und watete durchs Schilf. Doch die Erscheinung war verschwunden. Enttäuscht blickte er um sich und ließ sich dann erschöpft auf den großen Stein fallen. Er konnte ja nicht ahnen, dass sich sein Mädchen in eine farbenprächtige Libelle verwandelt hatte, die jetzt fröhlich um seine Füße herumschwirrte. Ich machte mich zur Mücke und stach den König ins rechte Augenlid.

Vergebens schlug er nach mir und begab sich dann fluchend auf den Heimweg.

»Warum hast du ihn nicht über dich herfallen lassen?«, fragte ich, als wir wieder allein waren.

»Du bist pietätlos, Faunus«, schnaubte Camena. »Er soll erst mal seine Königin begraben.« Beglückt setzte sie hinzu: »Dann wird alles wieder so wie früher werden!«

Genau das hatte ich vermeiden wollen.

# VIII

## Wie ein Papst in Nöten den König flugs zum Kaiser macht

Karl nahm also wieder regelmäßig sein Bad in unserem Pfuhl und vergnügte sich dort mit Camena. Daran änderte sich auch nichts, als er kurz danach die schöne Liutgard heiratete, eine Frau hoher Abstammung und eine Geliebte aus früheren Zeiten. Diesmal aber zeigte sich Camena nicht im Geringsten eifersüchtig.

»Karl braucht eine Mutter für seine Kinder«, erklärte sie unbekümmert, »und das Land braucht eine Königin. Aber sie teilt das Lager nicht mit ihm.«

»Und du nimmst ihm diese Behauptung ab, ja?«, bemerkte ich süffisant, obwohl ich wusste, dass sie recht hatte. »Armes Mädchen, fällst auf die zweitälteste Lüge der Männerwelt herein.«

Sie blieb gänzlich ungerührt.

»Und was ist die älteste?«, fragte sie gelassen.

»Was wohl? Der Spruch für die Ehefrau: *Ich betrüge dich nicht.* Und zwar in allen Varianten. Wie auch: Du bist die einzige Frau in meinem Leben oder: Es gibt keine andere neben dir.«

»Es gibt wirklich keine andere neben mir. Sieh selbst.«

Camena fuhr sich durchs Haar. Etwas Goldenes blitzte in den blonden Locken auf.

»Schamlose Kreatur!«, fuhr ich sie an. »Wie konntest du nur den Ring der Fastrada aus dem Pfuhl herausfischen?«

»Ganz einfach. Es ist mein Wasser, und alles darin gehört mir auch. Du siehst also, Faunus, Karl kann nur mich begehren.«

Doch dass Begehren nicht immer mit Liebe gleichzusetzen ist, lernte die Quellgöttin, als nach wenigen Jahren auch Liutgard starb. Karl, der seiner Gefährtin in aller Keuschheit äußerst zugetan gewesen war, trauerte so sehr um sie, dass er sich monatelang am Pfuhl nicht blicken ließ.

»Der Ring hat seine Wirkung verloren!«, jammerte Camena, riss ihn sich aus dem Haar und warf ihn zurück in die Tiefe.

Ich jubelte nicht, denn ich wusste, dass diese unselige Angelegenheit noch längst nicht ausgestanden war.

Zu Camenas großer Freude entledigte sich der König nach einer angemessenen Zeit der Trauer am Ufer des Weihers wieder seiner Kleidung. Alles ging so weiter wie zuvor.

Mich wunderte nur, dass sich die Quellgöttin Karl nach wie vor in ihrer Jungmädchengestalt zeigte. Da seit der ersten Begegnung viele Jahre vergangen waren, hätte sie den Anstand besitzen sollen, sich wenigstens ein paar Krähenfüße um die Augen zu zaubern. Doch nicht einmal ihr göttlicher Busen gab vor, der Schwerkraft Tribut zu zollen.

»Was für ein dummer König!«, erklärte ich. »Oder hast du ihm etwa verraten, dass du die ewige Jugend gepachtet hast?«

»Er ist ein Mann«, antwortete sie, als ob dies alles erkläre. »Er nimmt das Gesamtbild auf, Details interessieren ihn nicht. Und er mag seine Frauen nun mal taufrisch.«

»Bald wirst du jünger aussehen als deine Tochter«, warnte ich. »Und das sollte ihm nicht auffallen?«

»Für ihn ist Emma die Tochter einer Geliebten aus einer anderen Zeit«, erwiderte sie. »Die war damals sein Mädchen, heute bin ich es.«

»Und morgen ist es die da«, sagte ich und nickte zum Waldrand hin, an dem sich ein hübsches weißblondes Mädchen mit einem Baum unterhielt.

Camena wandte sich rasch um.

»Welches Mädchen?«, fragte sie scharf.

»Jetzt kannst du sie nicht mehr sehen. Sie hat sich gerade in einen Baum unter Bäumen verwandelt.«

Camena lachte.

»Warum nicht in eine Blume unter Blumen? So einfach kannst du mich nicht eifersüchtig machen, mein Lieber!«

Nichts lag mir ferner. Eifersucht bindet und stirbt meist lange nach der Liebe. Mein Ziel aber blieb, Camena Karl zu entfremden. Wenn es sie schon nicht störte, durch sich selbst austauschbar zu sein, wollte ich mit meinem zutreffenden Hinweis auf das Mädchen an ihren Stolz appellieren. Sie sollte endlich einsehen, wie unwürdig es einer Göttin war, sich von einer beliebigen Menschenfrau den Rang ablaufen zu lassen.

Zugegeben, das wandlungsfähige Geschöpf am Waldrand zählte selbst ich nicht zu den ganz gewöhnlichen Sterblichen. Sie hieß Gerswind und war die Tochter des Sachsenfürsten Widukind, Karls einstmals größtem Widersacher. Der hatte das Kind nach seiner Taufe als Pfand am Frankenhof zurückgelassen und dem christlichen König somit ein Element der alten Welt untergejubelt.

Denn dieses Mädchen rief immer noch manche von der Auflösung bedrohten Götter an und sicherte ihnen damit zumindest eine etwas wacklige Existenz. Später sollte die kleine Heidin tatsächlich Karls letzte Geliebte werden und ihm eine Tochter schenken. Wie Camena vor ihr ja auch.

Deren Kind Emma wuchs wie Gerswind mit den Töchtern und Enkelinnen des Königs auf. Wie auch bei manchen anderen außerehelichen Kindern Karls blieb der Name der Mutter ein Geheimnis. Jeder am Hof ging davon aus, dass diese, wie die anderen abgelegten Geliebten des Herrschers, in irgendeinem Kloster ein behütetes Dasein fristete.

Die Bastarde zählten allerdings nicht zum allerengsten Familienkreis. Camena war darüber beglückt, denn das bedeutete, dass Emma den Herrscher nicht auf seine oft langen und gefahrvollen Reisen und Kriegszüge begleiten musste. An Aquae Granni gebunden, hätte ihr die Mutter nirgendwohin folgen können. Sie suchte ihre Tochter oft auf, zeigte sich ihr aber nur im Traum oder als ihre Lieblingstaube.

»Willst du wissen, wen deine Tochter mal heiraten wird?«, fragte ich herausfordernd.

»Kenne ich den Mann?«

»Ja. Er weilt hier am Hof.«

»Wer ist es?«

»Einen innigen Kuss wäre diese Information schon wert, finde ich.«

»Zu teuer, Faunus. Es kommt, wie es kommt. Hauptsache, sie wird glücklich.«

Mit einer ganz besonders hässlichen Grimasse demonstrierte ich tiefe Traurigkeit.

»Deiner armen Emma stehen schwere Zeiten bevor, Camena. Willst du sie davor nicht schützen?«

»Wie ich dich kenne, kostet mich das bestimmt auch einen innigen Kuss?«

»Was? Du willst das Glück deiner Tochter verramschen? Nein, meine Liebe, um das vorbestimmte Schicksal so wesentlich zu verändern, musst du schon mehr … hinlegen. Am besten gleich dich selbst.«

Die Backpfeife, die sie mir versetzte, ließ meine Hörner erröten und meine Ohren rauschen. Als ich wieder zu mir kam, war Camena verschwunden. Ich lächelte versonnen. Immerhin hatte sie mich berührt.

Aber betrogen hatte sie mich auch. Inzwischen wusste ich, dass die Kuppel der Kirche ohne Schlussstein fertig gestellt werden sollte. Kein Schlussstein, kein Kuss. Als ich dahinter kam, versetzte ich dem Bau einige Nadelstiche. Einmal ließ ich zum Beispiel die Steinsetzer von zwei Seiten aufeinander zumauern und freute mich teuflisch, als sie nicht höhengerecht auskamen, um die Stangen der Ringanker waagerecht platzieren zu können. Es dauerte sehr lange, bis sie den Fehler korrigieren konnten.

Die Ringanker waren das eiserne Korsett, das die künftige Kuppel der Kirche zusammenhalten sollte. Diese langen Eisenstäbe sowie die prunkvollen Gitter und schweren Türen wurden von Künstlern langobardischer Abstammung geschmiedet, die ich nach Aquae Granni geschickt hatte, und deren Feuer ich kräftig anheizte. Denn natürlich wollte ich den Bau nicht mehr grundsätzlich verhindern. Ich hatte schließlich ein Ziel.

Das aber schien plötzlich fraglich zu sein.

Denn als der Säulenhehler Papst Hadrian starb, setzte sich ein Mann auf den Stuhl Petri, der nicht dorthin gehörte. Er nannte sich Papst Leo III. und hatte sein Amt mit Mord und Ämterverkauf erlangt. Er log, betrog, gab Verbrechen in Auftrag, fälschte Reliquien, hurte mit verheirateten Frauen herum, legte Meineide ab und überhaupt ein Verhalten an den Tag, das mir bei jedem anderen Menschen sehr behagt hätte. Nicht aber bei diesem Mann.

Damit ich mein oberstes Ziel, nämlich die Erlangung sämtlicher Christenseelen auf einen Schlag, erreichen konnte, musste Gottes Stellvertreter unfehlbar sein. Dieses Dogma hatte die christliche Kirche damals zwar noch nicht formuliert, aber mir erschien es zwingend logisch, dass ein Allmächtiger seinen Stellvertreter mit Unfehlbarkeit ausstatten müsste. Demnach war Leo kein Papst, sondern ein Usurpator.

Ehrlich gesagt, hatte ich dem großen Unsichtbaren so viel Hinterlist gar nicht zugetraut: Sollte ich bei der Weihe der Kirche die Seele Leos III. ergreifen, würde ich tatsächlich nur eine einzige erlangen – noch dazu eine, die mir ohnehin zustand. Die Seelen der gesamten Christenheit aber würde mir nur ein würdiger Stellvertreter des Allmächtigen zuführen können.

Ein Gott, der Dinge so kompliziert einfädelt, muss sich wahrlich nicht vor mir manifestieren, um mir seine Existenz zu beweisen. In stummer Unsichtbarkeit hatte er den Fehdehandschuh aufgenommen, den ich ihm hingeworfen hatte.

Papst Leo musste weg.

Wenn auch aus anderen Gründen teilte ich diese Meinung mit vielen Römern, vielleicht sogar mit König Karl, dem das Treiben Leos so große Kopfschmerzen bereitete, dass er Camena mehrmals am Pfuhl versetzte. Und wenn er doch kam, langweilte er sie mit Klagen über das schändliche Verhalten des Nachfolgers seines geliebten Papstes Hadrian.

»Tu was!«, drängte sie mich. »Er spricht über nichts anderes mehr. Wenn dieser Vater in Rom nicht so heilig ist, wie er sein sollte, hast du doch freies Spiel!«

Genauso dachte ich auch, nicht ahnend, dass ich mich wieder einmal der perfiden Weitsichtigkeit des großen Unsichtbaren würde geschlagen geben müssen.

Dabei fing alles so gut an. Zwei Männer, die eine Rechnung mit Leo offen hatten, rissen ihn in Rom auf einer Prozession vom Pferd. Zwar scheiterte ihr Versuch, ihm mitten in der aufgebrachten Menge die Augen auszustechen und die Zunge herauszureißen, um ihn amtsunfähig zu machen, aber immerhin konnten sie den Papst entführen. In der Abgeschiedenheit eines Klosters wollten sie ihm angeblich den Prozess machen, in Wirklichkeit aber den Rest geben.

Doch aus mir damals noch unerklärlichen Gründen hielt der Allmächtige seine Hand über seinen vermeintlichen Stellvertreter und verhalf ihm zur Flucht ins Frankenland. Dort wollte Leo den mächtigen König Karl um Hilfe gegen seine Feinde angehen.

Auf dem Weg gen Norden verbreitete er weiterhin ungeniert Lügen: Attentäter hätten ihn zwar geblendet und ihm die Zunge herausgerissen, aber Gott, der Allmächtige habe seine Augen geheilt und die Zunge nachwachsen lassen. Nun ja, die Welt will betrogen sein; wer weiß das schon besser als ich. Und vor allem will sie an Wunder glauben.

Also wurde Leo in sämtlichen Dörfern ein großer Empfang bereitet. Blinde und Taube traten vor ihn, auf dass er ihnen die Hand auflege und auch sie wieder sehen und sprechen könnten. Es hieß, sogar Lahme, die seiner auch nur ansichtig geworden waren, hätten plötzlich wieder gehen können. Nach meiner Erfahrung versetzt der Glaube zwar keine Berge, aber Menschen immer wieder in wundersame Zustände.

König Karl hatte keine Lust, diesen ungeliebten Papst in seinem schönen Aquae Granni zu empfangen. Lieber traf er sich mit ihm in der hierfür eilig zum Bistum erhobenen Ansiedlung Paderborn.

Da ich bei diesen Gesprächen anwesend war, kann ich hier endgültig mit einem Gerücht aufräumen, das sich seit jener Zeit bis zum heutigen Tag beharrlich in den Köpfen von Historikern und in den Geschichtsbüchern festgesetzt hat: Als Gegenleistung für seine Hilfe verlangte König Karl nämlich keineswegs, vom Papst zum Kaiser gekrönt zu werden. Er hätte nie im Traum daran gedacht, sich diese Ehre von einem derart geschwächten Kirchenmann zu erhandeln – zumal er nicht vorhersehen konnte, wie der geplante Prozess gegen Leo in Rom ausgehen würde.

Natürlich wollte Karl Kaiser werden. Er fand, dass ihm nach den Eroberungen und der Christianisierung so vieler Länder dieser Rang zustünde. Viel mehr als dieser Irene in Ostrom, die nur auf dem Kaiserthron saß, weil sie ihren Sohn hatte blenden lassen.

Karl hatte eine ganz klare Vorstellung davon, wie und wo seine Kaiserkrönung zelebriert werden sollte. Natürlich in Aquae Granni! Natürlich in seinem eigenen Gotteshaus und zwar am Tag von dessen Weihe. Der Papst sollte nur als Zeuge zugegen sein, wenn sich Karl die Krone eigenhändig aufs Haupt setzte. Damit hätte der neue Kaiser ein hübsches Zeichen setzen, eben ein und für allemal die Machtverhältnisse im Reich klären können.

Aber Leo machte dem König einen gewaltigen Strich durch die Rechnung. Und mir auch.

Wie in Paderborn besprochen, reiste König Karl nach Rom, um dem Prozess gegen Papst Leo vorzusitzen – einem Prozess, der nie stattfand. Denn trotz erdrückender Beweise kam es zu keiner Anklage. Niemand war bereit, öffentlich gegen den Papst auszusagen. Ja, meine Römer kannten sich mit solchen Dingen gut aus und wussten, wie schnell in einem solchen Fall aus einem Kläger ein Angeklagter werden konnte. Es war schon immer so, dass nirgendwo so viel getratscht wurde wie in Rom – und bald kam auch Karl das Gerede von Leos möglichem Nachfolger zu Ohren: einem Griechen, der Träumen von einem mächtigen Byzanz nachhing und kein künftiges westliches Kaiserreich dulden würde. Da war der ungeliebte Leo für Karl doch erheblich nützlicher.

Das Tribunal tagte Wochen. Doch die Verbrechen, die dem Papst zur Last gelegt wurden, konnte es nicht abhandeln. Niemand wagte es, den Apostolischen Stuhl zu richten. 72 Kleriker brachten es weder fertig, dem Heiligen Vater das Zeugnis eines tadellosen Lebenswandels auszustellen, noch sahen sie sich in der Lage, ihn wirklich anzuklagen.

Leo selbst führte das Ende herbei. Zur Überraschung aller erhob er sich kurz vor Heiligabend von seinem Stuhl und erklärte: »Den Spuren meiner Vorgänger folgend, bin ich bereit, mich von diesen bösartigen verbrecherischen Anklagen, die über mich fälschlich verbreitet werden, zu reinigen.«

Was er dann am 23. Dezember mit dem Evangelienbuch im Arm auf der Kanzel der Peterskirche tat.

Die Ankündigung des päpstlichen Reinigungseides, eine Möglichkeit, über die der Pontifex mit Karl unter vier Augen – meine waren ja unsichtbar - in Paderborn gesprochen hatte, lockte eine riesige Menschenmenge vor die Peterskirche. Unzählige Römer, die genau wussten, was für ein Mann den Petristuhl innehatte, freuten sich darauf, von diesem lebenden, aber unsichtbaren Gott endlich ein deutlich wahrnehmbares Zeichen sehen zu können. Der Herr würde sicherlich einen Blitz herabschleudern, um den Lügner zu vernichten. Oder die Erde würde sich unter ihm auftun und ihn verschlingen. Oder ein Wesen aus einer anderen Welt erscheinen und ihn in die Hölle davontragen. Hatte der Allmächtige mir etwa diesen Job zugedacht? Erkannte er mich jetzt endlich an? Gespannt wartete ich den weiteren Verlauf der Veranstaltung ab.

Die Stimme Leos drang weit, bis auf den Platz hinaus, wo die Menge in gespannter Erwartung verharrte:

»Es ist bekannt, o geliebte Brüder«, begann Leo, »dass Übeltäter gegen mich aufgestanden sind und dass sie mich und mein Leben mit schweren Beschuldigungen gekränkt haben. Um dies zu erkennen, ist der allergnädigste und erlauchte König Karl zugleich mit den Priestern und seinen Großen in diese Stadt gekommen. Deshalb reinige ich, Leo, Pontifex der heiligen römischen Kirche, von niemandem gerichtet noch gezwungen, sondern aus freiem Willen mich in eurer Gegenwart vor Gott, der das Gewissen kennt, vor seinen Engeln und vor dem heiligen Petrus, dem Apostelfürsten, in dessen Anblick wir stehen, dass ich weder die Verbrechen, die man mir vorwirft, verübt, noch zu verüben befohlen habe, und ich rufe Gott zum Zeugen an, vor dessen Gericht wir einst erscheinen werden und vor dessen Augen wir hier stehen. Und dies tue ich nicht durch irgendein Gesetz genötigt, noch willens, dies als Gebrauch oder Beschluss in der heiligen Kirche meinen Nachfolgern und Brüdern Mitbischöfen irgend aufzulegen, sondern um euch sicherer von ungerechtem Verdacht zu befreien.«

In der Peterskirche und auf dem Platz davor starrte die Menschenmenge nach oben. Gleich – gleich würde es geschehen! Doch aus dem blauen, wolkenlosen Himmel schoss kein einziger Blitz herab, es rumorte nicht in der Erde, kein feuerspeiender Drachen erhob sein Haupt und verschlang den Papst, und die Wasser des Tiber traten nicht über die Ufer. Auch ich konnte kein Zeichen erkennen, dass ich die Kirche stürmen sollte. Der Unsichtbare verwehrte mir weiterhin den Zutritt zu seinen Gebäuden. Er hatte offenbar andere Pläne. Leo blieb unversehrt stehen.

Ich war ebenso fassungslos wie die anwesenden Sterblichen. Jupiter hätte Derartiges nie zugelassen. Unsere alten Götter mochten ihre Schwächen gehabt haben, aber auf sie war Verlass gewesen.

Die Menschen hatten zwar manchmal Mühe, ihre Orakel zu verstehen, konnten sie aber hinterher immer klar deuten. Ich fragte mich, weshalb der Unsichtbare seine schützende Hand über einen Mann hielt, der so log, dass sich die Marmorsäulen hätten biegen müssen. Die Antwort hörte ich zwei Tage später von Leo selbst – nachdem er seinen allergrößten Coup gelandet hatte. Der übertraf seinen Reinigungseid bei Weitem.

Es geschah am ersten Weihnachtstag. Karl betrat mit großem Gefolge und seinem gleichnamigen Sohn neben sich die Peterskirche.

Leo hatte ihn aufgefordert, sich den Römern zuliebe in deren weiße Tracht zu kleiden, den Purpurmantel über die Schultern zu hängen und die roten Senatorenschuhe anzuziehen. Die Bewohner der Ewigen Stadt würden wenig Verständnis zeigen, wenn sich der Frankenherrscher bei der Krönung seines Sohnes zum König von Austrien nicht in vollem Ornat zeigte. Karl, dem Prunk, Gepränge und unbequeme Gewänder verhasst waren, hatte seufzend zugestimmt. Und dann hatte er dem jungen Karl genau erklärt, wie er sich während des Hochamts bei der Krönung zum König zu verhalten habe.

Wie abgesprochen, legten Vater und Sohn vor der Messe ihre Kronen auf den Opfertisch und knieten dann in der halbrunden Apsis zum Gebet nieder. Der junge Karl wusste, was danach geschehen sollte: Sein Vater würde die eigene Krone wieder an sich nehmen und die andere dem Sohn aufs Haupt drücken. Danach sollte der junge Karl vom Papst gesalbt werden.

Doch es kam ganz anders.

Nach dem Schlussevangelium ergriff Leo die fränkische Königskrone, hielt sie empor, dass ein jeder sie sehen konnte, setzte sie Karl aufs Haupt, sank vor ihm auf die Knie und huldigte ihm. Mit einem Mal erklang ein Sprechchor: »Karl, dem Augustus, dem von Gott gekrönten großen und friedenstiftenden Kaiser der Römer, Leben und Sieg!« Der Ruf wurde sofort aufgegriffen, hinaus auf den Petersplatz getragen, wo sein Widerhall das Glockengeläut der Kirche fast übertönte.

Karl starrte entgeistert auf den Papst.

Der hatte ihn soeben zum Kaiser gekrönt. Ein unwiderruflicher Akt, mit dem sich Leo gleichzeitig unwiderruflich als Papst der Christenheit etabliert hatte.

Das konnte ich mir nicht bieten lassen.

Ich glaubte immer noch, der Allmächtige hätte den Usurpator nur geschützt, um mich daran zu hindern, über seinen Stellvertreter die Seelen seiner Anhänger einzusammeln. Wenn die Menschen Leo schon nicht entfernen konnten, musste ich es eben tun. Und zwar sofort. Als Krähe machte ich mich zum Lateranpalast auf. Doch es gelang mir nicht, durchs offene Fenster in jene Kammer zu fliegen, in der Leo gerade Goldmünzen zählte.

Mein wütendes Flattern ließ ihn aufblicken. Er erkannte mich sofort und ahnte wohl, was ich sagen wollte.

»Du irrst dich«, sagte er. »Gott selbst hat mich als seinen Stellvertreter eingesetzt.«

»Du bist ein Schurke. Du gehörst mir!«

Er verstand mein Gekrächze.

»Nein. Der Allmächtige hat Gnade über mich walten lassen. Er hat mir und allen anderen gezeigt, dass ein jeder Mensch fehlen kann, danach aber meine Unfehlbarkeit bewirkt. Für dich ist hier also nichts zu holen, Satan.«

Und damit schloss er in aller Gemütsruhe das Fenster.

# IX

## Der weiße Elefant und ein Marsch durch die Klappergasse

Vor Schreck erstarb mein Flügelschlag. Ich stürzte zu Boden und blieb erschüttert auf dem Stein liegen. Welch eine Schmach! Dem Unsichtbaren ging es also gar nicht um mich. Weder bot er mir Paroli noch schien er meinen Massenseelenraub zu fürchten. Womöglich hatte er dieses Vorhaben nicht einmal zur Kenntnis genommen.

Stattdessen zeigte er mir und den Sterblichen am Beispiel seines Stellvertreters, wie umstandslos er alle garstigen Taten vergeben und vergessen kann. Das war ungerecht! Wo käme ich denn hin, wenn er so mir nichts dir nichts jedem Sünder Absolution erteilte und mich damit um so viele wohlverdiente, kraftspendende Seelen brächte? Der Spielverderber da oben bedrohte meinen teuflischen Stolz und meinen Arbeitsplatz. Das durfte ich mir nicht bieten lassen.

Ich schälte mich aus meinem schwarzen Federkleid, ließ es als böses Omen für wen auch immer auf dem Pflaster unter dem Lateran liegen und begab mich augenblicklich wieder nach Aquae Granni.

Angesichts des nahezu fertigen, prächtigen Neubaus verebbte mein Zorn. Er wandelte sich wieder in Zuversicht, als ich einen Rundgang durch das Oktagon machte. Innerhalb von nicht einmal 10 Jahren sollte also sehr bald ein Bau vollendet werden, der noch Jahrtausende später die Welt zum Staunen bringen würde.

Es heißt zwar, Geschwindigkeit sei keine Hexerei, aber diese Redewendung ist nur der Angst vor Teufelswerk geschuldet. Wer hat denn den Steinsetzern verraten, wie man aus dem Ziegelsplitt der alten römischen Ruinen Mörtel herstellt, der lange genug feucht bleibt, um nicht zu reißen und doch so rasch abbindet, dass die Mauern stehen bleiben? Woher kam denn die Eingebung, für das Fundament angespitzte Eichenpfähle in den sumpfigen Boden zu rammen? Wer hat denn die langobardischen Schmiede und ihre Flammen angefeuert?

Vor dem gerade erst eingesetzten mächtigen Portal aus massiver Bronze geriet ich plötzlich in Hochstimmung. Zwischen den Angeln befand sich im Höllenfeuer Gegossenes! Hier war die Lösung meiner Sorgen! Ich führte einen kleinen Veitstanz auf. Hah! Der große Unsichtbare wäre nicht der erste Gott, den Hochmut zu Fall bringen würde.

Angesichts seiner Missachtung meiner Wesenheit erschien mir mein alter Plan noch raffinierter als zuvor. Wenn der reingewaschene Pontifex maximus am Tag der Kirchenweihe durch dieses Portal schritt, gehörte er mir!

Allerdings gab es ein kleines Hindernis: Ich konnte den obersten Hirten nur dann der Gnade seines Gottes berauben, wenn ein Teil meines teuflischen Leibes die Tür berührte.

Während des gesamten kurzen Vorgangs durfte meine Verbindung zur höllischen Bronze auf keinen Fall abbrechen. Das verlangte mir natürlich eine gewisse sportliche Leistung ab.

Da die Tür weit offenstand, machte ich schon mal ein paar Trockenübungen. Natürlich blieb ich unsichtbar, dennoch verursachte mein Streck-, Dehn- und Greiftraining ein wenig Wind. Verwundert blickte ein vorbeigehender Steinmetz nach draußen, wo sich kein Lüftchen regte.

Ich hielt kurz inne und dachte nach. Angesichts der Ausmaße der Tür und der Tatsache, dass ich hinter ihr würde lauern müssen, gestaltete sich die Angelegenheit schwieriger als gedacht. Zumal eine Verwandlung in eine Giraffe oder einen Riesen ausschied, da ich nur erlernt hatte, in meiner eigentlichen Gestalt Seelen zu ergreifen.

Ich hopste noch ein paar Mal hin und her, doch selbst bei meinem kühnsten Versuch fehlte eine Haaresbreite, um genau an der Mitte anzukommen. Haaresbreite! Schon hatte ich die Lösung des Problems. Aus den Endzotteln meines Schwanzes pflückte ich ein paar Haare und verflocht sie mit den Festgewachsenen zu einer Schweifverlängerung. Das letzte Härchen klebte ich an der Bronzetür fest. Dann schnellte ich noch einmal hinter ihr hervor, streckte mich lang aus und landete haargenau auf dem Punkt, wo ich mir mit ausgestreckten Armen den Papst würde greifen können.

Welch ein Wehklagen würde der da oben im Himmel anstimmen!

So dachte ich damals, nicht ahnend, was im entscheidenden Moment tatsächlich geschehen würde.

Über den extrem fiesen Trick der anderen Seite werde ich zu gegebener Zeit berichten. Nachweisen kann ich es Camena nicht, aber ich weiß, dass sie dabei die Hand im Spiel hatte. Irgendwie muss sie hinter meinen Pakt mit Karls Räten gekommen sein und sich dann die Abscheulichkeit ausgedacht haben, über die ich zu gegebener Zeit berichten werde. Die Tücke der geliebten Quellgöttin erbittert mich auch heute noch weit mehr als meine damalige spirituelle Niederlage.

Dabei hatte ich keine Mühen gescheut, es Camena in Aquae Granni so heimelig wie möglich zu machen. Nach meiner Rückkehr aus Rom wollte ich ihr vorführen, wie harmonisch sich die Porphyrsäulen ihres alten Nymphariums in die Galerie des Oktagons einfügten. Doch sie war weder zu bewegen, den Pfuhl ihrer schönen Stunden zu verlassen, noch ein vernünftiges Gespräch mit mir zu führen. Karls neue Kaiserwürde schien sie gänzlich ihres Verstandes beraubt zu haben.

»Jetzt wird auch er endlich unsterblich sein«, jubelte sie, als ich mich ihr zu Füßen am Weiher niederließ und einen Kuss auf ihren rechten großen Zeh hauchte.

»Wie kommst du denn darauf?«, fragte ich alarmiert.

»Weil er jetzt doch Kaiser ist, Faunus. In Rom …«

»… nannte man es Gottkaisertum, ja, Camena. Und? Spielt Nero noch mit Streichhölzern? Zählt Cäsar noch seine Legionen? Betet Caligula etwa noch sein Pferd an? Im Orkus stecken sie fest, allesamt, genau wie Fastrada. Es reicht nicht, wenn sich der Kaiser selbst für unsterblich erklärt. Was Karl übrigens nicht getan hat.«

»Es ist ein erster Schritt. Mein Kaiser wird ewig auf seinem weißen Elefanten reiten …«

Ich glaubte mich verhört zu haben.

»Was sagst du da? Siehst du jetzt etwa weiße Elefanten?« Meine Sorge um Camenas Gemütszustand wuchs. Wer weiße Elefanten wahrnimmt, hat ein Problem. Heutzutage weiß das so mancher Autofahrer, der am Steuer seines Wagens eingeschlafen ist.

»Es geht nur um einen einzigen weißen Elefanten, Faunus. Du wirst ihn auch bald sehen.«

»Wo soll der denn herkommen?«

»Da, wo auch Karls Baumeister herkommt. Und das schmucke riesige Festzelt und die Wasseruhr mit dem Automatenwerk und all die schön verzierten krummen Säbel. Aus Bagdad, natürlich.«

Ich hatte entschieden zu viel Zeit in Rom verschwendet. Wenn der Kalif Harun al-Raschid dem fränkischen Kaiser tatsächlich einen weißen Elefanten schicken sollte, musste ich auf der Hut sein.

Das Rüsseltier an sich ist eher harmlos, seine Symbolkraft jedoch übermächtig. Schon ein ganz normaler Elefant – übrigens das Attributstier meines einstigen Götterkollegen Merkur – verkörpert altersgraue, ererbte Weisheit. Er fördert die intuitive Kraft des Unbewussten, macht den Menschen demütig und mir somit leichter abspenstig. In Gegenwart eines Elefanten werden wohlüberlegte Entscheidungen getroffen und triebhaft-animalische Aspekte besonnen eingesetzt. Dieser Unfug behagt meinem Charakter absolut nicht und ist meinen Absichten alles andere als zweckdienlich.

Noch schlimmer sieht es bei einem weißen Elefanten aus, dem Träger geheimsten Wissens. Ein Tier der Erkenntnis also, von dem ich jedoch keinerlei Informationen abschöpfen kann.

Dafür ist uneingeschränkte Selbstlosigkeit erforderlich, eine gänzlich sinnlose und unproduktive Eigenschaft. Die übrigens ein merkwürdiger fernöstlicher Gott erfolgreich zur Maxime erhoben hat, Siddhartha Gautama, kurz Buddha genannt. Vor seiner Wiedergeburt soll er sogar als weißer Elefant in den Schoß seiner Mutter Maya eingegangen sein. Ich konnte mich noch gut daran erinnern, wie diese Nachricht Jahrhunderte zuvor in der alten römischen Götterwelt die Runde gemacht und Jupiter ganz gewaltig beunruhigt hatte. Sich selbst in einen Stier oder Schwan zu verwandeln, um sich eine Liebschaft zu sichern, war schließlich erfreulicher als noch vor der eigenen Geburt seiner Mutter eine solch dickhäutige Bürde aufzuladen. Und ich frage mich, was dem Buddha all sein Elefantenwissen nutzt, wenn er sich keinen persönlichen Vorteil davon verspricht. Für mich bleibt das ein Paradoxon; ein Blendwerk, das erstaunlicherweise auch in der heutigen Zivilisation noch als Erleuchtung verkauft wird. Und das alles ganz ohne Elefanten.

Tatsächlich vermag ein weißer Elefant die Zukunft zu verändern – sein Tod zum Beispiel eine Reihe von Schicksalsschlägen auslösen, die nicht einmal ich vorhersehen kann. Schon deshalb sah ich der Ankunft dieses Geschenks aus Bagdad mit Sorge entgegen.

»Wann soll denn dieses Wundertier eintreffen?«, fragte ich missmutig.

»Bald, sehr bald«, hauchte Camena. »Der weiße Elefant heißt Abul Abbas und wird Karl ausgezeichnet stehen.«

Glücklich über dieses Bild und die Kuriosität, mir endlich mal eine Information voraus zu sein, tätschelte sie mir die Hörner. Ein erhebendes Gefühl, das ich normalerweise ausgiebig genossen hätte. Doch der Gedanke an den nach Aquae Granni stampfenden, bedrohlichen Dickhäuter trübte das Vergnügen.

Meine Befürchtungen schienen zunächst unbegründet, zumal es noch einige Jahre dauern sollte, ehe der jüdische Fernhändler Isaak dem Kaiser das kolossale Geschenk ausliefern konnte. Aber schließlich trabte Abul Abbas in Aquae Granni ein und verhielt sich so unauffällig, wie es einem riesigen urzeitlichen Tier in einer Kleinstadt eben möglich ist.

Der weiße Elefant hatte lange Wüstenwanderungen überlebt, Beduinenangriffe, eine stürmische Schiffspassage, Lawinenabgänge in den Alpen und einen ungemütlichen Marsch nach Norden. Das Tier war also recht widerstandsfähig und würde nicht so schnell auf immer alle viere von sich strecken. Wie gesagt, könnte sein Tod nämlich allerlei durcheinanderwirbeln, zum Beispiel einige meiner Zukunftsvisionen.

Zu Camenas Enttäuschung nutzte der Kaiser den Elefanten nicht als Reittier. Vermutlich fürchtete er, auf dem Rücken des Giganten selbst an Größe zu verlieren. Doch Abul Abbas erwies sich als recht nützliches Kriegsgerät. Karls Feinde nahmen schreiend Reißaus, wenn der Elefant mit erhobenem Rüssel laut trompetend auf sie zustampfte. Mithilfe der gewichtigen, lautstarken Gabe aus Bagdad gelang es dem Kaiser also endlich, die aufständischen Sachsen zu besiegen und zum Eintritt in die Kirche seines Gottes zu zwingen.

Kurz nach dieser letzten Schlacht gegen die Andersgläubigen war die Marienkirche soweit fertig gestellt, dass sie ihrer Bestimmung übergeben werden konnte. Die gewaltige Kuppel, die sich über dem Oktagon wölbte, musste zwar noch ausgemalt werden, aber solche Feinarbeiten sollten Künstler nachträglich erledigen. Das war mir nur recht, denn mir schwebte da ein ganz anderes Bild vor als dem Kaiser. Ein Kuppelmosaik mit Christus als triumphierendem Weltenherrscher war ganz und gar nicht nach meinem Geschmack, ein Selbstbildnis schon eher. Ich erwog, die 24 Ältesten aus der Apokalypse des Johannes zu übernehmen, die sich Karl gewünscht hatte. Aber natürlich würden sie dann mir ihre Kronen darbringen.

Am Tag vor der geplanten Weihe traf Papst Leo in Aquae Granni ein und wurde von Karl mit großen Ehren empfangen. Ich freute mich schon auf meine große Stunde. Doch dann wurde die Weihe plötzlich abgesagt und auf einen späteren Zeitpunkt verschoben.

Da auch Camena mir den Grund dafür nicht nennen konnte, eilte ich zum Palatium, um dort selbst Auskunft einzuholen.

Wie sich herausstellen sollte, brauchte ich dafür nicht einmal bis ins Beratungszimmer des Kaisers vorzudringen.

Das wusste ich allerdings noch nicht, als ich in einem Raum der Hofschule auf Karls Schreiber Einhard stieß, der gerade Camenas Tochter Einzelunterricht erteilte.

Emma war zwar nicht zu einer so atemberaubenden Schönheit

wie ihre Mutter herangereift, aber sie sah ihr durchaus ähnlich und war für mich schon deshalb ein erfreulicher Anblick.

Einhard fand das offensichtlich auch, denn er konnte die Augen nicht von dem Mädchen lassen. Dass dies eines Tages Probleme aufwirbeln würde, hatte ich ja bereits vorhergesehen und Camena angedeutet. Gespannt, wie weit sich die Beziehung der beiden schon entwickelt hatte, blieb ich an der Tür der Kammer stehen.

»Deine Schrift wird immer besser«, lobte Einhard das Mädchen und berührte sanft ihre Schultern. Emma errötete fein.

»Ich muss noch so viel lernen«, flüsterte sie, »und bin so dankbar, lieber Einhard, dass du dir so viel Zeit für mich nimmst.«

»Alle Zeit der Welt«, versicherte der Schreiber, der jetzt schon einen Kopf kleiner als das Mädchen war, das ihn in absehbarer Zeit in große Schwierigkeiten bringen sollte.

»Es gibt so vieles, was ich nicht verstehe«, fuhr Emma fort.

»Frag mich nur alles, was du willst«, forderte Einhard sie auf. »Wenn ich die Antwort weiß, wirst du sie auch erfahren.«

»Also gut«, sagte Emma, lehnte sich zurück und betrachtete den kleinen Schreiber forschend. »Kannst du mir sagen, warum der Kaiser die Kirchenweihe abgesagt hat?«

Ich stellte mich an ein leeres Pult und lauschte gespannt.

»Schau mal«, begann Einhard, »es sind so viele Grafen, Bischöfe und Prälaten von fern und nah für diese Feier hierher gekommen. Aber zwei wichtige Männer fehlen noch, zwei Bischöfe.«

»Aber sind denn nicht alle Bischöfe des Reichs eingetroffen?«, fragte Emma verwundert.

»Das ist ja das Problem«, erläuterte Einhard. »Es leben nur noch 363 Bischöfe, und die sind natürlich allesamt nach Aquae Granni gekommen. Doch sag mir, Emma, wie viele Tage hat das Jahr?«

»365«, antwortete Emma folgsam.

»Genau. Der Kaiser hat den Wunsch geäußert, zu Ehren des Allmächtigen am Einweihungstag so viele Bischöfe in der Kirche zu versammeln, wie das Jahr Tage hat.«

Emma dachte angestrengt nach.

»Dann müssen zwei weitere Geistliche eben ganz schnell in den Bischofsstand erhoben werden«, schlussfolgerte sie dann. Ein kluges Mädchen, fand ich, viel pragmatischer als ihre versponnene Mutter.

»Nein«, sagte Einhard. Er beugte sich nach vorn und flüsterte Emma ins Ohr: »Es wird etwas ganz anderes geschehen. Gott, der Allmächtige ist von seinem neuen Haus so beeindruckt, dass er Karl ein Wunder versprochen hat.«

Wie, dachte ich ungehalten, mich lässt der Allmächtige im Regen stehen, aber einem sterblichen Kaiser offenbart er sich höchstselbst? Spricht sogar zu ihm? Weil er die Kirche, deren Bau ich finanziert und vorangetrieben habe, so beeindruckend findet?

Was Einhard dann der kleinen Emma zutuschelte, klang derartig ungeheuerlich, dass es mir den Schwefelbrodem verschlug. Wenn auch nur ein Fünkchen davon stimmte, würde sich dieser Gott über alles hinwegsetzen, was Himmel und Hölle zusammenhält.

»Deshalb also ist die Einweihungsfeier vertagt worden. Du verstehst schon, so ein Wunder dauert eben etwas länger«, schloss Einhard.

»Gelobet sei der Herr«, hörte ich Emma noch sagen, bevor ich aus dem Fenster flog.

Diese Zauberei musste ich mit eigenen Augen ansehen. Also machte ich mich unverzüglich nach Maastricht auf, wo sie ihren Anfang nehmen sollte. Mühelos fand ich die von Einhard genannte St.-Servas-Stiftskirche, doch leider hinderte mich der verfluchte Bann des Unsichtbaren daran, hineinzugelangen. Ich versuchte, von unten in die Gewölbegruft vorzustoßen, doch der geweihte Boden ließ mich nicht durch.

Das war schon sehr ärgerlich, denn ich hätte zu gern endlich mal einen richtigen Engel in Aktion gesehen. Nach Einhards Worten sollte nämlich ein solcher heranschweben, um zwei längst verstorbene Bischöfe zum Leben zu erwecken und zur Kirchenweihe nach Aquae Granni zu beordern.

Die Maßnahme, Tote ihrem alten Lebensbereich zurückzugeben, hat in der Geschichte meiner alten Götterwelt nur Unheil angerichtet. Ich selbst habe nie auch nur den Versuch unternommen, einem Verstorbenen seinen Tod zu nehmen, wiewohl mich so mancher darum gebeten hat. Es gibt Grenzen, die selbst der Teufel nicht überschreitet. Warum bricht der große Unsichtbare jetzt dieses Tabu? Nur einer Grille des sterblichen Kaisers wegen? Das war unfassbar.

Ratlos, wie ich weiter vorgehen sollte, blieb ich hinter einem Buchsbaum nahe der Kellertreppe zur Gruft hocken. Und dann geschah etwas wahrhaft Seltsames.

Wie ein großes Wasser hörte ich es plötzlich über mir rauschen. Grelles Licht blendete mich, sodass ich kurz die Augen schloss. Als ich sie wieder öffnete, sah ich nur noch die letzten Federn eines offensichtlich mächtigen Flügels im Kellereingang verschwinden. Die Tür blieb offen. Ein Lichtstrahl drang nach außen. Wie auch eine laute, singende Stimme: »Monulph und Gondulph! Stehet auf und ziehet gen Aquae Granni zur Einweihung der Münsterkirche!«

Stille folgte diesen Worten.

Schon hielt ich die Mission dieses Engels, den ich nur allzu gern von vorn gesehen hätte, für gescheitert, als mich lautes Krachen plötzlich zusammenfahren ließ. Es klang, als sei Stein auf Stein zerborsten. Eine Grabplatte, dachte ich erschüttert. Als Nächstes vernahm ich ein Knarzen, als öffne sich die Tür eines alten Schranks. Oder der Deckel eines Sargs. Beide Geräusche wiederholten sich. Dann drang aus den Tiefen der Gruft ein zweistimmiger ungnädiger Seufzer. Dafür hatte ich volles Verständnis. Niemand kann beglückt sein, wenn seine Totenruhe gestört wird.

Der Unsichtbare hatte es wirklich getan! Sich über alle Hemmungen, Jahrhunderte und ungeschriebenen Regeln hinweggesetzt! Er hatte die beiden ersten Bischöfe von Tongeren-Maastricht tatsächlich wiederauferstehen lassen.

»Kleidet euch an«, hörte ich den Engel sagen, »auf dass ihr dem Herrn Ehre macht.«

»Halleluja!«, erklang es im Chor. Zwar etwas heiser, aber erstaunlich gelassen.

So sehr ich mich auch anstrengte, es wollte mir einfach nicht gelingen, einen Blick in das hell erleuchtete Innere der Gruft zu werfen. Auch den Engel, der kurz darauf wieder an mir vorbei himmelwärts rauschte, konnte ich leider nicht erschauen.

Aber dann gab es doch noch einen Anblick, der all die Mühen wert gewesen war. Erst sah ich nur die Spitzen der Bischofsmützen. Sie bewegten sich sehr langsam nach oben.

Ich weiß nicht mehr, was genau ich unter diesen Mützen erwartet hatte, wahrscheinlich die alten Gesichter der Jahrhunderte zuvor verstorbenen Bischöfe; eben eine Wiederauferstehung mit allem Drum und Dran.

So war es aber nicht. Den Bischöfen fehlte eine ganze Menge, Haut, Sehnen, Muskeln, kurzum das Fleisch. Das bewies mal wieder die Spitzfindigkeit des Unsichtbaren, der seinen Anhängern die Auferstehung des Fleisches ja für einen anderen Zeitpunkt versprochen hatte. Der Engel hatte die Toten zwar erweckt, sie aber als Gerippe auf den Weg geschickt.

Unter den Bischofsmützen steckten Totenköpfe mit leeren Augenhöhlen und darunter klapperten Skelette. Diese wurden allerdings von vollem Bischofsornat umweht. Dafür, dass die Knochen Jahrhunderte stillgelegen hatten, schritten sie erstaunlich kräftig aus.

Ich folgte den beiden Gestalten bis nach Aquae Granni. Laut klopften die Bischofsstäbe aufs Pflaster, als die Skelette eilenden Schrittes durch die Stadt zogen. Den bischöflichen Knochengerüsten war jetzt deutlich anzumerken, dass sie sich über ihren Auftrag freuten. Spät in der Nacht näherten sie sich der Kirche. Als sie an der Jakobsstraße um die Ecke bogen, zitterten ihre Gebeine vor solcher Freude, dass einige Nachtschwärmer auf das Gerassel aufmerksam wurden.

»Ist das hier etwa die Klappergasse?«, fragte ein Fremder, der speziell zur Einweihungsfeier des Doms nach Aquae Granni gekommen war.

»So ist es«, antwortete ein Einheimischer, der sich für die bislang namenlos gebliebene Straße schämte. Jede Straße im Umkreis eines so prächtigen Bauwerks wie des Doms sollte schließlich anständig gekennzeichnet sein.

So kam es, dass die Aachener an der Klappergasse noch heute der Reise der beiden klapprigen Bischöfe gedenken. Die Skelette sind damals übrigens unter dem Jubel der Bevölkerung auf demselben Weg nach Maastricht zurückgekehrt. Im Gewölbe der dortigen St.-Servas-Kirche wurde kurz danach das Bildnis eines Engels angebracht, der eine Schrift in Händen hielt:

»Monulphe, Gondulphe, staat ober, vaart,
Wyt Aken dat Münster, seyt God en gepaart!«

Ich kann das Altniederländisch jetzt deshalb so genau wiedergeben, weil es mir vor 200 Jahren gelungen ist, mithilfe eines abtrünnigen Herrn des Herrn da oben das Bild aus dem Gewölbe zu stehlen. Heute ziert es das Vorzimmer zur Unterwelt, um mich an mein größtes Scheitern zu gemahnen.

Dabei sah es am Morgen nach der Ankunft der Skelette in Aquae Granni so aus, als würde sich für mich alles zum Besten wenden. Neben allerlei Prominenz warteten 365 Bischöfe vor der Marienkirche darauf, nach ihrem obersten Chef den Neubau zu betreten.

Ich hatte meinen Platz hinter dem noch verschlossenen Portal schon längst bezogen und das letzte Härchen meiner Schweifverlängerung sorgsam an der Bronze festgeklebt. In Hochstimmung vernahm ich das Loblied für Gott, den Allmächtigen, das vor der Tür angestimmt wurde.

Zum letzten Mal, dachte ich voller Freude, gleich werde ich euch einen ganz anderen Marsch blasen!

Da wurde das Portal geöffnet.

## X

## Die Wolfstür und der Lousberg

Blitzschnell machte ich einen Riesensatz.

Er war perfekt. Leider. Denn was ich zu fassen bekam, war alles andere als perfekt. So mager und haarig konnte Papst Leo nicht sein. Vierbeinig war er auch nicht. Und seine Seele längst nicht so animalisch, wie das strähnig graue, durchsichtige Gebilde, das von meinen Klauen herabbaumelte.

Entgeistert blickte ich auf das tote Tier zu meinen Bocksfüßen. Ein Wolf! Ich hatte nicht dem Papst, sondern einem wilden Ardenner Wolf die Seele aus dem lebendigen Leib gerissen! Welch ein Betrug! Welch monumentale Infamie, am Weihetag als Erstes ein wahrhaft armseliges Tier in die Kirche zu jagen! Wo blieb da der Respekt vor dem Teufel; wo die Angst vor meiner Rache?

Da mir vor Entsetzen die Stimme versagte, begann ich bedrohlich zu knurren.

Vor dem Neubau war es totenstill geworden. Langsam hob ich mein Haupt und fletschte die Zähne. Mit flammendem Blick sandte ich einen Schwefelstrahl zur Meute der Würdenträger. Doch zwei Skelette im Bischofsornat breiteten ihre Knochenarme weit aus. Damit schirmten sie den verräterischen Haufen so vor mir ab, dass diesem weder Feuer noch Schwefel zusetzte. Voller Ingrimm schleuderte ich die Wolfsseele hinterher.

Eine Frau hinter den geweihten Gerippen fing sie auf. Eine Frau? Kein Mensch ist in der Lage, eine Seele zu erfassen. Eine Göttin schon. In Aquae Granni gab es nur eine. Da wusste ich es: Camena hatte die Aachener auf den Wolf gebracht! Ich brach in lautes Geheul aus. Es ließ Porphysäulen erzittern, den Boden unter mir erbeben und dröhnte mir selbst in den Ohren.

Blind vor Wut stürmte ich aus der Kirche und schlug die schwere Tür mit solcher Gewalt hinter mir zu, dass die Bronze einen Riss bekam. Zu allem Überfluss klemmte ich mir auch noch den Daumen der rechten Hand am Türgriff ab. Er fiel tief in einen Knauf hinein. Dieser muss mit Weihwasser besprenkelt oder einer Zauberformel verhext worden sein. Anders kann ich es mir nicht erklären, weshalb ich ihn bis heute weder herausbekomme noch mir einen neuen Daumen nachwachsen lassen kann.

Längst erkaltet, steckt mein Körperteilchen seit jenem fürchterlichen Vorfall am Weihetag im Türknauf des Aachener Doms. Heerscharen von Menschen haben sich vergeblich bemüht, den Daumen hervorzuziehen. Einigen wenigen mag es zwar gelingen, ihn bis zum Rand hinaufzubefördern, doch dann gleitet er stets wieder in seine Höhlung zurück. Die Belohnung, die das Domkapitel demjenigen versprochen hat, der den Teufelsdaumen ganz herauszieht, steht immer noch aus: ein goldenes Kleid. Was aber zur Bauzeit des Doms ein gewaltiger Ansporn gewesen war, scheint mir angesichts aktueller Modetrends inzwischen reichlich überholt. Die Wolfstür selbst hingegen zieht heute immer noch viele Touristen zum Aachener Dom – und mir damit jede Menge Seelen ab.

Das alles wusste ich damals natürlich noch nicht, wohl aber, dass Camena hinter dieser üblen Sache stecken musste. Feuer und Schwefel speiend, tobte ich zum Pfuhl. Diese Quellgöttin sollte mich kennenlernen!

Ich sah sie schon von Weitem. Sie schaukelte auf dem Ast einer Weide und feilte sich versonnen die Nägel.

»Salve, Faunus«, rief sie mir so fröhlich zu, als sei ich für ein Plauderstündchen herbeigeschlendert. Ich knurrte angewidert. Diese Wolfstreiberin würde nicht mehr lange das Unschuldslamm spielen können.

Mit einem vergleichbaren Riesensatz wie soeben in der Kirche schwang ich mich auf den Ast. Er brach. Ich landete in der Hocke, und Camena stürzte zu Boden.

»So was Dummes«, sagte sie vorwurfsvoll, als sie sich aufgerappelt hatte. Kopfschüttelnd betrachtete sie ihre Finger. »Gleich drei Nägel eingerissen. Weshalb zur Hölle diese stürmische Begrüßung?«

Wütend ballte ich meine daumenlose rechte Hand zur Faust und hielt sie ihr unter die Nase. Mein Teufelsleib bebte.

»Och, was ist denn dir passiert, mein Lieber?« Sie schürzte die Lippen und pustete auf die ramponierte Stelle, an der bis eben noch ein Daumen gesteckt hatte. »Das sieht ja gar schrecklich aus. Was ist dir bloß zugestoßen?«

»Du … Megäre!«

Camena wich einen Schritt zurück. Das war auch gut so, denn ich war nahe daran, ihr mit allen verbliebenen Fingern das schöne Gesicht zu zerfetzen.

»Was sind das denn für Töne, Faunus? Warum beleidigst du mich? Ich kenn dich nicht wieder.«

»Da haben wir was gemeinsam, du niederträchtiges Geschöpf der stinkenden Brunnen! Wie konntest du mich nur so hintergehen?«

Voller Anmut streckte sie die Arme weit aus. Das brachte ihren fast entblößten weißen Busen prächtig zur Geltung, mich aber nur sehr kurz aus der Fassung.

»Leugne es nicht, Schändliche!«

»Ich habe keine Ahnung, wovon du sprichst, Faunus, klär mich bitte auf.«

Unter dem dünnen Stoff des weißen Kleides erhoben sich entzückende Brustwarzen. Eilig verhüllte ich sie mit einer Rußwolke.

»Verkauf mich nicht für dumm, Camena! Ich weiß, dass du es warst! Du hast dich selbst verraten! Wer sonst hätte die Seele fangen können?«

Camena wedelte den schwarzen Dunst fort und säuberte mit kurzem Fingerschnipsen ihren Ausschnitt. Sie setzte sich auf den großen Stein und lächelte milde.

»Seelenfangen ist dein Geschäft, Faunus, darauf verstehe ich mich doch überhaupt nicht. Was sollte ich schon mit einer Seele anfangen?«

»Die Wolfsseele, du hinterlistige Nixe! Du bist schuld, dass ein Wolf tot ist anstatt …«

»Was denn, ein Wolf ist tot? Bei Jupiter, Faunus, sag bloß, dir ist dein Attributstier abhandengekommen! Kein Wunder, dass du es Asche regnen lässt!«

Ich erschrak zutiefst. Erst jetzt begriff ich das ganze Ausmaß des perfiden Verrats. Welch eine Ungeheuerlichkeit, mich ausgerechnet mit jenem Tier zu schlagen, das dem Gott Faunus zugeordnet wird, meiner eigentlichen Natur. Einem solchen Frevel kommt nur gleich, wer Tote erweckt.

Keine Sorge, ich spiele hier nicht den Moralapostel, nichts läge dem Teufel ferner. Doch was nützt mir meine Macht, wenn sich andere erdreisten, es an Ruchlosigkeit mit mir aufzunehmen? Was wird aus meiner Autorität, wenn mich Sterbliche oder untergeordnete Gottheiten mit bösartigen Aktionen gar überträfen? Wer bräuchte dann noch einen Satan? Es ging längst nicht mehr nur um die Seelen der christlichen Menschheit, sondern wieder einmal um meine eigene Existenz, meine Daseinsberechtigung. Die ausgerechnet jenes Wesen gefährdete, dem ich die Hölle zu Füßen hatte legen wollen. Ich musste Camena in die Schranken weisen. Das ging nur, wenn ich sie da traf, wo es ihr am meisten wehtat.

»Was glaubst du eigentlich, wer du bist?«, fuhr ich sie an, »du bist die lächerliche Gestalt einer längst versunkenen Zeit! Kein Mensch kennt noch deinen Namen, niemand betet Camena an. Es gibt dich gar nicht mehr!«

Sie richtete sich zu voller Größe auf.

»Ich bin Apollo Granni.«

»So ein Blödsinn!«, rief ich. »Mit dem bisschen Wasserschöpfen, Quellenzauber und Fontänensprudeln willst du eine Gottheit darstellen? Da habe ich eine Neuigkeit für dich, du beklagenswerte Nassmacherin: Nach dir werden in Aachen später Würstchenbuden benannt werden!«

»Ich weiß zwar nicht, was Würstchenbuden sind«, sprach Camena hoheitsvoll, »aber wenn sie meinen Namen tragen, wird es schon was Gutes sein. Ich werde Karl fragen. Er weiß einfach alles.«

»Dein Karl«, spuckte ich heraus, »der hat sich doch schon längst von dir abgewendet!«

»Unsinn«, erwiderte sie. »Er ist zurzeit nur sehr beschäftigt. Sobald der ganze Rummel vorbei ist, kommt er wieder her. Dann werden wir über Wirstschonbuhlen reden, oder wie die Dinger heißen.«

»Hah! Karl hat dich und diesen Weiher längst vergessen. Du wirst nicht mehr buhlen, er aber schon – und zwar nicht mit dir! Weißt du denn nicht, dass er ganz wild auf seine neue Geliebte ist?«

Lustvoll begann ich detailliert zu schildern, wie sich der Kaiser mit der Sächsin Gerswind in der freien Natur so vergnügte wie zuvor mit ihr.

»Und jetzt baut er ihr sogar einen Palast«, trumpfte ich auf. »Hat er das etwa für dich getan?«

Ich konnte nicht fassen, wie gleichmütig sich Camena meine Schilderungen anhörte. Sie hob die Hand.

»Halt«, sprach sie. »Keinen Palast. Ein Haus. Und das ist nicht nur für Gerswind, sondern auch für seine sechs anderen Friedelfrauen: für Madelgard, Regina, Adalinde, Hroswitha, Rathild und Odila.«

»Du kennst sie alle?«, fragte ich erschüttert.

»Natürlich. Ich habe ihm dazu geraten, die Damen zusammen unter einem Dach einzuquartieren. Ein solches Frauenhaus ist sehr praktisch.«

Wo war ihre Eifersucht geblieben? Während ich noch nach Worten rang, redete sie weiter.

»Diese Frauen können mir Karl nicht fortnehmen, Faunus; ihr Zauber ist zu menschlich. Sie empfangen nur weitere Kinder des Kaisers – wozu ich nicht mehr bereit bin. Karl aber wünscht sich noch Nachkommenschaft, das ist er schon seinem Ruf schuldig. Da fügt sich so ein Gebärhaus doch prächtig, findest du nicht?«

»Und wenn er wieder heiratet?«

Sie lächelte geheimnisvoll.

»Wird er nicht«, sprach sie das aus, was ich natürlich schon längst wusste. Sie sah mich von der Seite her an und murmelte: »Er hat mir sein Wort gegeben.«

Mehr musste sie nicht sagen. Ich begriff augenblicklich, was dieser Satz bedeutete. Kaiser Karl hatte ihr sein Wort gegeben. In unserer Sprache hieß das: Er hatte sie geheiratet. Nach geheimen Riten, die einer längst untergegangenen Welt angehörten. Mit Worten, Gesten und Beschwörungen, die ein christlicher Kaiser nicht kennen und noch weniger anwenden darf. Dieser Verrat wog weitaus schwerer als jener mit dem Wolf. Camena hatte sich an allem vergriffen, was für uns letzte Zeugen der alten Zeit unantastbar zu bleiben hatte.

Ein solches Zeremoniell erlaubt einer Göttin nur eine einzige Ehe. Mit ihrem kurzen Satz hatte mir Camena die letzte Hoffnung genommen, die mir noch geblieben war: Sie nach altem Ritus eines Tages selbst zu heiraten. Dieser Traum war jetzt geplatzt.

Es gab nichts mehr zu sagen.

Aber reichlich zu tun. Camena hatte den Grund für mein Dasein zerstört. Damit hatte sie auch ihre eigene Existenz verwirkt. Mir blieb nichts anderes übrig, als fürchterliche Rache zu nehmen, Gleiches mit Gleichem zu vergelten: Ich würde Aquae Granni, den Kaiser und die verfluchte Marienkirche auf einen Schlag vernichten.

Unverzüglich begab ich mich an die Gestade des Meeres. In blinder Wut fiel ich über den Küstenstrich der niederen Lande her und schaufelte dünenweise Sand in einen riesigen Sack. Erst sehr viele Jahrhunderte später sollte es den Holländern gelingen, das Wasser wieder zurückzudrängen, das sich am Tag meines Racheakts ungehindert über ihr Land ergoss.

Als die letzte Düne abgetragen war, hatte ich genug Sand, um damit die ganze Stadt samt Münster und Palast des Kaisers zu verschütten. Mit allem, was darin wohnte und atmete. Mein Sandberg war groß genug, um jegliches Wasser zum Versiegen zu bringen, Camenas Quellen zu verstopfen und sie selbst der Auflösung preiszugeben, die sie verdient hatte.

Es war eine ungeheuer schwere Last, die ich da einen weiten Weg zu schleppen hatte. Doch ich wusste ja, weshalb ich keuchend und schweißtriefend unterwegs war. Das trieb mich an. Viel sehen konnte ich nicht, da sich ein scharfer Ostwind erhoben hatte und mir den Sand des Berges, den ich trug, in die Augen blies. Der Marsch war so anstrengend, dass mir jedes Zeitgefühl abhandengekommen war.

Irgendwann drohten meine Kräfte zu versagen. Ich hielt kurz inne, um zu verschnaufen. Bis Aquae Granni konnte es doch nicht mehr sehr weit sein! Ich raffte mich wieder auf, malte mir aus, wie ich diese neue Hauptstadt des Reiches in Kürze unter einem Berg Sand verschwinden lassen würde.

Ich selbst könnte mir dann ja eine andere Heimstatt suchen und die verräterische ausgelöschte Nymphe bis in alle Ewigkeit vergessen. Vielleicht sollte ich nach Italien zurückkehren, mich da an einem gemütlichen Ort niederlassen und einen neuen Kult ins Leben rufen. Ich wusste, dass dort noch einige verführerische Nixen vor sich hin darbten und könnte ihnen ein Angebot machen, das sie nicht ausschlagen würden. Der Seelenfängerei im freudlosen Christenreich war ich müde geworden. Bitte sehr, sollte der unsichtbare Allmächtige doch triumphieren! Geschenkt! Ich wollte mein Dasein als Faunus wiederhaben. Aber dazu musste ich erst den Sack mit Sand über jener Stadt entleeren, die mir so viel Pein bereitet hatte.

Der Gegenwind wurde stärker. In der staubigen Dämmerung konnte ich die Umrisse einer weiblichen Person vor mir ausmachen; gewiss eine Frau, die es eilig hatte, noch vor der Dunkelheit heimzukommen.

Höflich sprach ich sie an: »Wie weit ist es denn noch bis Aquae Granni, gute Frau?«

»Aquae Granni?«, echote sie mit erschöpfter Stimme. Sie wies auf ihre Füße. Ich strengte meine Augen an und konnte durch den Sandstaub mit Mühe alte, ausgelatschte Treter erkennen. »Diese Schuhe habe ich vorgestern auf dem Markt in Aquae Granni neu erstanden, mein Herr! Seht doch nur, wie abgelaufen die schon sind. Ermesst also selbst, wie lange Ihr noch marschieren müsst, bis Ihr in der Kaiserstadt seid.«

Die Frau rückte näher heran und hielt mir etwas in Jute Eingewickeltes hin.

»Ihr seht hungrig aus, mein Herr. Wollt Ihr Euch vielleicht an meinem Brot laben?«

»Ich habe die Hände voll«, knurrte ich. Der Sack lag schwer auf meinen Schultern und der rieselnde Sand biss mir in die Augen.

»Dann tut es mir leid, lieber Herr. Ich bin zu schwach, um von diesem harten Kanten für Euch etwas abzureißen.

Dabei hat er in Aquae Granni noch köstlich frisch geduftet. Aber das war ja schon vorgestern. Wenn Ihr mögt, kann ich Euch meinen Wasserschlauch an den Mund halten, Ihr seht sehr versandet aus.«

»Gern«, keuchte ich und öffnete den Mund.

»Oje«, hörte ich die Frau klagen. »Der Schlauch ist weg. Ich habe ihn vorhin wohl fallen gelassen, wie furchtbar! Denn jetzt muss ich wieder zurückgehen. Ihr könnt mir gern das Stück weit folgen, aber Euer Weg, mein lieber Herr, Euer Weg ist noch viel, viel weiter. Er ist so weit, so unendlich weit! Ach, was ist er weit!«

Und damit machte sie kehrt.

Schwer atmend verharrte ich einen Augenblick. Mit meiner mächtigen Last konnte ich die Frau ohnehin nicht einholen. Und ganz bestimmt keine so schrecklich weite, weite Strecke mehr bewältigen. Ich hatte meine Kräfte überschätzt. Voller Wut und Erschöpfung schleuderte ich auf der Stelle den Sack hinter mich und legte mich zum Schlafen nieder.

Als ich am Morgen darauf erwachte, traute ich meinen Augen nicht. Wie war das möglich? Ich hatte den Stadtrand von Aquae Granni erreicht! Mit Augen blind vor Sand musste ich das gestern Abend nicht bemerkt haben, bevor ich mich zum Schlafen niedergelegt hatte.

Doch das war nicht die einzige Überraschung. Ich wagte einen Blick durchs offene Tor und starrte erschrocken auf ein gänzlich neues Panorama: Zwei Berge aus Dünensand erhoben sich direkt vor der Stadt, ein kleinerer und ein größerer.

Mir kam in den Sinn, mit welcher Wucht ich den Sack mit der sandigen Last hinter mich geworfen hatte. Er war wohl als Berg in zwei Teilen herniedergekommen.

Ich griff mir an die Hörner und hätte sie am liebsten ausgerissen. Welch eine Torheit! Weshalb hatte ich den Sack nicht nach vorn geschleudert! Dann hätte ich mein Ziel erreicht, die Stadt wäre verschüttet worden und alles gut gewesen.

Aber hätte ich den Sack nach vorn geworfen, wäre ja auch die Frau unter dem Sand begraben worden. Das hatte ich in einem seltenen Anflug von Menschenfreundlichkeit wohl vermeiden wollen. Die Erschöpfung hatte mich unverantwortlich milde gemacht. Das ärgerte mich. Zumal mir längst klar war, welche Frau ich da mit Fug und Recht und sehr viel Sand zugeschüttet hätte.

Wieso hatte ich in ihr nicht gleich Camena erkannt? Weil ich in der Staubwolke nicht einmal meinen eigenen verbliebenen Daumen erkannt hätte, gab ich mir zur Antwort. Und natürlich, weil ich mich fernab der Stadt wähnte, die Camena nicht verlassen konnte.

Die Quellgöttin musste nach dem Scheitern meiner Papstmission und ihrer schrecklichen Offenbarung geahnt haben, dass ich auf Rache aus war. Da sie an Aquae Granni gebunden war, hatte sie also am Stadtrand auf meine Rückkehr gewartet. Um mich abermals hereinzulegen.

Wie konnte es nur sein, dass sie mir immer einen Schritt voraus war? Dass es ihr immer wieder gelang, mich lächerlich aussehen zu lassen? Unverzeihlich ist natürlich auch, dass sie über den Vorfall nicht den Mund gehalten hat. Eine resolute Marktfrau, so behaupten heute noch Aachener Archive, habe den Teufel hinters Licht geführt. Mit Schlauheit, was *Lous* im

Öcher Platt bedeutet. Deshalb haben die Aachener dem größeren Sandhaufen sofort den Namen *Lousberg* verliehen, für mich eine ständige Erinnerung an eine meiner schwächsten Stunden.

Der kleinere Hügel wurde *Salvatorberg* genannt und an der Ostspitze mit einem Kreuz versehen. Mir ist es erst vor ein paar hundert Jahren gelungen, es von dort verschwinden zu lassen.

Was ich den Aachenern aber leider nicht nehmen kann, ist die großartige Aussicht, die sie von diesen beiden Bergen aus über ihre Ansiedlung und den fürchterlichen Dom haben. Verschärfend kommt hinzu, dass die Geschichte der angeblich so schlauen Marktfrau immer noch weitererzählt wird. Jedes Mal, wenn Wanderer oder andere Müßiggänger Muscheln, Meeresschnecken und vergleichbare Seegebilde im Sand der Berge entdecken, sprechen sie über die List der schlauen Marktfrau. Der Lauf der Zeit hat die Erinnerungsstücke an die Nordsee in Stein verwandelt. Das hätte ich mit Camena auch liebend gern gemacht.

Nie wieder, so schwor ich mir damals, nie wieder wollte ich mit dieser Verräterin auch nur ein Wort wechseln. Nie wieder würde ich unseren Pfuhl aufsuchen. Es gab auch ohne Camena ein Dasein für mich. Apollo Granni konnte mir für alle Zeiten gestohlen bleiben.

# XI

## Danko, der Glockengießer

Da mich nun nichts mehr in Aquae Granni hielt, beschloss ich, nach Italien zurückzukehren, um dort die Vergangenheit wieder heraufzubeschwören. Mit einer Philippika zur Förderung von Wollust, Gier, Völlerei, Hingabe, kurzum Ausschweifungen jedweder Art, sollte ich in meiner alten Heimat auf Begeisterung stoßen. Entgegen ihrem Naturell hatten sich die lebenslustigen Südländer viel zu viele Menschenalter lang Predigten über Demut, Enthaltsamkeit, Keuschheit und Nächstenliebe gefallen lassen müssen. Sie vergeudeten das Leben vor dem Tod aus lauter Angst vor dem danach mit Gebeten an einen Unsichtbaren. Und der befand es nicht einmal für nötig, sich ihnen in den Kathedralen zu zeigen, die sie ihm zu Ehren errichtet hatten. Wie beglückt würden die Menschen die Wiederkehr des leibhaftig sichtbaren Faunus feiern!

Ich durfte allerdings nichts überstürzen. Schließlich bin ich auch nicht von einem Tag auf den anderen zum Teufel geworden. Der Weg dahin hatte mir kein diabolisches Vergnügen bereitet, sondern war mit schmerzlichen Verlusten, mühseligen Studien und gescheiterten Seelenfängen gepflastert gewesen. Vergleichbar beschwerlich würde sich die Umwandlung in meinen alten Charakter natürlich nicht gestalten – in mir schlug ja immer noch das Herz des guten alten Faunus. Dennoch wollte ich mir auf meiner Reise in den Süden Zeit lassen, um mich langsam der Teufelsrolle zu entwöhnen.

Auf meiner satanischen Abschiedstournee wollte ich es mir allerdings nicht zu leicht machen. Einfach links und rechts des Weges irgendwelche armen Seelen abzugreifen, wäre ein unwürdiger Abschluss meiner teuflischen Karriere gewesen. Als größere Herausforderung sah ich es, mich ausschließlich der Seelen zu vergewissern, die sich öffentlich dem großen Unsichtbaren verschrieben hatten: also die von Mönchen und Nonnen. Da mir Kirchen, Klöster und Gottesacker nicht zugänglich waren, musste ich Ordensbrüder und -schwestern eben außerhalb abfangen.

Zu meinem Erstaunen gestaltete sich das leichter als gedacht. Ich trieb Mönche beim Jagen, in Herbergen und Freudenhäusern auf, Nonnen in Frauenwerkstätten, im Bett mit Kollegen oder bei hohen Herren in zugigen Burgen. Pilgerzüge brachten auch eine ordentliche Ausbeute. Langsam, aber zielbewusst bewegte ich mich also gen Süden und spannte unterwegs dem Allmächtigen die Seelen vieler seiner Diener aus. Wenn sich jedoch etwas Bessres findet, gehört es zum Teufelshandwerk, den ursprünglichen Plan zu verwerfen.

So erging es mir in St. Gallen. Dort hatte ich mich nur deshalb in eine Gießerei begeben, weil mich in der winterlichen Bergwelt Sehnsucht nach einem ordentlich geschürten Feuer überfallen hatte. Umso erfreuter war ich, dieses von einem Mönch angefacht zu sehen. Er hieß Danko und hatte die noch junge Kunst des Glockengießens zu solcher Vollendung geführt, dass ihm die seiner Kutte geschuldete Demut abhandengekommen war.

Das allein aber hätte mir seine Seele noch nicht gesichert. Während ich darüber nachgrübelte, mit welcher Verführung ich ihn vom Pfad der Rechtschaffenheit abbringen könnte, kam mir etwas zu Hilfe, das die Menschen gern Zufall nennen.

Vermutlich war der perfide Unsichtbare eingeschritten, um mir die Seele des begnadeten Glockengießers zu entziehen. Nichts ist befriedigender, als den Gegner mit den eigenen Waffen zu schlagen. Genau das hatte ich vor. Es eröffnete sich mir nämlich eine ungeahnte Möglichkeit, dem Allmächtigen ganz ordentlich eins auszuwischen. Aber von vorn.

Während ich in den Flammen von St. Gallen herumturnte, ritten zwei Eilboten in den Hof der Glockengießerei ein. Ich erkannte die beiden Männer sofort. Neugierig, was die Abgesandten aus Aquae Granni im Süden suchten, sprang ich augenblicklich aus dem Feuer und setzte mich einen von ihnen als Laus in den Pelz.

»Meister Danko«, sprach der Mann den Glockengießer an, »wir haben vernommen, Ihr seid der Beste Eurer Zunft. Jetzt bedarf der Kaiser Eurer Dienste! Ihr müsst uns augenblicklich nach Aquae Granni begleiten.«

Der Mönch senkte bescheiden das Haupt.

»Ihr ehrt mich, meine Herren, doch ich kann nicht über mich verfügen. Ihr müsst Euer Anliegen mit dem ehrwürdigen Vater Abt besprechen.«

»Schon geschehen, schon geschehen«, antwortete der Mann mit der Laus im Pelz ungeduldig. »Der Vater gibt Euch Urlaub. Macht Euch also rasch reisefertig!«

Danko breitete die Arme aus.

»Ich habe kein Gepäck, edle Herren, kann Euch also unverzüglich begleiten. Was wünscht der hochwohlgeborene Kaiser von mir?«

So erfuhr ich, dass an der Marienkirche endlich auch der Glockenturm fertig geworden war.

»Er ragt majestätisch über alle anderen Türme der Stadt hervor«, führte der Eilbote aus, »und schaut weit in die Umgegend hinaus. Dessen freut sich Kaiser Karl gar sehr. Allein, in seinem Herzen wird der Wunsch immer heißer und lebhafter, diesen Turm, der bis jetzt nur ein kleines Geläut hat, mit einer mächtigen, großen Glocke zu versehen, die des ganzen Bauwerks würdig ist.«

»Gibt es denn keine Glockengießer in Aquae Granni?«, wollte Danko wissen.

»Ach, Ihr betreibt eine gar seltene Kunst«, seufzte der belauste Eilbote, »bis jetzt hat der Kaiser sich vergebens in seinen Landen nach einem tüchtigen Meister umgesehen …«

»… und da war seine Freude groß«, mischte sich jetzt der zweite Bote ein, »als er die frohe Kunde erhielt, dass im Kloster zu St. Gallen ein Mönch mit Namen Danko lebe, der die Kunst des Glockengießens vortrefflich verstünde. Genau darum entbieten wir Euch, Meister Danko, an des Kaisers Hof nach Aquae Granni.«

Aquae Granni. Camena. Das Herz wurde mir unendlich schwer. Dieser Glocken gießende dumme Mönch würde bald dieselbe köstlich schweflige Luft einatmen wie die Quellgöttin, an die ich nie mehr hatte denken wollen. Während ich mich in der kalten, dünnen Bergluft mönchseelenfangend gen Süden quälte, suhlte sie sich mit dem Kaiser im Pfuhl.

Mit Macht schob sich Camenas Bildnis vor mein inneres Auge. Ich hörte ihre zwitschernde Stimme, sah verführerische Formen aus dem Weiher emporsteigen – und hatte nicht mehr die geringste Lust, nach Italien weiterzureisen.

Ich rief mich zur Ordnung und gemahnte mich an den Kodex, den ich mir selbst auferlegt hatte: Wenn ich mich für eine Nonne oder einen Mönch entschieden hatte, durfte ich erst dann weiterziehen, wenn seine Seele für den Allmächtigen verloren war. Und für Danko hatte ich mich bereits entschieden. Ich konnte meine geplante Route also erst wieder einschlagen, wenn mir Danko gehörte. Folglich musste ich ihn nach Aquae Granni begleiten. Die Kunst des Advocatus Diaboli war geboren.

Ich unterdrückte das Hüpfen meines Herzens in der Teufelsbrust. Du kehrst nicht zu deinem Vergnügen nach Aquae Granni zurück, sagte ich mir immer wieder vor. Es ist eine reine Geschäftsreise. Von Camena und unserem Pfuhl, das schwor ich mir, würde ich mich fernhalten.

Mit stolz geschwellter Brust trat Danko einige Wochen später im Palatium vor den Kaiser. Der tat ihm mit frommer Begeisterung seinen Wunsch kund und versprach ihm reichlichen Lohn nach Vollendung der Arbeit. Er setzte hinzu, Danko möge bitte keinen Aufwand scheuen, um ein Meisterwerk zustande zu bringen.

»Denn diese Glocke«, sprach der Kaiser, »soll meiner Kirche eine Hauptzierde sein! Ihre eherne Stimme soll noch nach Tausenden von Jahren die Gläubigen zur Andacht rufen und allen Bürgern Freud und Leid verkünden.«

Und dann ließ der Kaiser die Schatzkammer öffnen.

Ich sah die Gier in Dankos Augen und rieb mir die Klauen. Welch wunderbare Gelegenheit, dem Allmächtigen nicht nur eine Seele abspenstig zu machen, sondern dem verhassten Bau auch noch einen üblen Glockenschlag zu versetzen!

Danko ging alsbald ans Werk. Mit Freudigkeit ließ ihm der Kaiser alle gewünschten Geräte und alle verlangten Metalle herbeischaffen. Damit der Ton der Glocke rein und weit hallend sei, waren dem Meister auch 100 Pfund Silber aus dem Schatze Karls zugewogen worden.

So viel edles Material hatte der Mönch noch nie zu verarbeiten gehabt.

»Alles nur für eine Glocke?«, murmelte ich ihm in der Nacht zu. »Was kann die sich schon dafür kaufen? Aber du, Danko, du könntest mit diesem Silber ein Leben in Saus und Braus führen! Vergiss die Mönchskutte, wirf sie weg! Du wolltest nie ein Kind der Kirche sein. Deine Eltern haben dich ins Kloster gezwungen, weil sie zu arm waren, um dich zu ernähren. Aber, Danko, Danko, die Zeiten sind jetzt vorbei, du kannst ein Herr sein, um den sich die Frauen reißen werden, du kannst jeden Tag Braten essen und so viel Wein trinken, wie du nur wünschst!«

Danko riss die Augen auf und sprang von seinem Strohsack. »Satan!«, rief er entsetzt, »was gibst du mir da ein?«

»Nichts als die Wahrheit«, entgegnete ich, fegte mit meinem Schweif die Mönchskutte von der Kleidertruhe und setzte mich gesittet hin.

Danko fiel auf die Knie. Bevor er sich bekreuzigen konnte, tippte ich ihm mit einer Kralle auf die Schulter.

»Nicht so voreilig, mein Freund, lass mich dir erst ein Angebot machen. Was hältst du denn davon, das schöne Silber für dein neues Leben als Edelmann zu gebrauchen?«

»Und woraus soll die Glockenspeise dann bestehen?«

»Aus 100 Pfund Blei. Kann ich dir mühelos beschaffen.«

Der Mönch schüttelte den Kopf.

»Der Klang wäre fürchterlich. Und die Rache des Königs ebenso.«

»Die Menschen hören, was sie hören wollen, Danko. Wie das Auge ist auch das Ohr ein trügerisches Organ. Ich werde dafür sorgen, dass die Bleiglocke in den Gehörgängen des Königs und der gesamten Gemeinde den wirkungsvollsten aller Töne hervorbringt, imposant und lieblich zugleich, zudem noch weithin hallend mit klangvollem Echo.«

Der Glockengießer nahm die Finger von der Stirn.

»Und keiner wird merken, dass das Silber fehlt?«

»Nicht, wenn du die Glocke ordentlich anstreichst. Äußerlich muss sie schon was hermachen, damit der Zauber wirkt.«

»Und dafür muss ich dir gewiss meine Seele versprechen?«

Ach, wie oft habe ich diese Frage schon gehört! Als ob das Versprechen eines Gauners etwas taugen würde. Kein Mensch muss mir seine Seele versprechen. Wenn sie mir zusteht, ergreife ich sie. So einfach ist das.

»Nein«, sagte ich begütigend zu Danko, so wie zu den unzähligen anderen zuvor auch. »Du musst mir deine Seele nicht versprechen.«

»Aber was hast du denn dann davon?«

»Genugtuung, dass eine minderwertige Glocke die Gläubigen zur Andacht rufen wird.«

Das nahm er mir tatsächlich ab.

Danko schaffte also das Silber beiseite und goss stattdessen unbemerkt 100 Pfund Blei in die Form. Wenig später wurde die fertige Glocke bei einem feierlichen Festakt aus der Grube gezogen.

Ganz Aquae Granni war zugegen. Alle jubelten, und der Kaiser erfreute sich sichtlich am spiegelblanken Glanz der Glocke.

»Gut gemacht, Meister Danko«, lobte er den Glockengießer, flüsterte dann Gerswind, die neben ihm stand, zu: »Es geht doch nichts über reines Silber, schau nur, wie es im Sonnenlicht erstrahlt.«

Ich konnte jedes Wort prächtig verstehen, da ich mich als Floh in des Königs Schnurrbart gesetzt hatte. Ein sirrendes Geräusch über mir ließ mich aufblicken. Ich war empört. Wieder einmal hatte die Quellgöttin das ungeschriebene Gesetz geschändet, nach dem eine Metamorphose in ein existierendes Tier glaubhaft zu sein hatte. Um Camena zu maßregeln, verwandelte ich mich augenblicklich in eine Schmeißfliege und summte ungehalten: »Um diese Jahreszeit sind alle Mücken längst tot! Wenn du dich nicht sofort zur Küchenschabe machst, tu ich es!«

»Ach, Faunus, willst du mich wirklich zertreten lassen? Was ist denn das für eine Begrüßung unter alten Freunden? Ich bin eben eine besonders widerstandsfähige Mücke. Wo hast du nur die ganze Zeit gesteckt?«

»Nicht jeder kann sich ein ständiges Dolcefarniente am Pfuhl leisten. Manche müssen sich ihre Existenz erarbeiten.«

Sie flog näher heran. Einen göttlichen Augenblick lang berührten sich unsere Flügel. Vor Wonne wäre ich fast in des Kaisers Mähne gestürzt. Ich fing mich gerade noch rechtzeitig und brummte: »Du hast mich sehr enttäuscht, Camena.«

»Dafür bin ich doch da, mein lieber Faunus! Wenn du täuschst, muss ich enttäuschen, um das göttliche Gleichgewicht zu wahren. Wo kämen wir schon hin, wenn ich dich auch noch täuschen würde! Komm, lass uns jetzt zum Turm fliegen!

Der Kaiser wird gleich die schöne Glocke höchstselbst anziehen. Ach, mein Faunus, sieht Karl im vollen Schmucke nicht einfach hinreißend aus?«

»Worauf wartest du noch, wenn du ihn zum Anbeißen findest?«, fragte ich die Mücke.

Sie rollte vorwurfsvoll mit den Äuglein. »Du bist der Letzte, Faunus, der mir sagen darf, wo es den Kaiser jucken soll! Schau mal, da drüben steht meine Emma. Hättest du gedacht, dass ich ein so stattliches Menschenkind zustande bringen würde? Ganz der Vater!«

»Bei der Statur könnte sie ihren Liebhaber mühelos huckepack tragen«, gab ich zurück.

»Welchen Liebhaber?«, fragte sie entgeistert. »Emma ist ein anständiges Mädchen! Die lässt sich vor der Ehe von keinem Mann anfassen.«

Dass Einhard in diesem Augenblick verstohlen Emmas Hand an seine Lippen führte, trug nicht zur Hebung von Camenas Laune bei.

»Doch nicht etwa dieser Zwerg!«, fuhr sie mich an.

»Am Hof ist er ein sehr wichtiger Zwerg«, sprang ich für Karls Schreiber in die Bresche.

Die Mücke wurde so flügellahm, dass ich es wagte, sie mit meinem Fliegengewicht zu stützen. Camena wehrte sich nicht, schmiegte ihren filigranen Leib an meinen und flüsterte:

»Ist das der Mann, von dem du gesprochen hast? Der sie unglücklich machen wird?«

»Das habe ich nie gesagt, Camena. Du solltest besser hinhören, wenn ich Visionen mit dir teile.«

»Sag es mir noch einmal!«

»Ich wiederhole mich nie.«

»Ich flehe dich an, liebster Faunus!«

Man soll davonfliegen, wenn es am schönsten ist. Das tat ich. Camena hatte mich angefleht und ihren liebsten Faunus genannt. Schönere Laute konnte es gar nicht geben. Schon gar nicht vom hohen Turm aus, den ich jetzt ansteuerte, und in dem bereits die Glocke schwebte.

Noch war die erkaltete Bleimasse stumm, denn der Kaiser richtete zunächst ein heißes Gebet an Gott und Maria. Er bat sie, das Geschenk gnädig anzunehmen. Dann zog er mit Macht die Stränge an. Ein sehr schwacher, extrem dumpfer Ton erklang.

Enttäuschtes Murmeln drang von unten nach oben. Der Kaiser hob die Augenbrauen und schüttelte den Kopf.

»Wohlan, Danko,« sprach er, »so versuche du denn selbst dein Meisterwerk, ich vermag ihm keine Klänge zu entlocken.« Bleich und zitternd trat Danko vor. Er erfasste die Stränge und zog sie mit der Kraft all seiner Sehnen an. Doch anstelle eines Geläuts vernahm man das Krachen des Gebälks, das der Klöppel der Glocke durchbrach. Er erschlug auf der Stelle den Glockengießer. Noch ehe dieser zu Karls Füßen niedergeschmettert wurde, hatte ich seine Seele schon ergriffen.

Furcht und Schrecken befiel alle Anwesenden, doch der Kaiser blieb erstaunlich gelassen und sprach: »Den hat Gott selbst gerichtet!«

So konnte man das natürlich auch sehen.

Camena aber hatte etwas anderes gesehen: Einhard, der beim krachenden Niederkommen des Klöppels vor Schreck Emma angesprungen und fest umklammert gehalten hatte. Camena sah auch den flüchtigen Kuss, den Emma ihm auf den Scheitel hauchte, bevor sie den zwei Köpfe kleineren Mann schnell wieder absetzte.

Wenig später wurde das unterschlagene Silber in der Wohnung des Glockengießers gefunden. Der Kaiser bestimmte es für die Armen. Bei denen kam allerdings nicht alles an, was mir wiederum diverse frische Seelen sicherte. Karl beschloss, sich mit den kleineren Glocken im Turm zufriedenzugeben. »Auch ein Kaiser muss einmal verzichten können«, erklärte er.

Ich hingegen beherzigte die alte Teufelsweisheit, dass keine Abstinenz von Dauer sein darf, und begab mich wieder an unseren Pfuhl. Camena erwartete mich schon. Natürlich in der Erscheinungsform, die ich bei ihr am meisten liebte. Sie wollte ja etwas von mir.

»Mein lieber, lieber Faunus!«, begrüßte sie mich, »das Herz ist mir so schwer. Wie kann sich meine Tochter nur in so eine Ameise verlieben! Verrate mir bitte, wie ich Emma schützen kann.«

Wie gern wäre ich auf der Stelle an Camenas Seite geeilt! Aber ich bezwang mich und hob nur meine daumenlose Hand.

»Du kennst den Preis«, sagte ich hart.

»Für das Glück meiner Tochter bezahle ich jeden.«

»Diesmal keine stumme Zwillingsschwester oder andere Winkelzüge?«

Sie schüttelte den Kopf.

Meine Hörner glühten. »Dann wirst du noch heute die Meine?«

Sie zögerte.

»Verzeih mein Misstrauen, Faunus, aber ich muss erst wirklich sicher sein, dass es Emma gut ergehen wird. Wenn du das erreichst, werde ich mich nicht länger zieren.«

»Mein Wort zählt nichts?«

Sie redete nicht drumherum: »Nein.«

»Dann wisse, Camena, dass heute Nacht das Unheil seinen Lauf nehmen wird. Fliege zum Palatium und sieh selbst, in welche Lage sich deine Tochter gebracht hat. Du wirst ihr nicht helfen können. Ich schon. Aber will ich das, wenn so gar nichts Erbauliches für mich dabei herausspringt?«

## XII

### Die Sage von Einhard und Emma, die sogar heute noch von Aachener Großmüttern an ihre Enkelinnen weitergegeben wird, obgleich die Lehre daraus rätselhaft bleibt

Wie unbelehrbar der Teufel selbst ist, wissen die Menschen zum Glück nicht. Seitdem es mich gibt, glauben sie, mit mir schachern, mich gegebenenfalls umstimmen oder gar übertölpeln zu können. In solcher Verblendung bestärke ich sie gern. Unterhaltsame Verhandlungen vertreiben mir die Zeit, von der ich bis in alle Ewigkeit schließlich mehr zur Verfügung habe, als dem Menschenverstand vorstellbar ist. Zudem weide ich mich gern an den dummen Gesichtern der von mir Hereingelegten. Kurz bevor ihn der Klöppel traf, bot Danko dafür ein Paradebeispiel.

Bei Camena liegt die Sache natürlich anders. Ihr kann ich nichts vormachen. Als Objekt meiner einzigen Schwäche kennt sie gewisse Grenzen meiner Macht. Das aber verleiht ihr noch lange nicht das Recht, mich der Lächerlichkeit preiszugeben oder gar mein Wort ihr gegenüber infrage zu stellen.

Hätte sie meinem Werben ehrlichen Herzens nachgegeben, hätte ich ihrer Tochter das Drama erspart, das sich nun entfalten sollte. Nun gut, vielleicht nicht ganz erspart, aber doch zumindest abgemildert. Dafür aber hätte mir die Quellgöttin angemessen leidenschaftlich entgegenkommen müssen. Eine rein konziliante Duldung meiner Umarmung hätte ich nicht als Erfüllung ihres Teils der Absprache betrachtet. Ein bisschen Ekstase müsste schon sein und natürlich auch die Aussicht auf mehr davon.

Mein Missvergnügen mit Camenas Reaktion wandelte sich sehr bald in Wut. Was bildete sich diese kaiserliche Wassermätresse eigentlich ein?

*Ich muss erst wirklich sicher sein, dass es Emma gut ergehen wird.*

Welch unsinnige Forderung! Jeder versteht doch etwas anderes unter gutem Ergehen – ich finde es zum Beispiel überhaupt nicht erstrebenswert, mit einem stiernackigen, dickbäuchigen alten Mann im Wasser herumzuplätschern, auch wenn er sich Kaiser nennt.

*Wenn du das erreichst, werde ich mich nicht länger zieren.* Wann hätte sich die Frau Nymphe denn herabgelassen, endlich die Meine zu werden? Hätte ich etwa warten müssen, bis Emma, von jedem Schicksalsschlag verschont, glücklich im Orkus gestrandet war? Um mir dann von Camena anhören müssen, dass sie sich in ihrer Trauer um die verstorbene Tochter unmöglich meinen Liebkosungen aussetzen könne?

Camena war an allem schuld. Dass ich in der Kirche meinen Daumen und mein Gesicht verloren hatte, dass Aachen und sein kruder Dom nicht unter holländischem Dünensand begraben worden sind – und dass ich, wie ich heute weiß, nicht nach Italien zurückkehren konnte. Denn diese verflixte Fee mit dem Faible für feine Klangfarben hatte Karl den Floh mit dem Glockengießer ins Ohr und seine Eilboten somit auf meine Spur gesetzt. Was sie mir übrigens erst Jahrhunderte später gebeichtet hat.

Doch alles, was ich schon damals wusste, reichte, um Emma der Heimsuchung auszuliefern, mich an ihr für die Dreistigkeit ihrer Mutter zu rächen. Den Einfall, mich dabei ihres eigenen Vaters zu bedienen, halte ich heute noch für äußerst geistreich.

Karl fühlte sich dieser Tochter ganz besonders verbunden. Sie war klug, sanftmütig und hatte einen offenen Sinn für Kunst und Wissenschaft. Dazu verstand sie sich auf alle weiblichen Arbeiten und wetteiferte in der Hauswirtschaft mit den erfahrensten Frauen ihrer Zeit. Vor allem ihre Kochkünste galten als unübertrefflich. Niemand vermochte den Rehbraten so raffiniert zu würzen und nach des Kaisers Geschmack zuzubereiten wie diese Tochter einer am Hof unbekannten Mutter. Schon deshalb hing Karl mit besonderer Liebe an ihr und redete sie nie anders als mit den Schmeichelworten »mein Immchen« an.

Emma selbst suchte in allen Stücken des Vaters Willen zu erfüllen. Sie hegte für ihn die größte Hochachtung, Verehrung und eine wahrhaft kindliche Liebe. Doch ihr großes Herzensgeheimnis konnte sie dem Vater nicht anvertrauen, die Liebe zu Einhard, Karls klein gewachsenem Schreiber und Dombaukoordinator.

Nur zu gut war den Liebenden die große Kluft von Geburt und Lebensstellung zwischen sich bewusst. Sie mussten den Zorn des Kaisers befürchten, wenn er Kunde von dieser Herzensangelegenheit erhielt. Obgleich Einhard weitaus der

Jüngste unter den Räten war, erfreute er sich dennoch des besonderen Vertrauens und Wohlwollens seines Herrn. Er zeichnete sich nämlich durch Verstand und Klugheit, Wissenschaft und Kenntnis vor den meisten anderen aus, wie ich sehr wohl wusste. Dazu besaß er trotz seiner sehr kurz geratenen Gestalt ein ritterliches Ansehen. Er hatte Karl schon oft Proben seiner Gewandtheit und Kühnheit sowie seines entschlossenen Mutes in Gefahren des Krieges und der Jagd gegeben. Doch er befürchtete, des Kaisers Vertrauen zu verlieren, wenn er ihm seine Liebe zu Emma gestand. Den beiden blieb daher nichts anderes übrig, als ihre Verbindung vor Kaiser und Welt geheim zu halten. Die Unterwelt, also ich, war aber natürlich bestens informiert.

Um fern vom Hofzwang und den Augen der Späher entzogen sorglos ein Stündchen zu verplaudern, gestattete Emma ihrem Einhard, sie von Zeit zu Zeit in ihrem einsamen Kämmerlein zu besuchen. Da saßen sie denn oft halbe Nächte in abscheulicher Keuschheit und erzählten sich mancherlei über vergangene Tage und über Ereignisse am Hof. Sie philosophierten über Gelesenes, verfassten in trauter Einheit Gedichte und studierten Tabellen mit Sternen. Wachend träumten sie von künftigen, glücklichen Zeiten miteinander.

Kopfschüttelnd beobachtete ich diese Narretei. Unglaublich, wie die beiden die christliche Zucht und das, was sie für gute Sitten hielten, ehrten! Das artete derartig aus, dass sich nicht einmal ihre Hände berührten, geschweige denn etwas anderes. Dafür fehlte mir jegliches Verständnis. Wenn zwei Liebende schon die Regeln brachen, warum gönnten sie sich dann die Erfüllung ihrer Sehnsucht nicht? Warum kasteiten sie sich gänzlich unnötigerweise?

Auch diese Nacht Ende November verbrachten die beiden voneinander Entzückten ausschließlich damit, sich in gehörigem Abstand verliebt anzusehen und dummes Zeug zu schwatzen. Als die Dämmerung nahte und der hell leuchtende Mond sein Licht zurückziehen wollte, nahm Einhard seinen Abschied.

Doch ein großer Schreck ergriff die Liebenden, als sie zur Tür traten: Ich hatte es schneien lassen, und so war der ganze Erdboden mit einer dünnen, flockigen Decke überzogen. Die Fußtritte eines Mannes bis zur Tür der Kaisertochter konnten nicht nur Verdacht erregen, sondern würden einen Frevel erahnen lassen und Schimpf auf Emma werfen. Ich stand vor Karls Palatium und freute mich teuflisch über den gelungenen Streich.

»Mach sofort den Schnee weg«, fauchte mir Camena zu, die sich als Schneehuhn getarnt hatte, »sonst zaubere ich Regen herbei!«

Um ihr zu zeigen, wer hier der Meister war, wurde ich zu einem Polarfuchs. Der legte sich neben das Schneehuhn vor das Palatium und verwandelte schon Camenas erste Regentropfen in Eiskristalle.

»Nein, Camena, der Schnee bleibt. Ach, ist der schön! Weiß wie die Unschuld der Emma – an die aber niemand glauben wird. Schon gar nicht ihr sinnenfreudiger Vater.« Ich streckte die Zunge heraus und ließ eine letzte Schneeflocke auf ihr schmelzen. »Du warst gewarnt, Camena, jetzt nimmt das Unheil seinen Lauf.«

Emma und Einhard blickten verzweifelt über den weiten Hof. Wie nur würde der Mann unbemerkt von Emmas Tür zu seiner Wohnstatt gelangen können?

Gar nicht, ihr dummen Menschen, frohlockte ich innerlich und streckte meine Polarfuchsform wohlig aus.

Emma nahm diese Bewegung wahr.

»Schau da rüber, Einhard, was ist das für ein seltsamer Hund?«, fragte sie verwundert.

In diesem Augenblick sprang das Schneehuhn auf meinen Rücken und trieb seine Krallen so in mein Fell, als wolle es mich zum Fortlaufen zwingen.

»Lass das!«, fuhr ich das Huhn an und schüttelte es ab.

Zu spät, denn Emma hatte den Vorgang gesehen und Camenas Hinweis verstanden.

Sie klatschte leise in die Hände.

»Huckepack, Einhard! Ich nehme dich huckepack, dann wird man morgen nur Frauenfüße sehen, und alles ist gut!«

Sie beugte ihren breiten Rücken, damit Einhard aufsitzen konnte.

Ich ließ das Fell des Polarfuchses liegen, flog zu Karl in die Kammer, rüttelte ihn wach und gab ihm ein, auf der Stelle zum Fenster zu gehen.

Verschlafen gehorchte der Kaiser seiner inneren Stimme und blickte auf den Hof hinaus. Als er im Mondschein die Bürde erkannte, die seine Tochter Emma quer über den Platz trug, war er augenblicklich hellwach. Er knurrte. Sein Gesicht legte sich in ernste Falten, und sein Herz entbrannte in Zorn über den Schimpf, den sein eigenes Kind über ihn gebracht hatte. Noch wütender war er auf den Mann, den er mit seinem Vertrauen beehrt und mit Wohltaten überhäuft hatte.

»Ungeheuerlich. Das muss strengstens bestraft werden«, murmelte er, als seine Tochter Einhard vor dessen Tür abgesetzt hatte. Der Kaiser sah zu, wie Emma im verschneiten Hof so lange herumhüpfte, bis es den Anschein hatte, mehrere Frauen hätten ausgelassen im ersten Schnee des Jahres getanzt.

Stumm schüttelte der Kaiser die Faust zu seiner Tochter hin.

Meine Arbeit war getan. Ich kehrte zu Camena zurück, die in ihrem Entzücken über die Klugheit und Verständigkeit ihres Kindes meine Abwesenheit gar nicht wahrgenommen hatte.

»Siehst du, Faunus«, jubelte sie, »alles ist gut gegangen, auch ohne dein Zutun. Eine Mutter weiß eben, wie sie ihr Kind schützen muss.«

»Warte nur ab«, sagte ich.

Noch an demselben Morgen ließ Kaiser Karl alle seine Räte sowie seine Töchter in den Gerichtssaal rufen. Er wolle sofort ein Urteil über eine sehr wichtige Angelegenheit fällen, hieß es. Ich forderte Camena auf, mich zu dieser Verhandlung zu begleiten.

»Was soll das bedeuten?«, fragte die Quellgöttin unruhig, als alle versammelt waren und Karl gemessenen Schrittes eintrat. Er setzte sich mit düsteren Blicken auf den Thron, stieß einen tiefen Seufzer aus und sagte zunächst kein einziges Wort.

Beklommenes Schweigen herrschte im Saal. In ängstlicher Erwartung starrten Karls Männer und seine Töchter auf den Kaiser, den sie noch nie so niedergeschlagen gesehen hatten. Keiner wagte es, die Stille mit einem Husten oder Räuspern zu brechen. Ich sah die Furcht in den Augen einiger Männer und das Zittern von Händen, die heimlich in Säckel anderer gegriffen hatten. Ein reines Gewissen, das wusste ich, hatte in diesem Saal niemand.

Endlich erhob der Kaiser die Stimme: »Ich habe euch, ihr Räte, zu dieser ernsten Stunde versammelt, damit ihr ein strenges

Urteil fällen möget über einen Frevel, der eures Kaisers Haus beschimpft!«

Ein Raunen ging durch den Saal, doch es verstummte sofort, als Karl fortfuhr: »So sagt mir denn, meine Herren, welche Strafe verdient die Kaisertochter, die des Nachts einem Buhlen Einlass zu ihrem Gemache gestattet?«

Der Piepslaut, der Camena bei diesen Worten entfuhr, war für Menschenohren nicht hörbar. Ihr verdattertes Gesicht entschädigte mich für manche Qual, die sie mir angetan hatte.

Sämtliche Töchter waren bleich geworden, und die Räte sahen einander erstaunt und einigermaßen erleichtert an. Nach kurzer Beratung sprachen sie sich einstimmig dafür aus, man solle in Sachen der Liebe Gnade vor Recht ergehen, also Verzeihung walten lassen.

Ungerührt stellte der Kaiser eine zweite Frage: »Und welche Strafe verdient der Buhle, der über seines Herrschers Haus durch diesen Frevel Schimpf und Schande bringt?«

Abermals hielten die Räte Verzeihung für das Ratsamste. Da aber meldete sich der Jüngste von ihnen zu Wort. Einhard erhob sich und sprach leise: »Dieser Mann hat den Tod verdient!«

»Jawohl,« stimmte ihm der Kaiser zu. »Du hast völlig recht. Sie haben alle beide den Tod verdient! Was soll denn aus Zucht und Sitte in meinem Reich werden, wenn dieselben ungeahndet in meinem Hause verletzt werden dürften? Welch ein Vorbild gäbe meine Familie meinen Untertanen?«

Der hat Nerven, dachte ich, errichtet unbekümmert ein Frauenhaus für die Schar seiner Konkubinen, suhlt sich mit der Quellgöttin im Pfuhl und zieht jetzt die Moralkarte aus dem kaiserlichen Ärmel.

Nun, *quod licet Iovi, non licet bovi*. Was den Göttern erlaubt ist, darf das Rindvieh noch längst nicht tun. Mit der eigenen Anmaßung ging die Abwertung der Tochter einher: In seinen Augen war Emma also eine Kuh.

»Der Tod soll diese Sünde sühnen«, sagte Karl. Er machte eine Pause und blickte streng in die schneeweißen Gesichter vor seinem erhabenen Thron.

Als Quellgöttin konnte Camena nicht in Ohnmacht fallen, aber sie war nahe dran. Sie stieß mir einen Zeigefinger in die Brust, als wollte sie mich durchbohren.

»Das ist dein Werk, Faunus! Emma ist verloren! Du hast sie verraten!«

»Unsinn«, gab ich zurück. »Was kann ich denn dafür, wenn den Kaiser Schlaflosigkeit plagt und er des Nachts ausgerechnet dann aus dem Fenster schaut, wenn deine ehrlose Tochter ihren Buhlen auf dem Buckel durch die Gegend schleppt?«

Da Karl wieder zum Reden ansetzte, wurden mir Widerworte erspart.

»Doch statt der verdienten Strenge werde ich Milde walten lassen: Die Schuldigen bleiben am Leben, aber sie werden auf immer aus meinem Hause verbannt und dürfen nie wieder vor mein Antlitz treten! Sie mögen augenblicklich verschwinden, ehe ich mich anders bedenke.«

So sprach er, verhüllte sein Haupt und weinte.

Einhard erhob sich und verließ schweigend den Gerichtssaal. Emma vernahm des Vaters Spruch zwar mit tief gebeugtem Haupt und reuevollem Herzen, behielt jedoch ihre Fassung. Sie zog goldene Spangen und Perlen aus ihrem Haar und reichte sie ihren Schwestern. Dann legte sie ihren golddurchwirkten Mantel ab und verließ in ihrem schlichten grauen Alltagskleid weinend das Palatium.

Als sie über den weiten Hofraum einer ungewissen Zukunft entgegenschritt, flog das Täubchen herbei, das Emma seit früher Kindheit kannte und liebte. Camena, die in dieser Gestalt so oft wie möglich bei ihrer Tochter geweilt hatte, setzte sich ihr in gewohnter Weise auf die Schulter. Emma küsste das Tier, badete es mit ihren Tränen und ließ es dann davonfliegen.

Am Ausgang der Pfalz wartete Einhard auf seine Liebste. Planlos liefen die beiden auf den Wald zu. Unterwegs gelobten sie, ihr hartes Schicksal ohne Murren und Groll gegen den Vater geduldig zu ertragen und treu zusammen auszuharren, bis etwa der Tag der Erlösung für sie kommen werde. Daran glaubten sie fest.

Sie drangen durch Laub und Gestrüpp auf unwegsamen Pfaden immer tiefer in den Wald ein. Von Müdigkeit erschöpft und von Hunger und Durst ermattet, brach Emma unter einer Eiche zusammen. Die Füße schmerzten ihr, und sie konnte nicht weitergehen. Einhard machte sich auf, um Hilfe zu suchen und stieß auf zwei Köhler in der Nähe.

Die Männer nahmen das verstoßene Paar freundlich auf und erfrischten es mit Speise und Trank. Außerdem boten sie ihnen ihre Laubhütte als Obdach für die Nacht an.

Als Emma und Einhard am nächsten Morgen erquickt und gestärkt erwachten, waren sie schon erheblich gefasster. Sie reichten einander die Hände, schworen sich ewige Treue und beklagten nur bitterlich, dass kein priesterlicher Segen ihren ehelichen Bund heiligen könne.

Einhard fertigte aus zwei jungen Baumstämmchen ein Kreuz, pflanzte es in die Erde und kniete sich mit Emma davor nieder. Ohne zu ahnen, dass auch sein Widersacher zugegen war, flehten die Liebenden ihren Gott, den Allmächtigen, an, den hier geschlossenen Bund zu segnen.

Ich war natürlich nicht der einzige Trauzeuge. Die Taube flog aus dem nahen Gebüsch hervor und Emma auf die Schulter.

»Schau, Einhard«, rief das Mädchen beglückt. »Mein Täubchen kommt zum Glückwunsch und als Zeichen einer besseren Zukunft für uns!«

Gurrend verließ Camena die Schulter ihrer Tochter, flatterte vor ihr auf und nieder und landete schließlich auf dem Boden. Aus ihren gelben Bieraugen sah sie Emma unverwandt an.

»Sie sieht aus, als wollte sie mir etwas sagen!«

Die Taube nickte, wandte sich um und hüpfte davon.

»Wir sollen ihr folgen!«, bemerkte Einhard verwundert.

Bei diesen Worten erhob sich Camena wieder in die Luft. Einhard und Emma liefen dem erstaunlich langsam fliegenden Vogel nach.

»Wahrlich ein ungewöhnlich kluges Tier«, versetzte Einhard anerkennend, als die Taube auf den Zweig eines Baumes flatterte, vor dem eine Quelle sprudelte.

»Ja«, murmelte Emma. Sie starrte mit geweiteten Augen ins Gehölz und streckte den rechten Arm aus. »Schau, mein Liebster, da drüben steht eine Waldhütte! Sie sieht verlassen aus.«

Emma konnte natürlich nicht wissen, dass sie genau in diesem Holzhaus geboren und ihrem Vater dort vor vielen Jahren übergeben worden war.

»Was bist du doch für eine sentimentale Sirene«, krächzte ich, als ich mich in meiner Rabengestalt neben der beglückt gurrenden Taube niederließ.

»Es ist eine schöne Hütte«, bemerkte Camena. »Sie wird meine Tochter gegen Kälte, Hitze, Regen, wilde Tiere und vor dem Kaiser schützen.«

»An ein weiches Bett hast du bestimmt auch gedacht.«

»Das Haus ist mit allem ausgestattet, dessen ein junges Paar bedarf.«

Auch mit Jagdwaffen, wie ich sehen konnte, als Einhard mit einer Armbrust vor die Tür trat. Camena würde schon dafür sorgen, dass es dem wackeren Waidmann nicht an köstlichstem Wildbret jeder Art fehlen würde. Der helle Quell lieferte das Getränk, das im Spätherbst durch den Wein, der sich am Haus hochrankte, verfeinert werden könnte. Emma sollte nach dem ersten Winter staunen, wie üppig sie der Garten hinter dem Haus mit Gemüse, Früchten und Getreide beschenkte. Camena hatte wirklich an alles gedacht.

Fünf Jahre verstrichen, ohne dass sich in Aquae Granni viel Bemerkenswertes ereignete. Camena genoss die gregorianischen Gesänge in der Kirche, die Bäder mit Karl im Weiher und die Stunden, in denen sie ihrer Tochter nahe war.

»Es ist kein Unheil geschehen«, sagte sie mir immer wieder. »Emma geht es gut. Meine Tochter braucht keinen Palast, um glücklich zu sein. Wie tüchtig sie doch ist! Ich bin stolz auf mein Kind!«

Tatsächlich schien sich das verbannte Paar erstaunlich gelassen in sein Geschick gefügt zu haben. Meine Versuche, unter den beiden Streit heraufzubeschwören, scheiterten an Emmas sonnigem Gemüt und Einhards ausgeglichenem Naturell. Selbst als ich ihnen die Getreideernte verhagelte, ließen sie ihre Verzweiflung nicht aneinander aus. Das Feuer, das ich im Wohnbereich der Hütte entfachte, verzischte in einem Wasserstrahl, über dessen Herkunft Emma und Einhard nicht müde wurden, zu spekulieren. Sie einigten sich darauf, Gott, der Allmächtige halte seine Hand über sie. Gleiches dachten sie, als in einem Sommer große Dürre den Landstrich heimsuchte, aus ihrem Quell aber weiterhin unerschöpflich reinstes Wasser sprudelte.

Tagsüber ackerten sie unermüdlich, um ihren Lebensunterhalt zu bestreiten. Des Abends saßen sie bei Talglicht zusammen und setzten mit Federkiel und Tinte aus der Rinde des Schlehendorns hübsche Minuskeln auf die Pergamente, die sie aus der Haut erlegter Tiere selbst hergestellt hatten. Frische Waldluft, einfache und gesunde Nahrung erhielten die jungen Eheleute rüstig und stark. Aus dem, was ihr Unheil hätte sein sollen, hatten Emma und Einhard ihr Glück gemacht. Als ihnen dann auch noch ein Sohn geboren wurde, fehlte ihnen nur noch eins.

»Jedes Kind sollte Großeltern haben«, bemerkte Emma eines Abends traurig, als sie ihrem Sohn die Brust gab.

Ich konnte Camena gerade noch daran hindern, sich vom zahmen Täubchen in ihre Urgestalt zu verwandeln.

»Willst du deine Tochter in den Wahnsinn treiben?«, brummte ihr die Stubenfliege ins Ohr. »Kein Sterblicher kann Göttliches schauen, ohne Schaden zu nehmen.«

»Aber der Knabe hat doch eine Großmutter«, gurrte sie traurig.

Unterdessen saß der Kaiser daheim in seinem Palatium und härmte sich. Von Camena wusste ich, dass er seinem Immchen schon längst verziehen hatte und sich nichts sehnlicher wünschte, als sie wieder an sein Herz drücken zu können.

Doch er mochte noch so viele Kundschafter ins Reich hinaussenden, sie alle kehrten ohne Nachricht von Emma heim.

»Das hat man davon, wenn man in weiter Ferne sucht, was in der Nähe ist«, bemerkte ich, als Camena mir von des Kaisers Verzweiflung berichtete.

»Es war nicht recht von ihm, seine Tochter derart heftig zu bedrohen und sie dann aus dem Haus zu werfen, aber fünf Jahre Verbannung reichen«, gab sie zurück.

Als der Kaiser am Tag nach diesem Ausspruch auf die Jagd ging, sah er sich – so wie viele Jahre zuvor – bei der Verfolgung einer weißen Hirschkuh von seinen Gefährten getrennt. Ermüdet vom scharfen Ritt, stieg er vom Ross und streckte sich an einer lichten Waldstelle im Schatten uralter Eichen ins Moos, um auszuruhen und seine Jagdgefährten zu erwarten. Er war erschöpfter, als er geglaubt hatte, denn schon bald umfing ihn ein sanfter Schlummer.

Plötzlich weckte ihn ein Geräusch. Es kam von seinem Schwert, das ihm zu Haupte an der Eiche gelehnt stand.

Karl blickte auf und sah einen kleinen Knaben, der sich der Waffe bemeistert hatte und davoneilen wollte. Der Kaiser richtete sich auf und rief dem Kind lachend hinterher: »Gib, kleiner Mann, mein Schwert mir her, es ist doch viel zu groß für deine Händchen!«

Der blond gelockte Knabe blieb stehen und starrte ohne Scheu den unbekannten Mann aus großen blauen Augen an. Er drückte die Waffe an sich und erwiderte keck: »Das Schwert geb ich dir nicht zurück. Ich bring es der Mutter, denn du willst damit ihre Hirschkuh und des Vaters Wild töten!«

Er wandte sich ab und schleppte sich mit dem schweren Schwert weiter. Dem Kaiser gefiel der dreiste und verwegene kleine Dieb.

Von Neugier getrieben, folgte er ihm und stand schon nach wenigen Schritten vor der Waldhütte von dessen Eltern.

Als er sich der Tür näherte, trat eine stattliche junge Frau mit einem Säugling an der Brust hervor. Erst machte sie große Augen, dann hieß sie den Fremden willkommen und lud ihn ein, das Mahl mit ihr und ihrem Manne zu teilen, der bald von der Jagd heimkehren werde.

»Ihr habt gewiss Hunger und Durst, mein Herr, ich bringe Euch eine Kleinigkeit hinaus!«

Nur mit Mühe war es Emma gelungen, die Fassung zu bewahren. Sie hatte ihren Vater sofort erkannt. Um ihre Verlegenheit zu verbergen, eilte sie in die Hütte zurück. Während sie den Imbiss zubereitete, gebot sie ihrem Herzen, langsamer zu schlagen.

Vor der Hütte reichte sie Karl eine Scheibe Brot und den Käse, den sie aus der Milch ihrer Hirschkuh selbst zubereitet hatte. Wie es sich für eine anständige Frau gehörte, hielt sie züchtig das Haupt gesenkt und antwortete klug und bescheiden auf alle Fragen. Er war im höchsten Grade darüber erstaunt, in dieser Wildnis eine derartige Frau anzutreffen, denn in ihrer bäuerlichen Tracht hatte er seine Tochter natürlich nicht wiedererkannt.

Kurz darauf kehrte Einhard mit einem Reh auf den Schultern aus dem Wald zurück. Er bot dem Gast freundlichen Gruß und drückte ihm herzlich die Hand. Sein lang herunterwallendes Haar, der kräftige Vollbart, die gebräunte Stirn und der eigentümliche Jägeranzug machten ihn dem Kaiser ganz unkenntlich. Das Waidwerk bot den Männern reichen Stoff zur Unterhaltung. Unterdessen hatte Emma das Mahl bereitet und forderte die Männer nun auf, in die Hütte zu treten.

Deren Reinlichkeit und Einrichtung überraschten den Kaiser maßlos. Die Wände waren mit Fellen bekleidet und mit Hirschgeweihen, bunten Steinen und mancherlei Naturseltenheiten der Gegend geschmückt. Am meisten aber wunderte den Kaiser der runde Tisch, den die Hausfrau ähnlich gedeckt hatte, wie Karl es von zu Hause gewohnt war. Als die Jägersfrau dann den duftenden Braten genauso zerlegte, wie er es einst seiner Emma gelehrt hatte, ergriff ihn ein seltsames Ahnen. Mit forschendem Blick schaute er ihr ins Antlitz. Zutiefst ergriffen, flüsterte er schließlich: »Mein Immchen!«

Helle Tränen rollten über seinen grauen Bart. Emma und Einhard stürzten sich ihm zu Füßen. Er hieß sie mit herzlichen Worten aufstehen, umarmte voller Rührung und Entzücken die wiedergefundenen Kinder und küsste die beiden Enkel.

Nicht nur Emmas Lieblingstäubchen beobachtete all dies mit großem Interesse. Die Schmeißfliege fand, dass es Camena mit dieser Form der Familienzusammenführung übertrieben hatte. Also beschloss ich, gewissermaßen Wasser in den Wein zu gießen. In Teufelssprache übersetzt, hieß das, ein kräftigeres Feuer im Backofen vor dem Haus zu entfachen, um das dort langsam fertig werdende Gebäck verkohlen zu lassen. Bei so viel süßer Glückseligkeit sollte wenigstens die Nachspeise ungenießbar sein oder zumindest bitter schmecken.

Ich wusste ja, wie stolz Emma auf das von ihr erfundene Gebildbrot war, das sie *Printen* nannte, womit *eingedrückte Abbildungen* gemeint waren. Um Printen herzustellen, goss sie den Teig in kunstvoll geschnitzte Holzformen. Sie ließ ihn darin trocknen, bevor sie die Teile in den Ofen tat.

Flugs erhöhte ich also die Temperatur im Backofen vor dem Haus ganz gewaltig. Doch Camenas Tochter roch den Teufelsbraten.

»Mein Backwerk verbrennt!«

Sie stürzte hinaus und zog das Backblech mit den zwar sehr dunklen, aber leider noch nicht verkohlten Printen heraus.

»Ich weiß nicht, ob sie so schmecken«, sagte sie, als sie dem Kaiser ein Stück vorsetzte.

Nachdem die Printe ein wenig abgekühlt war, biss er hinein. Er kaute sehr langsam. Sein Gesicht verklärte sich.

»Mein Immchen! Du kannst zaubern! Keine Süßigkeit gleicht dieser. Willst du deinem alten Vater einen Gefallen tun?«

»Jeden«, stammelte Emma, selbst voller Staunen über den außerordentlichen Geschmack, den die hohen Temperaturen ihren Printen verliehen hatten.

Das Täubchen trippelte frohlockend hin und her.

Karl küsste seine Tochter auf den Scheitel.

»Wahre das Geheimnis dieser Zubereitung, mein Kind, und wenn man mich zu Grabe trägt, möchte ich mit diesem Rezept beerdigt werden. Wirst du das für mich tun?«

Emma nickte und umarmte ihren Vater.

»Du wirst noch lange leben!«, versicherte sie, »sieh nur her, wie mein kluges Täubchen dazu nickt!«

Die Sonne war bereits untergegangen und des Mondes Silberschein glänzte durch die Zweige der Eichen und Buchen. In der Ferne erklangen die Hörner der Jagdgefährten des Kaisers, und bald vernahm die wiedervereinte Familie auch Rüdengebell.

Hocherfreut hieß der Kaiser seine Jagdgesellschaft an der Hütte willkommen. Er wies auf Tochter, Schwiegersohn und Enkel und sagte: »Seht her, meine Freunde, heute hat mir die Jagd den kostbarsten Fund meines Lebens beschert. Gelobt sei Gott! Wohlauf, jetzt ziehen wir alle gen Aquae Granni!«

Dort aber erwartete sie traurige Kunde: Abul Abbas war plötzlich gestorben. Eine böse Nachricht für den Kaiser.

Wie ich ja schon früher angedeutet habe, zieht der Tod eines weißen Elefanten Unheil nach sich. Wurde ja auch Zeit, dass sich in dem inzwischen befriedeten Reich Karls des Großen wieder etwas tat, fand ich.

## XIII

## Die Jagd auf des Kaisers Seele und was anstatt sowie danach geschah

Auf die dramatischen Ereignisse, die sich binnen Kürze begeben sollten, freute ich mich unbändig. Am Pfuhl erging ich mich in süßen Träumen. Karl würde bald sterben, eine verzweifelte Camena in meinen Armen Trost suchen und ich in den ihren dadurch endlich Erfüllung finden. Sollte sich die unberechenbare Quellgöttin in ihrer Trauer aber weiterhin zieren, würde ich unbekümmert zu einer kleinen Erpressung greifen und ein Pfand aus dem Ärmel ziehen: die Seele des Kaisers.

Da vor allem sein Liebesleben keinesfalls den Vorgaben des von ihm hochgehaltenen Christenbuchs entsprach, stand mir seine Seele zu. Den Aufschrei, der jetzt durchs Aachener Land geht, kann ich in tatsächlicher Unschuld kontern: Ich habe diese Regeln schließlich nicht aufgestellt. Hätten die Sekretäre des Unsichtbaren der Einehe in ihren Niederschriften nicht einen solch abenteuerlichen Wert beigemessen, wäre Karls Seele für mich unangreifbar gewesen. So aber kam mir die Lüsternheit des Herrschers gelegen, denn mit seinem letzten Atemzug würde ich mir seine Seele unverzüglich sichern können. Im Tausch gegen deren Freiheit, davon war ich damals überzeugt, könnte Camena einfach nicht länger zögern, sich mir hinzugeben. Für ihren Karl und sein Glück im Hier und Hiernach tat sie schließlich alles.

Meine Vorfreude verleitete mich zu einer gänzlich satansfremden Handlung. Ich schnitt mir aus Schilf ein Rohr, setzte mich auf den großen Stein und begleitete meine Fantasien mit einer entsprechend munteren Melodie.

»Was fällt dir ein!«

Als Furie materialisierte sich Camena vor mir. Sie riss mir die Flöte aus der Hand, brach sie entzwei und warf sie ins Wasser.

»Entschuldige bitte«, gab ich verblüfft zurück und sprang vom Stein. »Nur weil die Bibel dem Teufel keine Flötentöne zuordnet, musst du deinem alten Freund Faunus doch nicht das Attribut zerbrechen! Tanze lieber zur Musik!«

»Tanzen? Vor dir? Wo du gerade Unheil über Karl gebracht hast?«

Ich war verblüfft. Seit wann konnte Camena meine Gedanken lesen?

»Was für ein Unheil?«

»Du hast den weißen Elefanten ermordet, Faunus. Das verzeihe ich dir nie.«

Ich atmete erleichtert aus.

»Bist du noch bei Sinnen, Camena, Göttin der alten Zeit? Du solltest doch wissen, dass meiner Macht über die Folgen der Symbolkraft eines weißen Elefanten Grenzen gesetzt sind. Ich habe das Tier nicht getötet, bin in diesem Fall wahrhaft unschuldig.«

»Unschuldig! Du! Am liebsten würdest du doch auch meinen Karl umbringen.«

Es wäre unklug gewesen, das zu leugnen.

»Stimmt«, gab ich also zu. »Aber ich befördere diesen Wunsch nicht tatkräftig.«

»Warum nicht?«

Ich sah sie traurig an.

»Weil ich dich dann verlieren würde.«

Erschöpft sank sie am Ufer nieder.

»Da sprichst du tatsächlich einmal die Wahrheit, Faunus. Wisse aber eins: Solltest du Karl doch etwas antun, dann wirst du für mich aufgelöst sein, gänzlich ausgelöscht. Nie wieder wirst du mich erschauen oder meine Stimme hören können. Ganz gleich, wie raffiniert du auch vorzugehen gedenkst – wenn du seinen Tod herbeiführst, werde ich es wissen und dich mit meinem Verschwinden bestrafen.«

Ihre Stimme klang gefasst. Der Groll war zwar aus ihr geschwunden, die Angst aber geblieben. »Nach dem Tod von Abul Abbas werden jetzt gewiss schreckliche Dinge geschehen, Faunus. Sag mir doch bitte, welche.«

»Keine, die dich unmittelbar betreffen«, sagte ich, froh, ihrem Zorn nicht mehr ausgesetzt zu sein.

Was für einen Sinn hätte es gehabt, ihr zu verraten, dass der Tod des weißen Elefanten den Niedergang des gesamten Karolingerreichs nach sich ziehen würde? Ein ursächlicher Zusammenhang, der bis zum heutigen Tag selbst renommierten Historikern verborgen geblieben ist. Diese halten es nämlich für verwerflich, eins und eins zusammenzuzählen oder auf das zu hören, was unter der Hand mündlich weitergegeben wird.

Sie beziehen sich ausschließlich auf Material, das sie für Quellen halten, weil es einst von Menschen niedergeschrieben worden ist. Dass auch Handschriften wie gedruckt lügen können, blenden sie dabei gern aus. Zum Beispiel ziehen Historiker die Lobhudelei, die Einhard über Karl verfasste, nachdem der Kaiser ihn wieder in Gnaden aufgenommen hat, als wertvollstes Beweisstück für die Wahrheit über die Zeit Karls des Großen heran. Was die Gelehrten allerdings nicht wissen können: Emmas Lieblingstäubchen hatte Einhard bei seinen Schreibarbeiten über das Leben Karls ständig umflattert und ihm dabei so manche Schmeichelei und Schlussfolgerung in die Feder geweht, die ihrem eigenen Gefieder entstammte.

Bald nach Abul Abbas starb Karls Lieblingstochter Rotrud. Das aber war erst der Anfang. Binnen eines Jahres schieden seine drei ältesten Söhne kurz nacheinander im besten Mannesalter dahin. Als Erstes traf es Pippin von Italien, dann seinen gleichnamigen Bruder Pippin, den Buckligen, im Kloster Prüm und schließlich Karl, den Jüngeren, den der Vater als Nachfolger für Reich und Lebenswerk auserkoren hatte. Als Todesursache wurde in allen Fällen »Wassersucht« angegeben. Das hatte nichts mit der Erkrankung zu tun, die man heute darunter versteht, sondern hieß nur, dass die Medici gänzlich ratlos waren, was zum Teufel den Tod herbeigeführt haben mochte. Übrig blieb also einzig Karls jüngster Sohn Ludwig, den der Kaiser völlig zu Recht als den am wenigsten Geeigneten für die Nachfolge gehalten hatte. Camena übrigens auch.

Sie klagte mich an. Ich hätte Karls Kinder auf dem Gewissen.

»Weil du dich an ihn nicht heranwagst, zerstörst du alles, was ihm lieb ist.«

»Dann hätte ich ja bei dir anfangen müssen«, gab ich unwirsch zurück. »Auch hier bin ich unschuldig. Ich habe nichts mit dem Tod der Söhne zu tun.«

Was natürlich nicht ganz stimmte. Ich hatte das große Ganze im Blick, mich deshalb auch eingemischt und zudem ganz nebenbei noch interessante Seelen hochwohlgeborener Meuchler ergattert. Ludwig musste schließlich Karl nachfolgen, damit Frankreich und Deutschland aus einem blutigen Bruderkrieg heraus entstehen konnten. Das aber gehört jetzt nicht zu dieser Geschichte.

Karls Tod schon.

Doch der ließ auf sich warten. Der weiße Elefant war bereits über drei Jahre tot, und der Kaiser lebte immer noch. Er war wirklich unglaublich zäh. Da Karl über Camena mit mir verbunden war, musste sein Todeszeitpunkt für mich leider im Dunkeln bleiben.

So schwer es mir auch fiel, aktiv werden durfte ich diesbezüglich nicht. Einen Unfall hätte mir Camena ebenso wenig verziehen wie eine Naturkatastrophe.

Aber da Zeichen bekanntlich durch ihre Deutung entstehen, ging ich sehr großzügig mit diversen Omen um. Mehrfach ließ ich Sonne und Mond verfinstern. Einmal schuf ich einen großen schwarzen Flecken auf der Sonne, vor dem sich alle Welt sieben Tage lang ängstigte. Am Himmelsfahrtstag erlaubte ich dem Kaiser gerade noch, durch die Verbindung zwischen Kirche und Palatium zu gehen, ehe ich den Säulengang bis auf die Fundamente zusammenbrechen ließ.

In einem verwegenen Flug gelang es mir sogar, mit einem Blitzstrahl die vergoldete Kugel auf dem Dach der Kirche zu zersplittern und hinabzuschleudern, knapp am Kaiser vorbei. Er zitterte am ganzen Leib, als er am Abend noch einen Hauch von Goldstaub aus seinem Haupthaar kämmte. Natürlich steckte ich auch hinter der unerklärlichen Feuersbrunst, die zur selben Zeit Karls gewaltige Rheinbrücke bei Mainz vernichtete, deren Bau zehn Jahre harter Arbeit gekostet hatte. Im Palatium selbst ließ ich bei Tag und Nacht Gebälk, Getäfel und Treppendielen krachen und knarzen. »Als weile der Leibhaftige unter uns«, sagte so mancher Bewohner erschauernd und durchaus zutreffend.

Mein ominösestes Meisterwerk aber verdanke ich der Erneuerung eines Glasfensters. Das Loch im Bau verhalf mir, sogar im Inneren der mir sonst so unzugänglichen Kirche ein besonders hübsches Zeichen zu setzen. Folgerichtig gilt es bis zum heutigen Tag als sicherster Vorbote von des Kaisers Tod: der verblassende Schriftzug im Oktogon. In lateinischer Sprache wies eine Inschrift über den Pfeilern Karl als Gründer und Erbauer der Kirche aus. Sie endete mit den Worten: »Princeps Carolus«. Mit einem Mal aber begann nun das Wort »Princeps«, also Herrscher, zu verbleichen. Deutlich sichtbar für jeden, der nach oben blickte, verblasste ein Buchstabe nach dem anderen, bis die Schrift gänzlich verschwunden war – dank eines scharfen Sandstrahls, den ich durch das Fensterloch sandte.

Die Bühne hatte ich also bereitet, doch der Tod des Hauptdarstellers ließ sehr lange auf sich warten. Ich schöpfte Hoffnung, als Karl im Dezember mit einer Lungenentzündung von einem

Jagdausflug in der Eifel zurückkehrte. Diesmal – da war ich mir sicher – würden die Selbstheilungskräfte, die der Kaiser so gern aktivierte, ihm ebenso wenig das Leben retten, wie die Kräuter, deren Gebrauch ihn seine Mutter gelehrt hatte. Von ihr wusste er auch, dass man zwar eine normale Erkältung füttern, ein Fieber hingegen aushungern sollte. Da dies ganz im Gegensatz zum medizinischen Wissen der damaligen Zeit stand, flehten ihn seine Ärzte an, etwas zu sich nehmen. Zu meinem Bedauern verscheuchte er die Quacksalber daraufhin von seinem Krankenlager. »Lasst mich, ich sterbe besser ohne eure Heilmittel!« Ihr Zutun hätte das Unvermeidliche beschleunigt. So aber zog sich die Angelegenheit unerträglich in die Länge.

Nie werde ich den Tag vergessen, der nach christlicher Zeitrechnung mit dem 28. Januar 814 angegeben wird. Denn er kennzeichnet die schönsten und die schrecklichsten Stunden meiner bisherigen Existenz. Ich erschauere heute noch vor Verzückung und Wut, wenn ich nur daran denke.

Spät in der Nacht zu jenem Tag richtete sich der Kaiser plötzlich auf. Er öffnete die Augen, die mir viel klarer erschienen, als es seine Rippenfellentzündung eigentlich erlaubt hätte.

»Es gibt noch so viel zu tun«, sprach er.

Damit hatte er völlig recht. Seit Wochen hatte ich diverse teuflische Aufgaben sträflich vernachlässigt. Aber ich hatte Prioritäten setzen müssen.

»Schone dich, liebster Vater«, flehte Emma, die mit ihrem Täubchen auf der Schulter neben des Kaisers Lager hockte.

Sie hielt ihm einen Becher des dampfenden Kräutertees hin, den sie nach seinen Anweisungen aufgebrüht hatte.

Ebenso begeistert wie Emma zeigte sich das Täubchen, als der Kaiser den Becher ohne großes Zittern selbst an den Mund führte. Der Vogel warf mir einen unerträglich triumphierenden Blick zu.

Ich floh aus der Kammer. Es war wirklich an der Zeit, jene anderen schmutzigen Angelegenheiten zu erledigen, die ich beim Warten auf des Kaisers Seele hintangestellt hatte. Normalerweise bin ich multilokal, kann mich also an mehreren Orten gleichzeitig aufhalten, doch die Jagd auf die Seele Karls des Großen hatte meine uneingeschränkte Aufmerksamkeit erfordert. Schließlich durfte ich nicht zulassen, dass mir bei einem für mich so wichtigen Verhandlungsobjekt der große Unsichtbare zuvorkam, nur weil ich abgelenkt war. In jener verfluchten Nacht sah es allerdings so aus, als ob dem Leib des Kaisers die Seele noch eine Zeit lang erhalten bleiben würde. Also ging ich zu Beginn der dritten Stunde des neuen Tages für eine kurze Weile anderen satanischen Geschäften nach.

Anschließend wollte ich mich noch schnell im warmen Schwefelwasser erholen, bevor ich meinen Beobachtungsposten am Totenbett des Kaisers wieder einnahm. Doch es sollte ganz anders kommen. Denn als ich mich dem Weiher näherte, vernahm ich ein verheißungsvolles Rauschen und sah durch die kahlen Zweige der Bäume eine Fontäne emporsprudeln. Ich flog zum Ufer und stampfte dort vor Begeisterung so fest auf, dass mein Pferdefuß fast im Schlamm stecken blieb. Noch nie hatte ich ein derartig spektakuläres Schauspiel gesehen, nicht einmal beim Erlöschen des Gottes Grannus.

Auf der Spitze der Fontäne führte Camena in ihrer schönsten Erscheinungsform einen mehr als nur betörenden Tanz auf. Gleichzeitig anmutig und lasziv wogte ihr überirdischer Körper zum Klang ferner Kirchenglocken langsam hin und her. Die Knospen ihres göttlichen Busens schimmerten erhaben unter dem dünnen weißen Gewand hervor, das bei einer besonders berückenden Schwingung der Beine eine göttliche Mikrosekunde lang sogar die Scham enthüllte, die ich zuvor noch nie geöffnet gesehen hatte.

Dass auch dem Teufel die Knie den Dienst versagen können, erlebte ich da zum ersten Mal. Ich fiel zu Boden, ohne den Blick von der Quellgöttin lassen zu können.

In aller Ruhe senkte sie die Fontäne ab und trat auf mich zu. Ihr Gesicht leuchtete vor Glückseligkeit.

»Er ist genesen, Faunus!«, jubelte sie. »Karl wird leben!« Tränen rannen ihr die Wangen hinunter, als sie mir die Hände hinhielt. Noch immer leicht benebelt, zog ich mich an ihnen hoch. Hatte ich sie in dem Gurgeln des verebbenden Strudels und dem lauter gewordenen Kirchengeläut richtig verstanden? Camena fiel mir um den Hals und schmiegte sich so eng an mich, dass mir die Luft wegblieb.

»Unmöglich«, brachte ich schließlich keuchend hervor. »Er ist tot.«

Ich sprach die Worte aus, musste es also gewusst haben und hätte augenblicklich handeln müssen. Doch ich war unfähig, mich von der Stelle zu rühren, konnte nicht von Camenas Leib weichen. So nah war ich ihr noch nie gewesen.

»Er ist nicht tot, mein Faunus! Karl lebt! Ich bin ja so unendlich glücklich!«

Mit diesen Worten bot sie mir ihren Mund zum Kuss dar. Nun, ich wäre nicht der Teufel, hätte ich mir diese unfassbare Gelegenheit entgehen lassen. Begierig trank ich von Camenas Lippen, erforschte in atemloser Spannung den unendlich weichen, köstlichen Mund und verging fast vor Lüsternheit, als eine zarte lange Zunge meinen eigenen Gaumen kitzelte.

Ein göttlicher Kuss ist anders als ein menschlicher. Sterblichen ist die Zeit zu wertvoll, als dass sie sich im Sinne der Vermehrung allzu lange mit dem Kosen aufhalten dürfen. Wir Unerloschenen vermögen es jedoch, die zärtliche Ouverture bis zur Unerträglichkeit wonnevoll auszudehnen. Mit Camenas Zwillingsschwester hatte ich damals zu voreilig gehandelt, als ich unverzüglich zur Sache gekommen war. Diesen Fehler wollte ich keinesfalls wiederholen. Jetzt hielt ich die wahre und einzige Camena in Armen und durfte das geliebte Wesen inniger küssen, als ich es mir je ausgemalt hatte. Nie wieder wollte ich sie loslassen, bis in endlose Zeiten solcherweise mit ihr verbunden bleiben. In diesem Auftakt zur ewigen Zweisamkeit lag der wahre Grund meiner Existenz.

Doch mit Blick auf eben deren Ewigkeit durfte ich meiner Leidenschaft nicht zu schnell nachgeben, sondern musste die Glut Camenas weiter entfachen. Sie selbst sollte den Rhythmus bestimmen, ihre Liebkosungen den Weg zum einzig mir vorstellbaren Glück weisen. Denn dass Camena in ihrer rauschhaften Verfassung jetzt tatsächlich dem Höhepunkt zusteuerte, erschien mir unzweifelhaft. Diesem Ziel zuliebe war der Teufel bereit, kurzfristig die Kontrolle abzugeben. Die Belohnung war sensationell.

Camena ließ zu, dass meine Hände durch die lange offene Falte des Gewands ihren vollendeten Busen streichelten und ihren nackten Leib weiter hinunterglitten. Als sie sich ihrem Schoß näherten, fuhr mir ein Wonneschauer bis in die äußerste Schweifspitze. Doch sacht nahm Camena meine Finger fort und küsste sie.

»Stutz dir erst die Krallen, mein geliebter Faunus«, hauchte sie mir ins Ohr, »und bereite uns hier ein trefflich schönes Lager. Ich habe eine Überraschung für dich. Bin gleich wieder da.«

Weg war sie. Ich blickte auf meine leeren Hände, deren Krallen doch schon längst eingezogen waren, und sah dann verdattert nach oben. Die Taube war fortgeflogen und das Glockengeläut verstummt.

Da wusste ich es: Camena hatte mich wieder hereingelegt. Diesmal mit allem, was sie zu bieten hatte. Nein, leider nur mit fast allem. Ihre Überraschung kannte ich jetzt. Der Kaiser war gestorben und ich nicht zur Stelle gewesen. Camena hatte den Teufel in Versuchung geführt, um die Seele ihres Geliebten vor ihm zu schützen. Was für eine gnadenlose Heuchlerin! Was für eine hinterhältige Hexe! Was für eine widerwärtige Täuschung! Was für eine wonnevolle Wollust! Mir war immer noch ganz schwindlig.

Nun, vielleicht war noch nicht alles verloren. Womöglich könnte es mir doch noch gelingen, dem Unsichtbaren des Kaisers Seele zu entreißen. Ich sah eine winzig kleine Chance, solange der Leichnam noch nicht beerdigt war.

Eilends transportierte ich mich zur Kirche.

Natürlich kam ich zu spät. Camena hatte ihr Timing perfekt getaktet. Der Kaiser befand sich bereits unter der Erde.

Unzählige Menschen drängten sich weinend und anklagend vor dem Bau des Unsichtbaren.

Die meisten zeigten sich genauso empört wie ich. Allerdings aus einem ganz anderen Grund. Sie entsetzten sich darüber, dass man einen so bedeutenden Kaiser ohne großes Leichenbegängnis in den Stunden nach seinem Tod einfach so verscharrt hätte.

»Wozu die Eile?«, hörte ich überall.

»Die Eile war geboten, damit Saint Denis den Leichnam des Kaisers nicht beansprucht«, versuchte ein Würdenträger, die aufgebrachte Menge vor der Kirche zu besänftigen.

Faule Ausrede, dachte ich. Die Eile war geboten, damit ich nicht doch noch dazwischenfunkte.

»Wollt ihr etwa nicht, dass er seine letzte Ruhe bei euch in Aquae Granni findet? Für sein Seelenheil könnt ihr künftig an seiner Grabstätte beten. Wir werden über ihr einen prächtigen goldenen Bogen errichten.«

Vor der Kirche stand Emma weinend an Einhard gelehnt. Mit einfältigen Worten versuchte des Kaisers Schreiber, seine Frau zu trösten: »Ich habe dem Vater dein Printenrezept beigelegt, wirklich, mein Herzensmädchen, es steckt in seinem Wams.«

Emmas Taube war nirgendwo zu sehen. Der Tag, an dem ihr Vater starb, sollte für sie später auch der sein, an dem ihr Lieblingsvogel aus ihrer Welt verschwunden war.

Aus meiner auch. Ich konnte Camena nicht zur Rede stellen, denn nach Karls Grablege entzog sie sich mir viele Menschenalter lang. Ich mochte noch so oft am Pfuhl stehen und hinausbrüllen, dass ich des Kaisers Tod nicht verursacht hätte.

Es wollte mir nicht gelingen, die Quellgöttin herbeizubeschwören. In keiner einzigen Erscheinungsform, nicht einmal als Mücke.

Ich wusste, dass sie sich nicht aufgelöst hatte, denn allenthalben sah ich Zeichen ihrer Anwesenheit. Sie verrichtete ihre Arbeit wie gewohnt, behandelte mich aber wie jeden gemeinen Sterblichen und manifestierte sich nicht mehr vor mir.

Sie brachte den Teufel sogar so weit, dass er laut das Wort Vergebung im Mund führte: »Ich verzeihe dir, Camena, ich verzeihe dir alles, nur komm zu mir zurück. Lass mich dich erschauen. Um mehr bitte ich dich nicht.«

Aber schon das war offenbar zu viel verlangt. Kann jemand ermessen, wie unerträglich es ist, die Geliebte so nah zu wissen und sie dennoch niemals erreichen zu können? Keine Einsamkeit kann schmerzlicher sein. Also suchte ich die Ferne, wütete dort hemmungslos herum und kehrte nur noch selten nach Aquae Granni zurück.

Doch 186 Jahre später verschaffte ich mir endlich eine Gelegenheit, Camena herbeizulocken. Ich gab dem damaligen Kaiser Otto ein, jenen Kollegen in Aachen ausgraben zu lassen, der ebenfalls das Wort »groß« im Namen getragen hatte.

Keine leichte Aufgabe für des Kaisers Männer, denn längst wies kein goldener Bogen mehr auf die letzte Ruhestätte Karls hin. Mönche des Klosters Stavelot hatten das Denkmal schon lange zuvor abgebaut, um das Grab vor marodierenden Normannen zu schützen.

Ich half Ottos Männern nicht bei der Suche, sondern eilte an den Pfuhl.

»Camena!«, rief ich in die Luft hinein. »Du kannst deinen Karl noch einmal sehen!«

Es kam keine Antwort.

»Ich verspreche dir, Camena, du wirst ihn erschauen können, als ob er noch am Leben sei. Ein einziges Mal kann ich dir das gewähren. Wenn du dich mir nur zeigst.«

Ein schwaches Rauschen ertönte. In ihm vernahm ich die Stimme, die ich so lange vermisst hatte.

»Wenn du das vermagst, Faunus, werde ich mich dir wieder zeigen.«

»Morgen«, versprach ich und gab noch in derselben Nacht dem ersten Schwertträger Ottos die genaue Stelle ein, an der Kaiser Karl zur letzten Ruhe gebettet worden war.

Natürlich befanden sich nur noch des Kaisers Knochen in der Erde, doch bei der Graböffnung schaffte ich es tatsächlich, in den Augen der Anwesenden ein prächtiges Bild erscheinen zu lassen.

Als die Grabplatte im Vorhof gehoben wurde, verschlug es jedem, der zugegen war, den Atem. Auch Camena, die sich – für alle anderen ebenso unsichtbar wie ich – vor der Kirche neben mich gestellt hatte. Mein Herz hüpfte vor Freude, als sie eine zarte Hand in meine schob und flüsternd jubelte: »Da lugt doch das Printenrezept aus des Kaisers Wams! Welch schöne Erinnerung an meine Emma!«

Kein anderer achtete auf das winzige Pergamentstück. Zu prächtig wirkte das Gesamtbild. Als lebe er noch, saß Karl mit der Krone auf dem Haupt in prächtig erhaltener königlicher

Kleidung mit Zepter und Schwert aufrecht auf einem goldenen Thron. Er hatte die Pilgertasche umgehängt, die er stets nach Rom mitzunehmen pflegte, und auf seinen Knien ruhte das Evangelienbuch. Wie viel Kraft mir das Herbeizaubern dieser christlichen Attribute abverlangt hat, kann nur der große Unsichtbare erahnen.

In meiner Eile hatte ich die Illusion jedoch nicht ganz perfekt gestaltet. Camena interpretierte meinen Lapsus allerdings als böse Absicht.

»Nur weil ich dich an der Nase herumgeführt habe, Faunus, hättest du dem Kaiser doch trotzdem seine Nasenspitze lassen können.«

Ich widersprach nicht. Besser, sie unterstellte mir in diesem Fall Berechnung als Schwäche. Kaiser Otto ersetzte die fehlende Nasenspitze durch Gold und ließ das Grab wieder verschließen.

Als es Kaiser Barbarossa 165 Jahre später abermals öffnen ließ, fand er zu seinem Bedauern nur noch Gebeine vor. Sie waren in feines dunkles Gewebe gehüllt. Dessen Muster hatte der Zeit getrotzt: Ein großer weißer Elefant erstrahlte in vollem Seidenglanz.

Barbarossa barg die Gebeine in einem hölzernen Schrein auf dem Allerheiligenaltar der Marienkirche. 50 Jahre später legte Friedrich der Zweite sie in den vergoldeten Karlsschrein, der heute noch viele Verehrer Karls des Großen in die Chorhalle des Aachener Doms lockt.

Camena hielt Wort. Seit der ersten Graböffnung durfte ich sie wieder erschauen und mit ihr reden. Mehr war nicht drin. Nur ganz selten ließ sie eine winzige Berührung zu – ausschließlich dann, wenn sie etwas von mir wollte. So hauchte sie mir einen

Kuss auf die Hörner, damit ich nach dem großen Stadtbrand für die Aachener das Printenrezept aus des Kaisers Grab hervorzauberte. Der Erlös aus dem Verkauf dieser Süßigkeit half der Stadt beim Neuaufbau und ist noch heute eine bedeutende Einnahmequelle.

Die Erinnerung an jene zauberhaften Momente in der Todesnacht Karls des Großen beglückt und quält mich. Viele Menschenalter lang bekämpfte ich diesen Schmerz, in dem ich wieder als Bahkauv in Erscheinung trat und unbesonnenen Menschen ebenfalls Pein bereitete. Vor allem Säufern lauerte ich des Nachts auf, warf mich über sie her und ließ mich bis zu deren Wohnung tragen. Mich abzuschütteln oder sich von mir loszuwinden, war meinen Opfern unmöglich. Ich umklammerte sie nur desto fester und machte mich noch schwerer. Wenn derjenige, dem ich auf dem Rücken saß, vor Angst fast erstickte und schweißtriefend bei seiner Wohnung angekommen war, sprang ich herunter und eilte mit Brüllen und Kettengerassel zum Kolbert zurück. Dort hatte ich als Bahkauv mein Zuhause.

Camena bereitete diesem Treiben ein Ende. Sie sorgte dafür, dass der Kolbert überwölbt und darauf Häuser gebaut wurden. Irgendwie aber muss sie das Bahkauv schon ins Herz geschlossen haben. Warum sonst hätte sie in ihrem Brunnen am Büchel eine Plastik dieses Schreckenstiers errichten lassen? Heute noch liegt sie oft wie hingegossen auf dem Rücken des schwarzen Ungetüms. Nichts wünsche ich mir mehr, als dass sie mich einmal so zärtlich streicheln möge wie diese Nachbildung meiner Erscheinungsform als Bahkauv aus Metall.

Ich gestehe: Es hat mich nie gereut, an jenem 28. Januar 814 einen göttlichen Augenblick lang die Kontrolle abgegeben zu haben. Wider besseres Wissen hatte ich mich Camena ausgeliefert. Mit kaltem Kalkül hat sie mich hintergangen, und doch würde ich mich jederzeit wieder freudig in die Falle begeben, die solch überirdische Glückseligkeit verspricht.

Seit jener Zeit aber hat die Quellgöttin keinem weiteren Sterblichen mehr ihre Gunst geschenkt. Karl der Große war der Letzte.

»Seine Liebe hat meiner Existenz Sinn gegeben«, behauptet sie noch heute. Ich hindere sie nicht daran, die Erinnerung an Kaiser Karl in seiner Stadt so wachzuhalten, als wandele der Mann dort immer noch durch die Straßen. Denn nie war ich glückseliger gescheitert als an des Kaisers Todestag. Allein die Erinnerung daran ist mein ganzes Dasein wert.

# Epilog

Mehr als jedem anderen stünde mir der Karlspreis zu. Ich habe mir große Verdienste um die Stadt Aachen erworben, die ohne mich gar nicht erst entstanden wäre. Später habe ich immer wieder darauf verzichtet, sie zu zerstören, und bis zum heutigen Tag lasse ich mir gefallen, im Zusammenhang damit als einfältiger Teufel verlacht zu werden. In den gleichen Sagen, Legenden und Geschichtsbüchern wird Karl der Große hingegen als Lichtgestalt und Gegenspieler des Bösen gefeiert.

Dabei ist nur meinem Nichtergreifen seiner Seele zu danken, dass dem Kaiser die Verdammnis erspart geblieben ist. Seine Zeitgenossen haben dies für unmöglich gehalten. Schon kurz nach seinem Ableben kursierte das Gerücht, sein unmoralischer Lebenswandel habe Karl den Großen schnurstracks in die Hölle geführt, wo ihm bei grausamer Hitze ein fürchterliches Ungeheuer unentwegt die nachwachsenden Genitalien abnage. An diesem Bild könnte ich Gefallen finden, wenn es denn authentisch wäre. Ist es aber nicht. Weil – wie inzwischen bekannt sein dürfte – der Teufel anderweitig beschäftigt war, als der Kaiser das Zeitliche segnete.

»Warum willst du von den Menschen ausgezeichnet werden?«, fragte mich Camena verwundert, als ich ihr kürzlich von meinem Bedauern erzählte, den Karlspreis nie entgegennehmen zu dürfen. »Alle Welt fürchtet sich vor dir. Das ist doch viel bedeutsamer als so ein lächerlicher Preis.«

»Ein lächerlicher Preis ist der *Wider den tierischen Ernst*«, wies ich sie zurecht.

»Och«, murmelte Camena und rekelte sich auf dem Rücken des Bahkauvs aus Metall, »den könntest du schon kriegen.«

»Warum sollte ich das wollen?«

Die Quellgöttin glitt anmutig über die glatte Bronze in den flachen Brunnen. Sie hielt ihr Antlitz der schwarzen Tierplastik entgegen. Silberne Tropfen perlten aus den Düsen des Schwanzes und ließen die Schöne unter dem Biest göttlich erglitzern. Ein Anblick, der mich immer wieder aufs Neue entzückte.

»Warum du das wollen solltest?«, wiederholte sie meine Frage und drapierte sich neben mir auf dem Brunnenrand. »Na, um mich damit zu schmücken. Ist das nicht Grund genug?«

Ja, dachte ich, aber es gäbe tatsächlich noch einen anderen Grund: meine Rehabilitation in dieser Stadt, die meiner Selbstachtung jahrtausendelang enormen Schaden zugefügt hat.

Immer wieder war ich an meinem Zerstörungswerk gescheitert, weil Camena hinter meine heimlichen Absichten gekommen war. Was aber wäre, wenn ich zu einer anderen Taktik griffe? Ganz offen ankündigte, den Aachener Dom in Schutt und Asche zu legen? Das würde dem als hinterlistig verschrienen Teufel wohl kaum jemand abnehmen. Sollten aber doch rettende Maßnahmen getroffen und der Dom vor der Zerstörung bewahrt werden, könnte ich mich in dieser Stadt als Frühwarner feiern lassen. Mit dem Orden *Wider den tierischen Ernst* zum Beispiel. Ganz gleich, wie die Sache ausgehen sollte, verlieren konnte ich diesmal nicht.

So wurde die Idee geboren, die schlussendlich dazu führte, dass ich jetzt als Wasserfloh im Becken vor dem Eurogress gelandet bin.

»Da ist ja der Orden«, höre ich eine Frauenstimme. »Ist das komisch! Er schwebt in einer der Fontänen!«

Just in dem Augenblick lässt ihn Camena hinunterfallen. Ich kann mich gerade noch rechtzeitig in eine große Kröte verwandeln. Den Wasserfloh hätte das leichte Metall erschlagen.

Als Kröte kann ich das Ding schlucken.

Ich muss mich aufblasen, damit es mir den Schlund nicht versperrt, und sehe dabei die Schemen der Menschen, die sich über den Rand des langen Beckens beugen.

»Irgendwo hier muss er doch sein.«

»Der Teufel ist überall.«

»Vor allem in Aachen.«

»Unglaublich, wie er uns hier jahrelang öffentlich zum Narren gehalten hat, der feine Dr. Faunus!«

Als solcher hatte ich mich kurz nach dem Gedankenaustausch mit Camena am Brunnen des Bahkauvs bei der Stadtverwaltung vorgestellt. Meine Verdienste um die Erdbebenforschung – es war mir ein Leichtes, Nachweise dafür zu erbringen – verschafften mir eine Anstellung als Geologe. Doch ich übte noch einen Nebenberuf aus: An den Abenden trat ich mit einem sehr unterhaltsamen Programm auf den Kabarettbühnen der Stadt auf. Bei beiden Tätigkeiten kannte ich nur ein Thema: das unzweifelhaft bevorstehende große Erdbeben, das dem

Wahrzeichen der Stadt, dem Aachener Dom, endgültig zum Verhängnis werden würde. Es bedurfte schon großer Kunst, im Öcher Kabarett eine heitere Domuntergangsstimmung zu erzeugen. In aller Bescheidenheit muss ich anmerken, dass mir dies Abend für Abend vorzüglich gelang. Alle meine Vorstellungen waren ausverkauft.

Doch weder im Theater noch im Rathaus nahm man meine Warnung ernst. Kein Mensch könne Erdbeben vorhersagen, hieß es, und es gebe auch keine Möglichkeit, den Dom vor einer solchen Naturkatastrophe zu schützen.

Als ich eines Abends Camena im Kronleuchter des Theaters entdeckte, wurde ich übermütig. Ich kündigte den Termin des großen Bebens an.

»In einer Woche um diese Zeit werden der Barbarossaleuchter und der Karlsschrein in tausend Stücke zerschmettert und die Gebeine des Kaisers zu Staub zermalmt sein«, rief ich in den Saal. »Euer Dom wird wieder zu dem großen Steinhaufen werden, aus dem er einst hervorgegangen ist.« Ich legte eine künstlerische Pause ein, ehe ich fortfuhr: »Ich ernenne also das Bahkauv zum neuen Wahrzeichen Aachens!«

Nach der Vorstellung materialisierte sich Camena in meiner Garderobe.

»Niemals«, fauchte sie, »niemals werde ich zulassen, dass die Knochen meines Karls zu Staub zermalmt werden!«

»Was willst du Wassernixe schon gegen ein Erdbeben ausrichten?«, fragte ich belustigt.

»Dafür sorgen, dass dir der *Orden wider den tierischen Ernst* verliehen wird«, entgegnete sie und flog zum Fenster hinaus. Interessiert blickte ich ihr nach. Die Form eines Wanderfalken hatte sie zuvor noch nie angenommen.

Zu meiner Überraschung hielt sie sich aber nicht in der Luft, sondern stürzte im Steilstoß auf das Pflaster vor dem Theater und hopste da so herum wie alle Falken, die sich in eine Straßenschlucht ohne erhöhten Standpunkt zum Losfliegen verirrt haben. Was hatte Camena vor?

Rasch machte ich mich zur Kanalratte und setzte mich in den Rinnstein.

Ein hochgewachsener Mann, der soeben aus dem Theater gekommen war, riss sich das Jackett vom Leib und warf es über den Vogel.

»Welch ein Glück«, sagte der Mann, den ich jetzt als Aachens Dombaumeister Helmut Maintz erkannte. »Das ist einer unserer Domfalken. Hätte übel ausgehen können, wenn ich nicht hier gewesen wäre.«

»Was machen Sie jetzt mit dem?«, erkundigte sich eine junge Frau.

»Ihn dort wieder fliegen lassen, wo er zum Falkenhorst in unserem Westturm zurückfinden wird«, erwiderte Maintz und stapfte mit dem Vogel in der Jacke davon. Ich jagte hinterher.

Doch als der Dombaumeister auf dem Münsterplatz die Jacke öffnete, flog Camena nicht hinauf zum Turmhelm über der Uhrengalerie. Wie einst das Täubchen vor Einhard und Emma flatterte sie vor dem Dombaumeister her. Verwundert folgte er dem Tier. Ich auch.

Vor dem Eingang neben der Wolfstür ging der Vogel wieder zu Boden, stieß mit dem Schnabel gegen die geschlossene Pforte und flog dann dem Baumeister auf die Schulter.

Dass jemand, der sein ganzes Leben in den Dienst dieses Gebäudes stellt, einen Vogel haben muss, wurde überdeutlich, als der Dombaumeister tatsächlich die Tür aufschloss und mit dem Wanderfalken auf der Schulter den Dom betrat.

Natürlich entzog sich alles, was in der Kirche geschah, meiner Beobachtung.

Am angekündigten Tag ließ ich die Erde also beben. Doch das gewünschte Ergebnis blieb aus. Wiewohl der eine oder andere Stein herabstürzte, eine von Camenas Porphyrsäulen zerbrach, ein paar Mosaike bröckelten und Sand aus neuen Rissen rieselte, hielt der Dom zu meinem großen Erstaunen der Erschütterung stand.

»Dank der Warnungen des Dr. Faunus konnte die Stadt das Schlimmste verhindern«, hieß es in den Aachener Zeitungen. Wenig später stand ich ganz oben auf der Liste der Kandidaten für den *Orden wider den tierischen Ernst*.

Als Camena mir später den Anzug für die Verleihungszeremonie schneiderte, beschrieb sie mir genüsslich, wie sie den Dombaumeister davon überzeugt hatte, die Warnung des komödiantischen Geologen Dr. Faunus ernst zu nehmen. Gezielt war der Wanderfalke im Dom jene Wandlängen des Zentralbaus abgeflogen, an denen nach den Erdbeben vorangegangener Jahrhunderte Risse entstanden waren.

»Und dann habe ich mich nacheinander auf den Barbarossaleuchter, den Marienschrein und den Karlsschrein gesetzt, bis ich schließlich Richtung Schatzkammer geflogen bin.«

Neben dieser befände sich nämlich der Schutzbau, der in den Jahren der atomaren Bedrohung für die bedeutendsten Gegenstände der Kirche gemauert worden sei.

»Tiere können bekanntlich Erdbeben im Voraus spüren«, sagte sie. »Das weiß auch der Dombaumeister.«

Schon am nächsten Tag habe er veranlasst, die am meisten gefährdeten Kostbarkeiten dort erdbebensicher unterzubringen. »Und dann hat er die Karbonfaserbewehrung an den Wänden verstärkt, elastische Pflaster auf die alten Risswunden geklammert, die Säulen abstützen lassen …«

»Hör auf!«, fuhr ich Camena an. »Hätte ich ein stärkeres Beben herbeigeführt, hätte das alles nichts genützt. Dann wäre der Dom zusammengebröselt.«

»Ist er aber nicht«, flötete Camena. »Und deshalb wird man dich jetzt als Retter der Kirche meines Karls feiern. Mit dem *Orden wider den tierischen Ernst.*« Sie hielt mir ihr Nähwerk hin. »Findest du nicht, dass ich Talent zur Schneiderin habe? Was für eine schöne Hose!«

»Sieht mir reichlich eng aus«, knurrte ich.

»Trägt man heute so, Faunus, vertrau mir, du mein Ritter der satyrischen Gestalt!«

Spätestens da hätte ich wissen müssen, dass mir Camena wieder eins auswischen wollte. Wahrscheinlich, weil sie die Vorstellung der zermalmten Karlsknochen besonders ergrimmt hatte.

*Der Orden wider den tierischen Ernst* drückt mir die Krötenkehle fast zu. Ich erwäge, mich nach langer Zeit wieder ins echte

Bahkauv zu verwandeln. Wie würden sich all die Menschen erschrecken, die hier im Wasser nach der Medaille suchen, die ich mir so redlich verdient habe! Ich hüpfe auf den Brunnenrand.

»Iieh ..., was für eine hässliche Kröte!«

In diesem Augenblick stürzt ein Wanderfalke im Steilflug vom Himmel. Die Leute weichen zurück, als das Tier in einer scharfen Kurve erst an mir vorbeifliegt, dann zurückkehrt und sich meinen Krötenkörper im Flug krallt. Ich leiste keinen Widerstand. Warum sollte ich auch? Für einen Teufel kann es zwar Schöneres geben, als von der Geliebten ergriffen und in den Himmel gehoben zu werden, aber Camena kann mit mir eben machen, was sie will. Solange sie mir nah bleibt.

Ich schaue auf die aufgebrachte Menge hinunter, die sich immer noch in lauten Schmährufen ergeht. Man werde es dem Teufel schon zeigen, tönt es. Keiner weiß mehr zu würdigen, dass der Leibhaftige diesmal mit offenen Karten gespielt hat und sich zudem noch als guter Verlierer erwiesen hat.

Leute, was wollt ihr bloß von mir? Ihr wisst doch, dass ich mit eurer Stadt so lange verbunden sein werde, bis der letzte Brunnen ausgetrocknet und die letzte Quelle versiegt ist. Sollte Camena jemals erlöschen, werde ich mit ihr vergehen. Dann seid ihr mich los. Aber wäre der Preis dafür nicht ein bisschen hoch? Welchen Schaden habe ich bislang schon angerichtet? Neben mir lasse ich euch doch alle gut aussehen und zur Hochform auflaufen. Begreift doch endlich, ich bin nichts als ein unsterblich verliebter Faun, ein armer Teufel eben.

Ende

# Nachwort

Volkssagen aus der Kaiserstadt Aachen und ihrem Umland gibt es viele. Und in auffällig vielen spielt der Teufel höchstpersönlich eine Rolle, wo er als Ränkeschmied, durchtriebener Bündnispartner oder rächender Unhold in Erscheinung tritt. Aber genauso oft, wie der Fürst der Finsternis den Menschen das Leben sauer machen will, wird er mit Bauernschläue und beherzter Tat überlistet, ausgetrickst und übertölpelt.

In *Die Teufelsbraut zu Aachen* hat Martina Kempff bekannte und weniger bekannte Sagen der Region zu einer mitreißend-humorvollen Erzählung verwoben, von der Geschichte um die Entdeckung der ersten Quellen über die bekannte Dombausage bis hin zu Anekdoten um die Überführung der Gebeine Kaiser Karls Jahrhunderte nach seinem Ableben. Nebenher liefert sie zum Beispiel die Erklärung für das Geheimnis, wie die Aachener an das Original-Rezept für Printen gelangten.

Karl der Große, der in der „Teufelsbraut" eine wichtige Rolle spielt, ist für Erfolgsautorin Kempff sozusagen ein alter Bekannter: In mehreren historischen Romanen widmet sie sich dem Frankenkaiser und den starken Frauengestalten in seinem Umfeld und seiner Nachfolge (*Die Königsmacherin*, *Die Beutefrau*, *Die Welfenkaiserin*; allesamt bei Piper erschienen). Eine der Frauen, Beutefrau Gerswind, Tochter des von Karl besiegten Sachsenkönigs Widukind, hat übrigens in der *Teufelsbraut* einen kurzen Gastauftritt. Liebhaber von Kempffs Romanen werden darüber hinaus weitere Querverweise und Fingerzeige auf ihre früheren Werke entdecken, nicht zuletzt auf ihren Roman *Die Gabe der Zeichnerin* (2013), worin der Bau des Aachener Doms geschildert wird. Für dieses Werk arbeitete Kempff eng mit dem Aachener Dombaumeister Helmut Maintz zusammen, der in der *Teufelsbraut* literarisch verewigt wurde und als Romanfigur kurz in Erscheinung tritt. Zudem ist Martina Kempffs *Satyrical* eine Fundgrube für jene Sagenfreunde, die es drängt, Antworten auf historisch ungeklärte Fragen zu bekommen. Wer sich etwa beim Besuch der St.-Servas-Kirche je gefragt hat, was mit dem fehlenden Bildnis des Engels im Gewölbe geschah, findet in der *Teufelsbraut* eine einleuchtende Erklärung für sein Verschwinden. Auch die Frage, woher Karls sagenumwobene Tochter Emma stammt, die historisch nicht verbürgt ist, wird in Kempffs Geschichte auf unnachahmlich heitere Weise beantwortet. Emmas Liebesgeschichte mit dem Gelehrten Einhard findet in der *Teufelsbraut* ihren festen Platz – sehr zur Freude der „Öcher", wie zu vermuten ist, denn Emma besitzt in Aachen eine ähnliche Popularität wie das schauderhafte Untier Bahkauv.

Mit *Die Teufelsbraut zu Aachen* liegt nun Band 4 der edition sagenhaft vor. Mit ihr wird die Bandbreite der Reihe beachtlich erweitert. War die Grundstimmung der Vorgängerbände eher ernsthaft, schicksalsschwer oder schaurig-spannend geprägt, so betritt Martina Kempff – bekannt nicht nur wegen ihrer historischen Romane, sondern ebenso wegen ihrer erfolgreichen Eifel-Krimis – mit dem vorliegenden Buch literarisches Neuland. An ihrer fröhlich augenzwinkernden Erzählung dürften nicht nur eingefleischte Heimatfreunde und Historienfans Gefallen finden.

*Günter Krieger & Dieter Hermann Schmitz*

– Die Herausgeber –

MEYER & MEYER VERLAG

# EDITION SAGENHAFT

Preisänderungen vorbehalten und Preisangaben ohne Gewähr

## DER FLUCH DER EIFELRÄUBER

Tanja Schurkus

Ein junger Mann sitzt im Kerker und wartet auf seine Hinrichtung: Es ist Reinhard, der sich mit seinem Bruder einer der Räuberbanden anschloss, die um 1800 die Eifel unsicher machten. Berüchtigte Kerle wie der „Fetzer" und Carl Heckmann sind fortan ihre streitlustigen Gesellen. Seit sie sich von einem zwielichtigen Fremden zu einem Kirchenraub anstiften ließen, scheint der Teufel selbst bei ihren Raubzügen die Hand im Spiel zu haben. Als bei einem Überfall ein kleines Mädchen den Flammentod stirbt, fühlt Reinhard sich von ihrem Rachegeist verfolgt. Zu spät sieht er die Gefahr des Verrats – kann er mit seiner Lebensbeichte seinen Bruder und sich vor der Guillotine retten?

200 Seiten

12,4 x 18,6 cm, s/w,

Klappenbroschur

ISBN 978-3-89899-980-9

€ [D] 12,95/ € [A] 13,40

Auch als E-Book erhältlich.

**MEYER & MEYER**
**Fachverlag GmbH**
Von-Coels-Str. 390
52080 Aachen

Telefon 02 41 - 9 58 10 - 13
Fax 02 41 - 9 58 10 - 10
E-Mail vertrieb@m-m-sports.com
Website www.dersportverlag.de

MEYER & MEYER VERLAG

# EDITION SAGENHAFT

## DIE PESTFLAMME

Judith C. Vogt

Die Pest bricht über die Eifel herein – sie folgt zwei Reitern auf Schritt und Tritt. Einer von ihnen ist Laurenz, ein Turmwächter und Dichter, der nach dem Tod seiner Verlobten vor seiner Trauer flieht. Der andere ist Heinrich, ein rätselhafter Adliger, der ebenfalls auf der Flucht zu sein scheint. Auf ihrem Weg begegnen sie unterschiedlichen Heilmethoden, die aufgrund von Laurenz' Dichtungen Verbreitung finden, und die Pest wird zurückgedrängt. Doch dann rufen die Adligen des Landes zu einem Fest auf Burg Nideggen – und dort findet sich ein ungeladener Gast ein, maskiert mit einer schwarzen Maske: die Pest selbst!

144 Seiten

12,4 x 18,6 cm, s/w,

Klappenbroschur

ISBN 978-3-89899-894-9

€ [D] 9,95/ € [A] 10,30

Auch als E-Book erhältlich.

**MEYER & MEYER**
**Fachverlag GmbH**
Von-Coels-Str. 390
52080 Aachen

Telefon 02 41 - 9 58 10 - 13
Fax 02 41 - 9 58 10 - 10
E-Mail vertrieb@m-m-sports.com
Website www.dersportverlag.de

144 Seiten

12,4 x 18,6 cm, s/w,

Klappenbroschur

ISBN 978-3-89899-893-2

€ [D] 9,95/ € [A] 10,30

Auch als E-Book erhältlich.

## DIE HEXE HACKEFEY

Günter Krieger

Der Tag, an dem der dunkel gewandete Fremde in Burgau eintrifft, wird alles verändern. Unheimlich und zugleich betörend wirkt er auf die Menschen. Die Gräfin, deren Gast er ist, fühlt sich zu ihm hingezogen, andere halten ihn für den Teufel persönlich. Sofia Heck, die mit ihrer kleinen Tochter in einer Waldhütte lebt, erfährt von dem Fremden Ungeheuerliches: Der Kreuzfahrer Konrad, ihr totgeglaubter Geliebter, sei noch am Leben und schmachte in einem Kerker. Ein hohes Lösegeld würde ihm die Freiheit bringen. Doch wie könnte Sofia diese Summe jemals aufbringen? Der Fremde macht ihr ein unmoralisches Angebot ...

Lilli Gebhard

*Adventslichter*

Lilli Gebhard

# Adventslichter

24 leuchtende Momente für eine besondere Zeit

Mit Illustrationen von Mari Krimmer

neukirchener

FSC
www.fsc.org
MIX
Papier aus verantwortungsvollen Quellen
FSC® C014138

Bibliografische Information der Deutschen Nationalbibliothek:
Die Deutsche Nationalbibliothek verzeichnet diese Publikation in der Deutschen Nationalbibliografie; detaillierte bibliografische Daten sind im Internet über http://dnb.d-nb.de abrufbar.


Umschlaggestaltung: Miriam Gamper-Brühl, 3Kreativ, Essen
unter Verwendung von Bildern © Romanova Ekaterina (Shutterstock.com)
Lektorat: Rahel Dyck, Bonn
DTP: Magdalene Krumbeck, Wuppertal
Verwendete Schrift: FF Scala, Scala Sans
Gesamtherstellung: Finidr, s.r.o.
Printed in Czech Republic
ISBN 978-3-7615-6864-4

www.neukirchener-verlage.de

# Inhalt

# Dankeschön

Es kann vorkommen, dass mich die eine oder andere Geschichte, die ich hier oder dort gehört habe, zum fantasievollen Weiterdenken eingeladen haben mag. Danken möchte ich darum einigen wunderbaren, inspirierenden, interessanten, liebevollen, freundlichen und spannenden Menschen: Adelina Friesen, Lena Friesen, Anna Manon Schimmel, Christof Lenzen, Gottfried Müller, Katja Rothgerber, Birgit Mattausch, Tina Homburg, Hiltraut Link, Elisabeth Richert, Katharina Richert, Johann Richert und Nikolas Gebhard. Danke auch an Rahel Dyck und Ruth Atkinson, die dieses Buch möglich gemacht haben.

Und ein ganz besonderer Dank geht an Mari Krimmer für die wunderbaren Handlettering-Illustrationen.

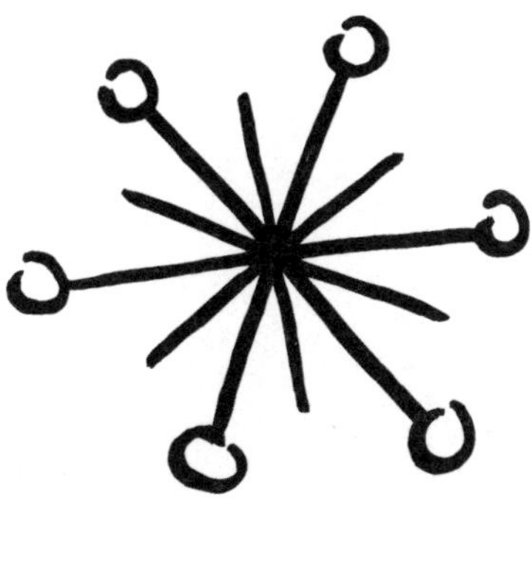

# Einleitung

Darf ich Sie einladen? Auf einen Tee, einen Kaffee oder vielleicht eine heiße Schokolade mit etwas Zimt? Die Weihnachtszeit ist eine stimmungsvolle Zeit, die ich in jedem Jahr ausführlich zelebriere. Leider ist sie auch zunehmend angefüllt mit Terminen und dem Druck der Jahresabschlüsse. Mit meinen Texten möchte ich kleine Alltagsoasen schaffen, um mit dem Herzen Weihnachten zu suchen.

Meine Freude auf die Weihnachtszeit beginnt gewöhnlich mit den ersten Tagen nach dem Sommer, wenn es kälter wird und Herbstluft morgens über allem liegt. In diesem Jahr begann das Denken an Weihnachten jedoch bereits auf der Fahrt in den Sommerurlaub. »Mama, ich habe einige Hörspiel-CDs eingepackt, die wir unterwegs hören können.« »Super, steck sie in das Fach in der Fahrertür«, sagte ich, ohne nachzusehen, was da wäre. Die Fahrt würde sechs Stunden dauern. Ich freute mich, dass die Kinder bereits alt genug waren, um solche Aufgaben zu übernehmen, und dass sie so selbstständig waren und schon alleine daran dachten. Ich hätte wohl besser nachgesehen.

Es stellte sich unterwegs heraus, dass sechs von zehn CDs Weihnachtshörspiele waren. Die Große hatte tatsächlich sämtliche Weihnachtsgeschichten eingepackt. »Die habe sie schon so lange nicht mehr gehört«, sagte sie. Irgendwie gefiel es mir. Warum sollte man Weihnachtshörspiele nur an Weihnachten hören? Recht hat sie. Und so begann meine Weihnachtsvorfreude noch lange bevor es herbstlich werden wollte, mitten im Hochsommer. Ich dachte über Geschenke und Dekorationen nach und hinter allem fragte ich mich, ob meine Erfahrungen der letzten Jahre – drei Geburten, das viele Umziehen, auch ins Ausland und zurück, das Leben in Beziehung und mit den Kindern – meinen Blick auf das Weihnachtsgeschehen in irgendeiner Weise verändert haben.

Jetzt, wo die Tage kälter und kürzer werden, freue ich mich auf die Gemütlichkeit und möchte weiter dem nachspüren, was sich an meinem Blick auf Weihnachten und was Weihnachten in mir verändert hat.

In meinen Gedichten und Erzählungen zu Weihnachten möchte ich Sichtweisen ausprobieren. Ich möchte sehen, was sich verändert, wenn ich die Perspektive und meinen Abstand zum Geschehen ändere. Enthalten sind nicht zwingend abschließende Erkenntnisse, sondern Möglichkeiten. Das Erzählen ermöglicht es mir, in Gedanken um das Geschehen herumzugehen, es von verschiedenen Seiten zu betrachten, und möglicherweise bekommt meine Deutung von Weihnachten dadurch neue Farben hinzugefügt.

Wie wäre es, wenn Sie bei diesem Experiment mitmachen würden? Was ändert sich, wenn die jeweils eigene Lebenssituation dem Kind in der Krippe hingehalten wird? Wenn nicht nur im Lesen Deutungen ausprobiert werden, sondern auch Sie als Leserinnen und Leser mit mir um die Krippe herumschleichen und sehen was sich ändert, wenn unser Sein gleichsam als Folie vor das Weihnachtslicht gehalten wird? Welche Bilder können entstehen? Welche Umrisse werden sichtbar? Was lässt Licht durchscheinen und was eventuell nicht?

Weil ich dieses Experiment so spannend finde, möchte ich Sie nicht nur einladen, sich durch meine Texte auf Weihnachten einzulassen, sondern ermutigen, eigene kleine Erkundungen zu versuchen, schreibend ganz einfach von dort aus, wo sie sich befinden, räumlich und innerlich. Als Hilfe habe ich kleine Schreibimpulse für jeden Tag formuliert. Auch wenn Weihnachten in jedem Jahr im Stress zu versinken droht und gerade da wenig Zeit für Innerlichkeit bleibt, könnten es Anregungen sein, die den eigenen Fokus auf Wesentliches richten.

Natürlich können die Anregungen auch einfach als Denkimpulse verwendet werden, ich kann jedoch mit dem Stift in der Hand tatsächlich besser denken. Letztlich geht es nicht um die eine große Sichtweise auf ein zentrales Geschehen, sondern die Frage darf jeweils individuell beantwortet werden: Was macht dieses Geschehen mit mir? Welche Relevanz und welche Auswirkung hat es im Alltag, in meinen kleinen und großen Herausforderungen? Und da wird es spannend, denn von dem Punkt aus haben wir sicher alle kleinere und größere Geschichten zu erzählen.

# Hintergründe zum Adventskranz

1839. »Wie lange noch bis Weihnachten?«, wurde Johann Heinrich Wichern immer wieder gefragt. »Wie lange dauert es noch?«, fragten seine Schutzbefohlenen. Seit sechs Jahren wohnte er mit einigen Kindern aus ärmlichen Verhältnissen in einem Bauernhaus in Hamburg, im »Rauhen Haus«. Jedes Jahr vor Weihnachten hörte er die gleichen drängenden Fragen. Doch wie erklärt man Kindern, die noch keinen Begriff von Wochen haben, wann etwas geschieht?
Wichern nahm ein Wagenrad, befestigte 20 kleine rote und vier große weiße Kerzen darauf. Jeden Tag durften die Kinder während der Andacht eine kleine rote Kerze anzünden und am Adventssonntag zusätzlich eine weiße. Bis heute hängt dieses Wagenrad in der Advents- und Weihnachtszeit im »Rauhen Haus«. Lange Zeit gab es Adventskränze nur in evangelisch-lutherischen Gemeinden. Erst 1925 wurde ein Kranz in einer katholischen Kirche in Köln aufgehängt. Während des Nationalsozialismus sollten christliche Symbole verdrängt werden. Statt des Adventskranzes gab es den Lichterkranz. Die vier Kerzen sollten die vier Himmelsrichtungen symbolisieren. Erst nach dem zweiten Weltkrieg verbreitete sich der Brauch in Deutschland.

In den USA werden in verschiedenen Kirchen mit jeder Adventskerze bestimmte Aspekte des Wartens verbunden. An den Adventssonntagen wird die entsprechende Kerze angezündet und der Gottesdienst wird in seiner gesamten Ausrichtung auf dieses Thema abgestimmt:

1. Die Kerze der Hoffnung
2. Die Kerze des Friedens
3. Die Kerze der Freude
4. Die Kerze der Liebe

Die vier Kerzen können auch zu Hause zum Innehalten und Erwarten einladen.

# 1. Dezember

## Die Kerze der Hoffnung

In der ersten Adventswoche entzünden wir traditionell die Kerze der Hoffnung. Dass ein Retter kommen würde, war zur Zeit Jesu bekannt. Auf ihn wurde gewartet. Anlass boten verschiedene Prophezeiungen durch Propheten im Alten Testament. Einige bedeutsame Prophezeiungen in Bezug auf Jesus stehen im Prophetenbuch Jesaja.
Prophezeiungen sollen Hoffnung schenken. Es wird sich etwas ändern, verheißen sie: Es soll nicht bleiben, wie es ist. Wenn allerdings nicht eintrifft, was versprochen wurde, können sie frustrieren und sogar verbittern. Der Prophet Jesaja lebte 700 Jahre vor der Geburt Jesu. Eine lange Zeit, um auf einen Messias zu warten. Und dennoch gab es sie, die Unerschrockenen, die sich an den Verheißungen festhielten und ihnen Glauben schenkten.

Auch uns gelten Verheißungen. Es kann Mut erfordern, sich an ihnen festzuhalten und sich nach ihnen auszurichten, wenn eine Erfüllung nicht greifbar erscheint. Doch der Messias wurde versprochen und er kam. Schon das allein ist ein Versprechen für alles Weitere.

## Verheißungen leben

Wenn ich weiß
Es trifft ein
Ändert sich:
Meine Erwartung
Mein Verhalten
Mein Einsatz

Mit der Verheißung
Bin ich eingeladen
Zur Zuversicht

## Schreibimpuls

*»Versprochen ist versprochen und wird nicht gebrochen.«*
*»Ganz in echt!«*

*Haben Sie auch als Kinder bestimmte Formeln gehabt, mit denen Sie sich Ihrer Versprechen vergewissert haben? Schreiben Sie eine Erinnerung auf, in der es um ein gehaltenes Versprechen geht.*

.....................................................................

.....................................................................

.....................................................................

.....................................................................

.....................................................................

# 2. Dezember

## Versprochen

wenn eintrifft
was ich erhofft habe
ist es nicht immer
wie ich wollte

ob wünsche
sich erfüllen
wie sie gedacht wurden
wer weiß das schon

wie gut
wenn ein anderer spricht:
es werde
und es wird
und es wird gut
und es wird sehr gut

Miriam hielt inne. Sie schrieb gerade Pläne für die Weihnachtsfeiertage. Für sie war bereits alles halb erledigt, wenn es geordnet auf dem Papier stand. Am Heiligabend würde es einen Schmortopf Mont Ventoux geben, mit Oliven, Lamm, Kalb und Rosinen. Dazu dann Reis mit gerösteten Mandelblättchen. Nur den Rotwein würde sie weglassen, wegen der Kinder. Sie war so froh, dass das

ganze Theater mit dem Essen endlich vorüber war. Irgendwann hatten die Kinder tatsächlich angefangen, alles zu probieren, und es stellte sich heraus, dass die unterschiedlichen Gerichte doch nicht so schrecklich waren, wie immer gemeint. Es hatte sich alles wirklich gut entwickelt.

Sie dachte darüber nach, wie sie früher gar nicht gewagt hatte, das Essen zu boykottieren. Das hätte es in ihrem

Elternhaus nicht gegeben. Sie aß ein wenig von dem viel zu weichen Brokkoli und stillte nachher ihren Hunger heimlich an den Süßigkeiten. Es kam einfach viel zusammen. Sie war übergewichtig als Kind, konnte so gut wie nichts und empfand sich durchweg als schwach. Es war einfach keine schöne Kindheit, erst recht keine schöne Schulzeit.

Bis sie in der neunten Klasse eine Lehrerin hatte, die einfach davon ausging, dass sie begabt war. Zuerst nahm Miriam ihre Lehrerin nicht für voll. Sie musste sich irren. Zum Halbjahr, als die mündlichen Noten vergeben wurden, bekam sie eine Zwei. Das hatte es noch nicht gegeben. Miriam sprang vom Platz auf und jubelte, so sehr war sie überrascht und so sehr vergaß sie sich. Die Lehrerin freute sich gar nicht richtig mit, sie schaute nur kurz irritiert und meinte: »Ist doch klar, das könnte in den anderen Fächern auch so sein.« Das saß. Miriam probierte es aus. Und sie merkte: Die Lehrerin hatte recht. Der eine Satz, in ihr Leben hinein gesprochen, veränderte letztlich alles. Miriam hatte ihn verinnerlicht. Genau das sprach sie nun in das Leben anderer hinein. »Ist doch klar. Natürlich kannst du das.« Und wenn es nicht klappte, sagten ihre Kinder von selbst: »Das kann ich noch lernen.« Wie eng die vielen kleinen Begegnungen im Alltag doch zusammenhängen und wie sehr vermeintlich Nebensächliches Richtungen verändern kann.

## Schreibimpuls

*Sätze, die in das Leben hineingesprochen werden und Leben wachsen lassen, tun gut.*
*Schreiben Sie sich einen Satz, der Ihnen heute guttun würde, auf ein kleines Kärtchen und hängen Sie ihn so auf, dass Ihr Blick immer wieder darauf fällt.*

............................................................................................

............................................................................................

............................................................................................

............................................................................................

# 3. Dezember

## Die Ankündigung

Maria unterbricht ihre täglichen Verrichtungen nur ungern. Es gibt wirklich viel zu tun. Der Brautvertrag ist geschlossen. Alles Rechtliche ist bereits geregelt. Joseph und sie würden heiraten. Joseph war einer von diesen gutaussehenden galiläischen Männern.
Merkwürdigerweise machte er mit seinen Freunden immer eine kurze Pause in der Nähe des Brunnens, gerade wenn Maria mit ihren Freundinnen Wasser holen ging. Dann flogen Blicke und nicht selten Worte hin und her und sie fragte sich, ob es Josephs Blick war, den sie immer im Rücken spürte. Sie war, so könnte man sagen, bei allen folgenden Verhandlungen nicht abgeneigt. Er konnte was. Und seinen Armen sah man an, welche Kraft in ihm steckte. Gerade und aufrecht beobachtete er sie. Es war nicht zu übersehen. Das gefiel ihr.

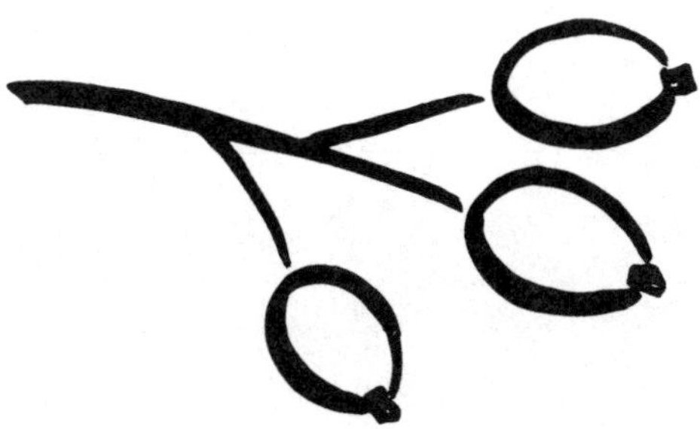

Sie ist ganz vertieft in ihre Arbeit, als sie plötzlich eine Bewegung bemerkt.
»Maria«, hört sie. »Du Begnadete! Der Herr ist mit dir!«
Sie ist überrascht. »Was ist das für ein Gruß?«, fragt sie.
»Gott ist mit dir. Einen Sohn wirst du bekommen. Er wird Sohn des Höchsten genannt werden. Er wird König sein und sein Reich wird kein Ende haben.«
Sie zweifelt nicht. Sie fragt nur: »Wie soll das gehen? Wir hatten noch nicht, du weißt schon.« »Gott kümmert sich darum«, wird ihr geantwortet.
Sie holt sich keine weitere Meinung ein. Weder ihren Vater noch ihren Verlobten fragt sie um Erlaubnis oder gar um einen Rat. Sie hört und sagt: »So machen wir es.« Stark und selbstbewusst stellt sie überhaupt nicht infrage, dass sie gemeint ist. Der Retter kommt. Und sie ist eingeweiht. Und sie macht mit.

königin
ihrer würde bewusst
grenzen und möglichkeiten
kennend
ohne zweifel
voller gewissheit
entscheidet sie
die verantwortung anzunehmen
ruhend
in der zuversicht
in sich

## Schreibimpuls

*»Challenge accepted – Herausforderung angenommen«, könnte über dem Beginn der Weihnachtsgeschichte stehen. Maria wird vor eine große Herausforderung gestellt. Ob sie weiß, worauf sie sich einlässt?*

*Es müssen nicht immer die ganz großen Dinge sein, auf die wir uns einlassen. Es kann für zukünftige Situationen hilfreich sein, sich bereits gut Überstandenes zu vergegenwärtigen. Beschreiben Sie eine kleine, feine Herausforderung, die Sie heute oder gestern gemeistert haben.*

..........................................................................

..........................................................................

..........................................................................

..........................................................................

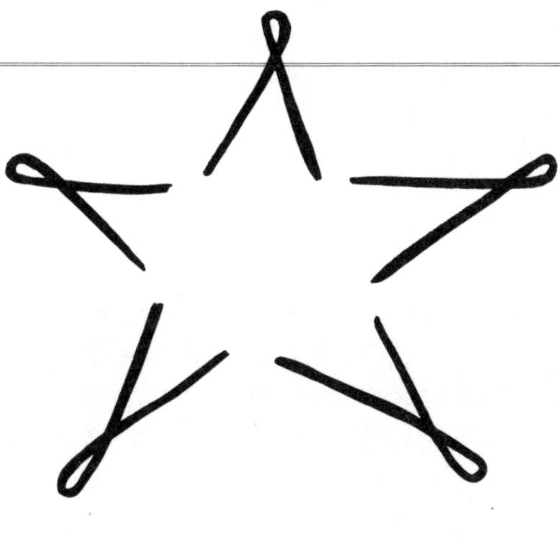

# 4. Dezember

## Die Erfüllung der Verheißung

Salome war im Krankenhaus. Die Kliniktasche lag bereit, am Abend vorher gepackt. Es war ein paar Tage zu früh. »Und? Geht es schon los?« – »Hm, ich weiß es nicht.« Den ganzen Tag saß sie schon da. In der Nacht hätte es kommen sollen, weil die Fruchtblase geplatzt war. Ihr Mann war einige Stunden dabei, doch gemeinsam ratlos im Krankenzimmer zu sitzen, war auch keine Lösung. Er solle sich zu Hause ausruhen. Er würde es brauchen. Sie würden ihn anrufen, sobald es losgeht, hatten sie gesagt.
»Und?«, wurde Salome zuerst halbstündig, dann stündlich von den Schwestern gefragt. Sie sollte wissen, wann es losginge. Wusste sie aber nicht. Woher sollte sie das denn wissen? Sie wusste ja nicht, wie es sich anfühlen würde. Sie werde es schon bemerken. Ja, das wurde immer wieder gesagt. Sie würde es bemerken, sie würde es fühlen, was auch immer geschehen würde, das würde sie spüren. Sie war aber überhaupt kein Spür-Mensch. Sie spürte merkwürdige Dinge, die niemand sonst spürte und fühlte sich absonderlich damit, aber das, was man gewöhnlich spürte, spürte sie gewöhnlich nicht.
Da stand sie wieder, die Schwester, mit aufgeknöpftem Kittel. Ihr war die kleine Pause, das Warten auf Salomes Antwort offensichtlich gerade recht. Sie verschränkte die Arme hinter dem Rücken, lehnte sich an die Wand und

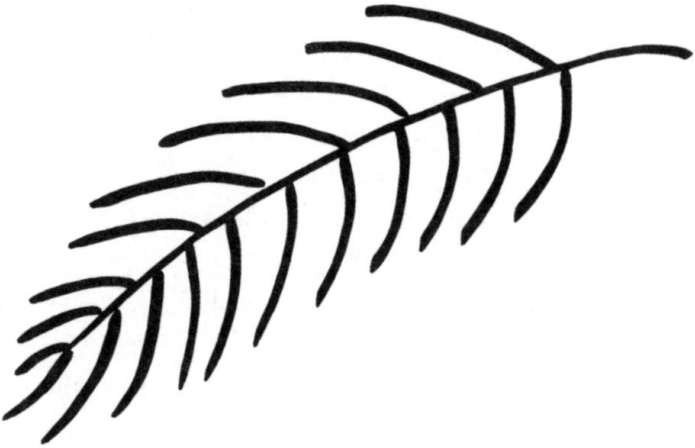

fragte wieder: »Und?« Und was? Salome war hier, um ein Kind zu bekommen. Diese Fragerei strengte sie an, ging ihr auf die Nerven, machte sie völlig verrückt, um genau zu sein. »WOHER SOLL ICH DAS WISSEN?«, wollte sie schreien. Oder zumindest rauspoltern.

Ob sie stattdessen einen Cappuccino bestellen sollte, überlegte sie kurz, weil die Schwestern ihr vorkamen wie übereifrige Kellner. »Und? Was wünschen Sie?«, hätten sie auch fragen können. Sie ließ das mit dem Cappuccino. Und sie ließ das mit dem Herumpoltern. Sie zuckte mit den Schultern. Sie war ratlos. Und sie hatte Angst. Irgendein explosives, sagenumwobenes, lebensveränderndes Ereignis wartete auf sie und sie wurde ständig gefragt und musste antworten, ohne auch nur irgendwas zu wissen oder zu ahnen. Das war zermürbend. Kein »Alles wird gut!«, kein »Sie schaffen das schon!«, alle Fragen suggerierten ihr, sie müsste sich auskennen. Tat sie aber nicht.

»Lies nicht so viel, du wirst es spüren!«, wurde ihr im Geburtsvorbereitungskurs immer wieder gesagt, wenn sie nach Literatur zu diesem oder jenem Problem fragte. Lese-Menschen sollten nicht so viel auf Spür-Menschen hören, merkte sie sich.
Die Schwester ging wieder. Die Geräusche im Flur änderten sich. Erst wurden es mehr Schritte, etwas hektischer, dann weniger, dann wurde es ganz still und draußen dämmerte es. Wenn das Baby bis zum nächsten Morgen nicht von allein käme, würden sie die Geburt einleiten. Davon hatte Salome noch mehr Schauergeschichten gehört. So weit würde es nicht kommen, beschloss sie. Niemand würde ihr Baby holen.
Sie rollte sich auf die Seite Richtung Bettkante, ließ die Beine Richtung Boden rutschen und schob den Bauch hinterher, bis sie stand. Vorsichtig schaute sie auf den Flur. Niemand war zu sehen. Bemüht unauffällig ging sie an der geöffneten Tür des Schwesternzimmers vorbei. Der diensthabende Gynäkologe saß auf dem Tisch und ließ die Beine baumeln. Hier erwarteten sie heute keine weitere Bewegung. Sie schaute die Wände des Flurs entlang, bis ihr Blick auf einen Gebäudeplan fiel. Sie suchte darauf den Teil mit den höchsten Stockwerken, dort würde sie die längsten Treppen finden. Sie orientierte sich kurz und ging zielstrebig ins Treppenhaus. So schnell es ihr möglich war, stapfte sie die Treppen hoch und wieder runter. Immer eine Hand auf dem Geländer, falls sie stolpern oder das Gleichgewicht verlieren würde. Als sie völlig außer Atem war, ging sie zufrieden mit sich selbst in ihr Zimmer zurück. Der Gynäkologe saß nicht mehr auf dem Tisch. Er

hätte sonst ohnehin bald mit dem Füßebaumeln aufhören müssen, dachte Salome mit einem Lächeln im Inneren. Bald würden sie auch ihren Mann informieren müssen. Knapp dreißig Minuten später spürte sie es. Der Bauch zog sich zusammen. Sie klingelte nach der Schwester, die ihr nicht glaubte und ihr ein Mittel zur Wehenberuhigung geben wollte. Bis die mit ihrem Mittelchen zurück war, musste sie aber einsehen, dass Salome recht behalten hatte. Da war es, was sich so lange angekündigt hatte, was sich nun erfüllen würde. Sie spürte es tatsächlich. Noch freute sie sich über die Wehen. Sie wusste nicht, mit welcher Wucht sie schon bald einsetzen würden. So lange hatte sie gewartet und gehofft und das Versprechen in sich wachsen gespürt, nun wusste sie: Die Erfüllung der Verheißung, die kann tatsächlich nicht verpasst werden. Salome war bereit.

was angekündigt wird
wächst
im verborgenen
oder sichtbar
schnell
oder langsam
bereits heute oder
nach vielen jahren
aber sicher ist
es wächst

## Schreibimpuls

*Was haben Sie in diesem Jahr wachsen sehen? Erinnern Sie sich, wie es anfing? Notieren Sie einige erste Anzeichen des Wachsens.*

# 5. Dezember

## Warten

wenn ich warte
ohne zu wissen
bin ich ungeduldig
ausgeliefert

wenn ich erwarte
füge ich mich ein
in die erfüllung

Am Ende der Straße liegt der Bahnhof. Jede halbe Stunde kommt ein Zug. Immerhin ist das Dorf angebunden. Eine wichtige Voraussetzung in Zeiten wie diesen. Maja sitzt am Fenster ihrer Dachgeschosswohnung und sieht den Wartenden zu. Vom Küchentisch aus sind sie gut zu beobachten. Sie lässt das Licht aus. Der Kaffee wärmt sie. Da ist der eine im schwarzen Parka und mit schwarzen Schuhen. Er müsste in ihrem Alter sein. Jeden zweiten Montag sitzt er dort mit einer kleinen Reisetasche. Immer auf einem der äußeren blauen Sitze aus Drahtgeflecht. Etwas breitbeinig, mal die Ellenbogen auf die Knie gestützt, mal nach hinten gelehnt, den Kopf an der Plexiglasscheibe, die Augen geschlossen. Seine Wartezeit, wenn der Zug pünktlich ist, beträgt immer so etwa zehn Minuten. Mal schaut er in die Richtung, aus der der Zug kommen

wird, mal auf seine Armbanduhr, dann wieder auf den Boden. Selten mustert er die anderen Reisenden.
Kurz bevor der Zug kommt, rast das immer gleiche Auto auf den Parkplatz. Aus dem Auto springend, in großen Schritten und mit gut sitzendem, wehenden Mantel auf und ab laufend, die Ledertasche unter dem Arm, das Handy am Ohr, scheint da jemand jede Sekunde auskosten zu müssen.
Männer und Frauen, die Hände tief in Jackentaschen vergraben, den Kopf eingezogen, die Ohren schützend vor dem kalten Wind, einige Schülerinnen und Schüler dazwischen. Manche unterhalten sich, manche haben Kopfhörer im Ohr, manche trippeln unruhig auf der Stelle, manche blicken immer wieder suchend auf Anzeigetafel und in Zugrichtung. Und doch warten alle auf den gleichen Zug, der für alle zur gleichen Zeit einfahren wird, die Türen öffnen und wieder schließen und sie im gleichen Tempo an ihr Ziel bringen wird.
Der Kaffee wird kalt zwischen Majas Händen. Wenn sich der Sieben-Uhr-Zug in Bewegung setzt, wird es bald an ihrer Wohnungstür klingeln. Ihr kleines Ritual am Morgen gibt ihr Ruhe für den Tag. Die Menschen dort unten wissen es nicht. Sie schickt ihnen Segensgrüße mit auf den Weg. Sie fühlt sich ihnen verbunden, merkwürdig eingebunden in das Leben, das um sie herum stattfindet und an dem sie so selten teilnehmen kann.
Sie sieht dem Zug nach, steht auf, setzt frisches Kaffeewasser auf. Der Pflegedienst kommt, der sich um ihren Mann kümmern wird, der nun bereits acht Jahre ein Pflegefall ist. Ihr Tag beginnt.

vergnügt

ohnmächtig

GELANGWEILT

kribbelnd

BESORGT

leicht

traurig

MACHTVOLL

hoffnungsvoll

niedergeschlagen

erregt

freudig

ängstlich

VERKRAMPFT

entspannt

## Schreibimpuls

*Es gibt ganz unterschiedliche Formen des Wartens, die von ganz unterschiedlichen Gemütszuständen begleitet werden. Das Warten auf den Schulbeginn, auf eine Belohnung, auf ein besonderes Ereignis oder auch auf eine unvermeidbare Begegnung und eine negative Konsequenz.*
*Wie fühlt sich das Warten jeweils an? Ordnen Sie den Ereignissen Gefühle zu. Wählen Sie ein Ereignis aus, beschreiben Sie in zehn Sätzen, was geschehen ist und wie Sie sich gefühlt haben.*

## Ereignisse:

*Schulanfang, Schulabschluss, erster Arbeitstag, Feierabend am Freitag, Geburtstag, Grillen mit Freunden, der Morgen nach einer schlaflosen Nacht, der Abend nach einem langen Tag*

..................................................................................

..................................................................................

..................................................................................

..................................................................................

..................................................................................

..................................................................................

Geburtstag

SCHLUSS-
SCHLUSS

Grillen mit
FREUNDEN

1. AR-
BEITS-
TAG

Schulanfang

der Abend
nach einem
langen Tag

Feierabend
am Freitag

DER MORGEN
NACH EINER
SCHLAFLOSEN
NACHT

## Gefühle:

*entspannt, verkrampft, freudig, erregt, gelangweilt, ohnmächtig, machtvoll, ängstlich, traurig, niedergeschlagen, leicht, kribbelnd, hoffnungsvoll, besorgt, vergnügt*

.....................................................................

.....................................................................

.....................................................................

.....................................................................

.....................................................................

.....................................................................

.....................................................................

.....................................................................

.....................................................................

# 6. Dezember

## Joseph

Joseph will gehen. Gerade hat er kurz mit Maria geredet. Sie war ganz aufgeregt. Ihre Wangen glühten. Sie ist schwanger. Hatte er sich so in ihr getäuscht? Er will sie auf keinen Fall in Verlegenheit bringen. Aber das glaubt ihnen doch kein Mensch! Eine Scheidung kommt nicht infrage. Dann wäre sie für immer die Verstoßene. Was ist besser für eine junge Frau: verstoßen oder sitzen gelassen zu werden? Wenn er einfach geht, vielleicht wird dann ihm alle Schuld zugeschoben? Er habe kalte Füße bekommen, werden sie sagen, und Maria wird bedauert werden. Ihr Ruf wäre damit zwar auch beschädigt, aber zumindest nicht ganz vernichtet. Wenn der Ruf so ziemlich alles ist, was eine junge Frau besitzt, ist es vielleicht die einzige Option, wenn der Mann geht. Er weiß, was er damit alles aufgeben würde. Aber er ist bereit, es für sie zu tun. Morgen früh wird er gehen. Nachts träumt er. Auch er ist Teil der Prophezeiung. Maria hat recht. Er, Joseph, soll dem Kind den Namen Jesus geben. Am Morgen hat er die Lösung. Er geht zu Marias Elternhaus, fragt nach Maria und sagt: »Komm, wir heiraten jetzt gleich. Das Haus ist ohnehin längst fertig. Bis wann hast du gepackt?« Maria ist überrascht. Sie überlegt kurz und grinst breit. »Ich brauche nicht lang.« Er sieht ihr an, wie sie sich freut. Was für eine Frau! Er hätte ihr gleich glauben sollen.

manche verheißung
erfüllte sich schneller
wenn sie von herzen
geglaubt würde

manche verheißung
ist unabhängig von
meinem glauben
und meinem zutun

manche verheißung
vereint beides
in sich

»du bist geliebt!«
»du bist gewollt!«
»du bist ein kunstwerk!«

## Schreibimpuls

*Nie hätte ich gedacht, dass ich das kann. Aber da war eine Freundin, die sich auskannte mit Kunst, die da irgendetwas in meinen Bildern sah. Sie sagte: »Probier es aus!« Und ich hörte auf sie und versuchte es. Und dann gab es Menschen, die sehen wollten, was ich da machte. Sie fühlten durch meine Worte und Bilder hindurch in mein Herz. Wäre mir nicht gesagt worden: »Probier es aus! Es wird gut!«, hätte ich es nie gewagt.*

*Und genau darum wage ich heute zu sagen: Probieren Sie doch heute etwas aus – eine neue Technik, neue Worte, neue Farben. Was wollten Sie schon immer mal ausprobieren? Vielleicht ist heute ein guter Tag dafür? Vielleicht wäre es auch ein Anfang, das Vorhaben in Worten schriftlich auszumalen?*

..............................................................................

..............................................................................

..............................................................................

..............................................................................

..............................................................................

..............................................................................

# 7. Dezember

**ZuMUTung**

zu lieben
und sich geliebt fühlen
sind unterschiedliche schuhe
mancher liebt
und lebt im lieben auf großem fuß
und im geliebtwerden
möglicherweise zu klein
das ist zu beachten in der liebe
wer voranschreiten will
ohne zu stolpern
dass die Schuhe
die passende größe haben
oder zumindest
gleich groß sind

Das sagt meine Vierjährige über die Liebe: »Wenn man sich richtig mag, dann wird es richtig warm und dann kommt die Liebe. Man fühlt sich dann stark und hat jemanden neben sich. Wenn man sich einsam fühlt und nicht mehr stark, dann ist es keine Liebe.«

Aber auch das ist Lieben: sagen, wenn etwas zu viel und zu laut ist. Grenzen setzen, die das Leben in mir schützen. Sagen, wovon ich mehr oder weniger brauche. Die Verbindung mit meinem Nächsten suchen und sie so gestalten, dass ich das Bestmögliche von mir einbringen kann. Mich zumuten.

## Schreibimpuls

*Nehmen Sie sich etwa fünf Minuten Zeit, vielleicht bei einem Tee und einer Kerze. Notieren Sie spontan und ohne nachzudenken alle Worte, die Ihnen zum Begriff »Grenze« in den Sinn kommen. Ordnen Sie diese Worte zu einem »Grenz«-Gedicht.*

.............................................................................

.............................................................................

.............................................................................

.............................................................................

## Beten

Angela drückt die heiße Stirn gegen die kalte Fensterscheibe. Das würde sie nachher wieder putzen müssen. Jetzt war es egal. Vielleicht würde die Kälte ihre kreisenden Gedanken beruhigen. Oder der Blick auf die vom Wind sich biegenden Äste. Regen klatschte ans Fenster und sie widerstand dem Drang, die Tür zu öffnen und sich in den Sturm zu stellen. Vielleicht würde der Regen alles fortwaschen. Aber sie hatte keine Lust, sich hinterher umzuziehen und die Haare zu trocknen. Die Kälte und das Wasser an der anderen Seite der Scheibe mussten reichen. Woher kam nur immer wieder diese Unruhe? Etwas stimmte nicht. Die Worte, die sie hörte, reichten nicht aus, um sie zu beruhigen. Sie passten nicht. Es wurde von Liebe geredet, aber sie hatte das Gefühl, es ginge um Regeln. Wenn sie »bedingungslose Liebe« sagten, war es eigentlich eine Handlungsanweisung. Liebe bestehe aus Taten, aus ganz bestimmten, Gefühlen sei nicht zu trauen, sagten sie. Aber den Taten irgendwie auch nicht. Die vielen Übersetzungsmöglichkeiten des kleinen Satzes »Ich liebe dich« verwirrten sie: »Ich brauche dich«, »Sei mein Licht«, »Fülle meine Löcher«, »Dreh dich nur noch um mich«, »Hilf mir«, »Sei mein Ein und Alles«. Sie fürchtete den Satz. Wenn er im Raum stand, war es das Ende der Leichtigkeit. Und immer war irgendeine Forderung damit verknüpft. Sie konnte das, sich aufopfern, aber wollte sie das immerzu? Es schien auf ihr zu liegen, sich einfügen zu müssen. Sie konnte es nicht. Liebe, so schien ihr, ließ keinen Raum für sie.

Einige ihrer Freundinnen passten da hinein. Sie hielten den Mund, bereits im Inneren, und glaubten. Lange wurde ihr gespiegelt und ins Gesicht gesagt, es läge an ihr. Sie dächte zu viel. Dabei fühlte sie zu viel und musste denken, um eben das, was sie fühlte, in Einklang mit dem zu bringen, was ihr gesagt wurde. Sie ging zur Seelsorge und später zur Therapie. Aber es half nichts, es machte sie nicht passender.
Das war etwas, das sie erst viel später begriff: Menschen, die sich nur an Regeln orientieren, tun das, weil in ihnen nichts anderes angelegt ist. Um sich zu spüren, müssten sie den Schmerz zulassen und aushalten. Aber es scheint für sie leichter zu sein, anderen Schmerzen zuzufügen, als sich selbst zu spüren. Und dann tun sie so, als wären sie Opfer, und das eigentliche Opfer muss sich um sie kümmern. Nein, sie tun nicht nur so, sie glauben es wirklich. Aber auch das glauben sie nur, um sich selbst nicht spüren zu müssen. Sie verstehen es nicht: Der Weg zum Anderen führt immer durch den eigenen Schmerz. Es beginnt mit dem Öffnen vor sich selbst, dem Zulassen der eigenen Wahrheit und dem Vertrauen auf das »Gott in mir«. Sie begann zu beten. Sie betete nicht mehr, dass alles gut werde, sich einrenke, schon werde. Sie betete für Wahrheit und Licht und Mut für das Unausweichliche.

# 8. Dezember

## Die Kerze des Friedens

Am zweiten Adventssonntag entzünden wir die Kerze des Friedens. Sie ist ein Symbol für die Geburt Jesu. Lange Zeit habe ich versucht, dieses in Gedanken zusammenzuführen: den Friedefürsten und das Baby. Der König und Friedefürst, warum musste er als Baby auf die Welt kommen? Die Antworten, die ich bisher bekam, waren so einfach wie einleuchtend: Es zeigt Gottes Menschlichkeit. Doch Menschlichkeit kann sich auch auf viele erdenkliche andere Weisen zeigen. Er könnte kommen, die zerbrochenen Herzen heilen und wieder gehen. In meinem Kopf fügte sich das alles immer noch nicht ineinander, der Friedefürst und das Baby.

Viele reden von dem Frieden, den ein Baby verbreitet. Wahrscheinlich weiß jedoch jeder: Ein Baby macht nicht immer nur Spaß. Ein Baby schreit. Wann immer es etwas braucht: Es schreit. Das wirkt nicht friedlich. Und wer je ein Schreibaby betreut hat, weiß: Babys strahlen nicht zwangsläufig Frieden aus. Ein Baby schreit, wann immer es möchte. Es schreit, wenn es hungrig ist. Es schreit, wenn es müde ist. Es schreit auch oft, wenn überhaupt nichts ist. Dass ein Baby von alleine durchschläft, immer brav trinkt, nachher brav alles isst, sich immer friedlich

herumtragen und vorzeigen lässt, halte ich für die hartnäckigsten Fake News, seit es Babys gibt.
Mein erstes Baby schrie viel. Irgendwann fragte ich mich müde: Was kann ein Baby überhaupt, vom Schreien abgesehen? Oft nichts. Essen will gelernt werden. Schlafen will gelernt werden. Und alles sonst muss auch gelernt werden. Was also bringt ein Baby mit?
Irgendwann fiel mir auf: Ein Baby ist einfach da. Es bringt nur sich selbst mit. Gerade weil es nichts anderes kann, kann es nicht einmal von selbst wieder gehen. Es schreit und möchte auf meinem Arm sein, auch wenn es so aus-

sieht, als ob ich nicht alles richtig mache. Mein Baby wollte einfach bleiben. Mein Baby kam, um zu bleiben.
Was wäre, wenn die erste Nachricht Gottes, die er mit Jesus auf die Erde geschickt hat, ist: Ich komme, um zu bleiben. Ganz egal, was geschieht, ich bleibe. Als er in Maria wuchs, in ihrem Arm lag und in ihrem Herzen, war er da, um zu bleiben. Ein Baby hat keine Möglichkeit, seine Meinung zu ändern. Es ist bedingungslos einfach da. Ausgeliefert.
Und da ist er, mein Friedefürst. In meinen schwierigsten Nächten machte er nicht, worum ich ihn bat, aber er war da mit mir. In großen Umbrüchen in meinem Leben war er da. In allen sich verändernden Umständen war er mein Friede, mein Zuhause, meine Ruhe, meine Kraft. Er kam. Und er blieb. Und das ist doch auch, was wir brauchen, wenn wir ehrlich sind: dass jemand kommt und bleibt und sich nicht abschütteln lässt.
Das ist ein Wunder, dass der Friedefürst als ein Baby kommt. Es ist die radikalste Art zu sagen: Ich komme, um zu bleiben.

## Du kommst

Und wohnst in mir
Und breitest dich aus
Wo nur Trauer war
Und mein Herz wird hell
Und leicht
Und warm
Das ist die Fülle
Von der du sprichst

## Schreibimpuls

*Haben Sie bereits ein Neugeborenes im Arm gehalten? Beschreiben Sie Ihre Gefühle und Gedanken.*

..........................................................................

..........................................................................

..........................................................................

..........................................................................

..........................................................................

..........................................................................

..........................................................................

..........................................................................

..........................................................................

..........................................................................

# 9. Dezember

## Frieden mit dem, was ist

die welt ist brüchig
zu viele verlassen sie vor ihrer zeit
und viele gehen
bevor ihre zeit beginnt
wenn alle lieben gesammelt werden
um tische und feuerstellen
bleiben zu viele arme leer
auch das ist advent
warten auf die wiederkunft
und das wiedersehen
die worte im herzen bewahren
und die menschen
wie maria

Es war an Heiligabend. Wir hatten bereits gegessen. Die Teller und halbleeren Schüsseln standen noch auf dem festlich glitzernden Tisch. Es hatte Backkartoffeln gegeben und irgendwelche anderen Leckereien, die es eben so gibt an Weihnachten. Meine Großtanten hatten mitgefeiert, wie sie überhaupt alles mit uns feierten. Sie gehörten dazu. Mein Großvater hatte sie an meinen Vater vererbt. Er hatte meinen Vater gebeten, sich um sie zu kümmern, falls ihm etwas zustoßen würde. So hatten wir also zwei

Bonus-Großmütter. An diesem Weihnachtsfest wie auch sonst immer.

Die eine hatte es sich schon auf dem Sofa bequem gemacht, die andere saß noch am Tisch, mit einem etwas zur Seite geneigtem Kopf. Ich saß ebenso auf dem Sofa, hatte noch keine richtige Lust, mich nützlich zu machen, und genoss die wohlig satte Zufriedenheit.

Irgendwann sah ich, wie sich der immer schon ein wenig geneigte Kopf meiner Großtante noch weiter zur Seite neigte. Die Füße streckten sich unter den Tisch und sie rutschte gerade, die Füße vorneweg, vom Stuhl unter den Tisch. Es gab keinen Aufschlag, fast kein Geräusch. Ich rief meine Mutter. Sie kam, packte meine Großtante unter den Armen, und zog sie ein wenig hervor. Sie knöpfte gleich die Bluse auf, fühlte den Puls, zog das untere Augenlid herunter, machte Wiederbelebungsversuche, aber es war zu spät.

Wir hatten Heiligabend, die halbvollen Schalen hätten noch mal so viele Menschen sättigen können und meine Großtante lag tot unter dem Tisch. Von allen unweihnachtlichen Weihnachten war dies das allerunweihnachtlichste. Mein Vater rief den Bestatter an. Die Großtante müsse dort liegen bleiben, bis die Kripo kam, sagte der.

Irgendwann nahm ich meine Autoschlüssel und fuhr zu einer Freundin. Das hatte ich an Weihnachten noch nie gemacht. Wir redeten. Irgendwann sagte ich: Meine Großtante ist gerade gestorben. Wir redeten weiter. Bis heute bin ich ihr dankbar, dass ich in der Situation zu ihr flüchten konnte. Ich wollte einfach das Bild in meinem Kopf loswerden. Ich weiß nicht mehr, worüber wir

redeten. Bis heute ist es eines der absurdesten Bilder in meinem Kopf. Tot unter dem Weihnachtsessen, mit Christbaum im Zimmer, das darf einfach nicht sein.
Aber es ist. Vieles ist, was wir nicht haben wollen, an Weihnachten. Wir gegeben uns Mühe, damit es wenigstens an Weihnachten schön ist, besonders schön, besonders friedlich, besonders heil. Aber das normale Leben macht auch vor Weihnachten nicht Halt. Und das Sterben auch nicht.

## Schreibimpuls

*Was passt für Sie so überhaupt nicht zu Weihnachten? Schreiben Sie eine kleine Geschichte über das unpassendste, absurdeste Weihnachten, das Sie sich vorstellen können.*

.............................................................................

.............................................................................

.............................................................................

.............................................................................

.............................................................................

.............................................................................

.............................................................................

.............................................................................

.............................................................................

# 10. Dezember

## Der Friedefürst

als baby kamst du
und konntest nicht weg
ausgeliefert
hingegeben
als baby kamst du
und musstest bleiben
als radikalstes bekenntnis
gottes zum menschen

Wann immer Sonja konnte, schnupperte sie am flauschigen Haaransatz ihres Babys. Dieser Duft in den ersten Tagen war ganz besonders. Und er half, alles andere zu verdrängen, vor allem die unendliche Müdigkeit. Ihr Baby. Auf einmal war es da. Es war da und wollte geliebt und versorgt werden. Alle zwei Stunden wollte es gestillt werden. Jeweils eine halbe bis eine Stunde. Eigentlich reichte allein das Stillen schon aus, um den ganzen Tag über beschäftigt zu sein. Dann wollte sie unbedingt Stoffwindeln verwenden. Und irgendwie musste sie auch selbst ab und an etwas essen. Ihre ganze Zeit wurde vom Baby verschluckt.
Irgendwie hatte sie so das Bild eines immer friedlich schlafenden Kindes im Kopf gehabt, als sie schwanger war. Was sie alles machen könnte, wenn das Baby schlafen

würde, hatte sie sich ausgiebig ausgemalt. Sie hatte sogar bereits Stoffe gekauft. Endlich Zeit zum Nähen, hatte sie gedacht. Und niemand hatte sie gewarnt. Was es bedeutete, dass da ein kleines Wesen voll und ganz auf Versorgung angewiesen ist, hatte sie sich nicht vorstellen können.
Dass da ein Baby ist, das aus der Liebe und Zuneigung der Eltern heraus lebt, ist wunderbar und zugleich auch eine Zumutung. Und dass das die Art und Weise ist, wie Gott auf die Welt kommt, scheint fast schon absurd. Ein Gott, der zuerst geliebt werden will, geliebt werden muss, sich selbst zumutet. Ein Gott, der in Beziehung hineingeboren wird und auf das Funktionieren dieser Beziehungen angewiesen ist. Dass er sich selbst dem Funktionieren menschlicher Beziehungen anvertraut, ist unglaublich. Was für eine Aufwertung und Hochschätzung des Menschen. Und was für ein Vertrauen in unsere Beziehungsfähigkeit.

## Schreibimpuls

*Sammeln Sie doch heute einmal Gerüche. Welche Gerüche lösen in Ihnen ein warmes Gefühl aus?*

.........................................................................

.........................................................................

.........................................................................

# 11. Dezember

## Teilhabe

meinen frieden gebe ich euch
sagt der eine auch zu mir
wenn ich verberge
dass es in mir tobt
wie kann daraus
frieden werden
nicht stört die ruhe
das aufdecken
es macht sichtbar
was vorher schon war
nicht im reden
wird streit gebracht
sondern im schweigen
unfrieden überdeckt
im inneren

Der weiße Jesus ist klein und süß. Er wird getragen von einer weißen Mutter, in weiße Arme gebettet wie ein Zauberstab oder ein Zepter. Wenn du ihn nur ansehen würdest, du würdest heil. Wie an manchen Orten gelehrt wird: Wenn du ihn nur ansiehst, nur seinen Namen wisperst, so wirst du heil, der Name des Kindes als Zauberwort, heilsversprechend.

Der weiße Jesus ist blutleer. Da ist nichts, was herausquellen kann aus der Wunde an der Seite, später, wenn er groß ist, aus der Hüfte oder aus den Händen, durchsichtige Wundflüssigkeit vielleicht, aber kein Blut. Der weiße Jesus macht keinen Dreck. Er stößt keine Tische um, beschimpft die Schriftgelehrten nicht, ehrt Vater und Mutter.
Doch da ist auch ein Jesus, der nach Schafen und Ziegen riecht. Er trägt Wind in seinen Haaren und Weite. Seine Mutter ist aus Fleisch und Blut. Sie stillt ihr Kind, hat Schmerzen und abgekaute Brustwarzen. Der Jesus aus Fleisch und Blut füllt Windeln, spuckt, sorgt für durchwachte Nächte. Er löst Ängste aus und holt das Beste und Schlimmste zugleich aus anderen heraus. Er gluckst und lacht und schreit, wenn er zahnt. Er hätte nie still gehalten für ein Portrait. Er wäre wesentlich mehr Mensch als Gott. Und vielleicht wäre er uns näher, wenn er auf den Bildern nicht immer so unglaublich blass aussähe.

## Impuls

*Wie wäre es, wenn Sie sich eine Tasse Lieblingstee zubereiten, sich ruhige Minuten gönnen und hineinhören in sich, der Stille Raum geben?*

# 12. Dezember

## Frieden

Das erste Weihnachten, seit sie denken konnte, an dem sie Frieden in sich spürte. Die Kinder waren noch bei den Großeltern. Gleich würde sie die Kinder dort abholen. Ein kleines Überraschungsfest hatte sie vorbereitet. Etwas zu Knabbern stand unter dem Baum – nicht für den Weihnachtsmann, sondern für die Kinder. Sie hatte Schlafsäcke hinter die Tür gestellt. Die würden sie gemeinsam auspacken. Heute würden sie unter dem Weihnachtsbaum schlafen, den sie am Vormittag gemeinsam mit den Kindern geschmückt hatte. Bunt war er. Und er blinkte. Ein Graus eigentlich, aber alle miteinander fanden ihn wunderschön und sie freute sich über die Freude der Kinder.
So weit sie zurückdenken konnte, war sie am Weihnachtsfest immer angespannt gewesen. Sie konnte es sich gar nicht richtig erklären. Vater hatte immer bis zuletzt gearbeitet, Mutter hatte bis zuletzt gebacken. Und die Nächte durch wurde geputzt und dekoriert. Alles musste perfekt sein, alle gut aussehen, die einstudierten Musikstücke sitzen. Alles folgte einer nie ausgesprochenen Choreografie, Abweichungen bedeuteten eine Katastrophe.
Als sie zur Ausbildung in eine andere Stadt gezogen war, kam sie zum Weihnachtsfest immer nach Hause, alle machten es so. Es wurde gefeiert, der Braten war auf den Garpunkt perfekt, die Tischdekoration auf den Weih-

nachtsbaum abgestimmt, alle strahlten und hauchten sich Küsse auf die Wange.
Irgendwann feierten sie dann in ihrer ersten gemeinsamen Wohnung, zu zweit. Das war ein Fiasko. Akzeptiert wurde nur der wechselnde Besuch der Familie. So egoistisch könne ja niemand sein, wurde gesagt, beim Fest der Familie! Und alles glitzerte und strahlte und folgte dem Tanz. Sie wollte nicht, doch alleine hatte sie nicht die Kraft, sich gegen alle durchzusetzen.
Anfang des Jahres hatten sie sich getrennt. Die Kinder blieben bei ihr. Nach dem Gottesdienst gab es ein Essen bei den Großeltern, das war der Kompromiss. Gleich würde sie sie nach Hause holen. Sie wollten eine Jesus-Party machen, hatten die Kinder schon am ersten Advent angekündigt. Eine Playlist mit den Lieblingshits hatten sie erstellt. Gegen so viel Enthusiasmus konnte niemand etwas ausrichten. Es sollte eine Party werden. Das erste zwanglose Weihnachtsfest für sie.

da war einer
der diskutierte nicht
der ging einfach
wenn er spürte
dass seine worte
auf taube herzen stießen

## Schreibimpuls

*Was braucht es für Sie, damit sich etwas so richtig friedlich anfühlt? Notieren Sie fünf Stichworte, die Ihnen zuerst in den Sinn kommen. Verbinden Sie diese zu Ihrem eigenen Friedensgedicht.*

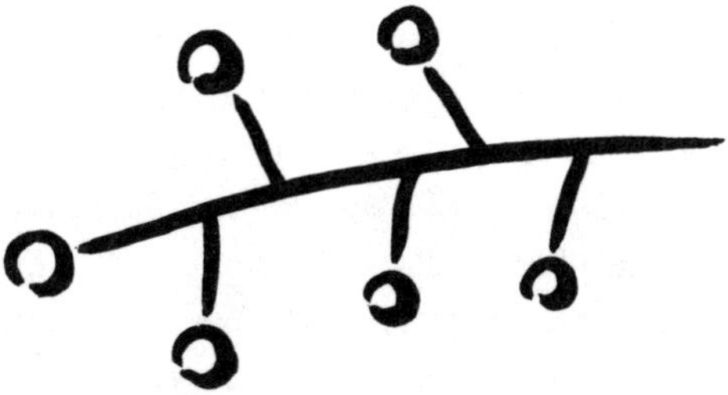

# 13. Dezember

## Wie Frieden wird

nach brücken ausschau halten
statt in abgründe zu starren
tore in zäune bauen
melodien fliegen lassen
das herz suchen
im anderen

Das Weihnachtsfest in Indonesien war das speziellste, das Simone je erlebt hatte. Sie war mit ihrem Mann für einige Jahre nach Indonesien gezogen, weil sie ihr Leben sinnvoll einsetzen wollten. Er war Entwicklungshelfer und Theologe. Vom ansässigen Bischof wurden sie in ihre Arbeit eingewiesen. Am wichtigsten sei es, die Traditionen und Gepflogenheiten mitzumachen. Sie waren Weiße und es

haftete ihnen das Image der Imperialisten und Missionare an. Wenn sie also den Menschen wirklich helfen und nicht nur ihre eigene Kultur hereintragen wollten, dann sollten sie bitte kultursensibel arbeiten, das heißt, sich an alle Traditionen halten, die es vor Ort gab.
Für Weihnachten bedeutete das einen besonderen Aufwand. Alle wussten, dass die Christen Weihnachten feiern, so wie sie eben ihre eigenen Feiertage feierten. Und immer gab es lauter Köstlichkeiten. Üblich war es, die Mitmenschen, mit denen jeder im Alltag zu tun hatte, am Festtag des anderen zu besuchen und Glück zu wünschen. Da konnten mitunter viele Besucher kommen. Und daher mussten viele Köstlichkeiten zubereitet werden. Die Nacht vor Weihnachten war alles andere als still. Es wurden Hühner geschlachtet, Reis in Bambus, Gerichte mit ganz fein geschnittenem Rindfleisch und sämtliche Gemüsesorten zubereitet, die der Markt so hergab. Ganz besonders gut kamen Softdrinks an. Coca-Cola musste es unbedingt geben.
Mit dem Herstellen des Menüs war es aber noch nicht getan. Am Weihnachtstag verlief alles nach einer genauen Choreografie. Es begann am frühen Morgen. Alle Speisen waren gerichtet und dampften. Ein Mitglied der Familie wurde an der Eingangstür postiert. Ihm oblag nicht nur die Begrüßung. Er musste auch Buch führen, wer alles zum Gratulieren kam. Denn selbstverständlich wurde zu den Festtagen des jeweiligen Besuchers ein Gegenbesuch erwartet. Während Simones Mann also den Weihnachtstag in der Tür stehend, Hände schüttelnd und small-talkend verbrachte, stand sie inmitten der Speisen, richtete

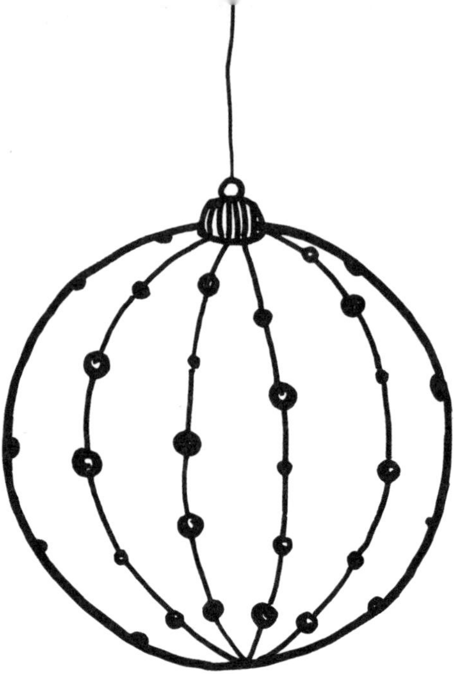

Teller, verteilte Essen, sammelte Geschirr ein, spülte es ab. Zwischendrin erkundigte sie sich nach Nachwuchs und sämtlichen Familienmitgliedern.
Wenn Weihnachten vorbei war, auch der letzte Teller gespült und weggeräumt, ließen sie sich in die Kissen fallen und atmeten durch. Oft fuhren sie anschließend für ein paar Tage an den Strand oder in die Berge.
Auch das ist Weihnachten. Ruhe hatten sie hinterher. Es war den Blicken und Gesten der Menschen um sie herum anzusehen, wie sehr sie sich freuten, dass Simone und ihr Mann Teil der Gemeinschaft geworden waren. Sie gehörten dazu.

## Schreibimpuls

*Welches war bisher das trubeligste Weihnachtsfest für Sie? Schreiben Sie eine Geschichte, die aus nur zehn Sätzen besteht.*

..................................................................................................

..................................................................................................

..................................................................................................

..................................................................................................

..................................................................................................

..................................................................................................

..................................................................................................

..................................................................................................

..................................................................................................

..................................................................................................

..................................................................................................

# 14. Dezember

## Wie kommt der Friede in die Welt?

Die Geschichten, die wir wieder und wieder erzählen, sagen mehr über uns aus als über das Geschehen. Abseits und einsam werden Herrscher geboren: abseits vom Establishment, im Stall, in dunkler Nacht. Im Auserwähltsein vorgezeichnet von Anfang an. Der noch Ungeborene bereits abgewiesen, dann aber beharrlich seinen Weg gehend. Der Erfolg gibt ihm recht. Oder die Verbissenheit. Was wir glauben über Herrschaft und Macht, schreiben wir ein in den Auftakt der Geschichte des Retters.
Heute wissen wir: Es muss niemandem der kalte Wind des Führens um die Nase wehen. Wenn Herrscher nicht mehr einsam und abseits geboren werden, kann Frieden werden.
Das ist meine Weihnachtsgeschichte: Ein erdiger Hinterhof, Frauen mit bunten Kopftüchern, gewohnt zuzupacken, der Duft von Eintopf über dem Feuer. Nach und nach trudelt die verrückte Verwandtschaft ein. Die Großtanten, die ihre Nase in alles stecken, was sie nichts angeht, und säuerlich gucken bei jedem Regelverstoß. Die Omas, die heimlich die besten Happen aus dem Eintopf fischen und den Enkeln zustecken, weil die nicht warten können, bis das Essen fertig ist. Und im hinteren Teil des Hauses, umsorgt, in liebevolle Arme hinein, wird ein Kind gebo-

ren. Die Eltern kamen erst nachmittags an. Schnell sprach es sich herum.

Was selbstverständlich ist in einer Kultur, wird in den Erzählungen oft weggelassen. Gott kommt: in Beziehungen hineingeboren, von einer Mutter, die liebt und beherzt Entscheidungen trifft, von einem Vater empfangen, der liebevoll ist. Gott kommt, den Menschen suchend, und wird geliebt.

was aufbrechen will
kann es nicht aus sich selbst
wärme braucht es
nicht unbedingt sonne
aber wärme
ein feuer vielleicht
oder ein ofen
es reicht auch
eine kerze

## Impuls

*Bereiten Sie sich ein Tee zu. Stellen Sie eine Kerze bereit. Verdunkeln Sie, sofern das möglich ist, den Raum. Entzünden Sie die Kerze. Achten Sie dabei darauf, wie sich das Licht ausbreitet und welche Wärme von ihm ausgeht.*

# 15. Dezember

## Freude strahlt

Meine Dreijährige überraschte mich heute mit ihrer wunderbaren Beobachtungsgabe. »Wenn ich groß bin, werde ich Oma!«, verkündete sie. »Möchtest du nicht erst mal Mama werden?«, fragte ich lachend. »Nein!«, sagte sie entschieden. »Mamas sind immer komisch! Die gucken immer so«, und sie schob ihre untere Lippe so weit nach vorne, wie sie nur konnte, und versuchte, möglichst traurig unter ihrem Kichern hervorzugucken. »Echt?«, fragte ich, »ich auch?« »Ja«, sagte sie und lachte. Da stand ich nun in der Küche und bekam gerade beim Frühstückmachen die Wahrheit meiner Tochter vorgesetzt.

Das begleitete mich durch den Tag und die kommende Woche. Wie viel Mühe habe ich mit den ständigen Veränderungen, wie viele Sorgen mache ich mir doch gerade. Eigentlich ist es nicht das, was ich leben will. Werden gerade wirklich alle Sorgen größer als die Freude in mir? Und ich mache mich auf die Suche nach der Freude. Diese Woche entzünden wir die Kerze der Freude. Sie soll hineinleuchten in die Ecken und Kammern, in denen Sorge übergroß geworden ist. Ich mache mich in dieser Woche auf, die Freude zu entdecken.

## Freude

Wenn ein Freund zu Besuch kommt und Blumen mitbringt.
Wenn die Nachbarin die Kinder bei sich im Haus spielen lässt.
Wenn eine Freundin begeistert erzählt, was ihr Gutes passiert ist.
Wenn im Radio plötzlich das Lieblingslied gespielt wird.
Wenn eine Freundin spontan mit einer Flasche Wein auftaucht.
Wenn die Mangos richtig süß und lecker sind.
Wenn ich es schaffe, am Morgen ganz in Ruhe einen Kaffee zu trinken.
Wenn ich unerwartet wohlmeinende Worte höre.
Wenn eine Freundin von ganz früher plötzlich schreibt und fragt, wie es mir geht.
Wenn mich das Leben mit seiner freundlichen Seite überrascht.

## Schreibimpuls

*Sammeln Sie heute in Ihrem Herzen oder auf einem schönen Blatt Papier alles, was Ihnen Freude macht.*

.....................................................................

.....................................................................

.....................................................................

.....................................................................

.....................................................................

.....................................................................

.....................................................................

.....................................................................

.....................................................................

.....................................................................

.....................................................................

# 16. Dezember

## Maria

Maria ist immer noch ganz aufgeregt. Auch ihre Tante Elisabeth sei schwanger, wurde ihr gesagt. »Ich werde Elisabeth besuchen«, kündigt Maria an. »Meinst du, dass das gerade jetzt eine gute Idee ist?«, fragt er. Für die 150 Kilometer von Nazareth bis in das Bergdorf En Kerem, das bei Jerusalem liegt, braucht man laut Google Maps 31 Stunden zu Fuß. »Ich werde mit den Händlern mitgehen. Morgen früh breche ich auf.«
Joseph spürt, wie wichtig es ihr ist. »Pass auf dich auf! Und komm rechtzeitig zur Geburt zurück«, scherzt er. Er weiß, dass sie ein gutes Gespür dafür hat, was wichtig ist. Sie wird schon das Richtige tun. Und Elisabeth freut sich bestimmt.

## Kunst

Da war etwas in ihr, das ausgedrückt werden wollte. Sie versuchte verschiedene Studiengänge, aber das war es alles nicht. Es langweilte sie.

Während der ganzen Zeit spielte sie Klavier. Irgendwann wurde es zur Verdienstquelle, aber es setzte sie zu sehr unter Druck. Ihr Perfektionismus kehrte sich derart heraus, dass ihre Freude am Spiel verloren ging.

Und immer schon hatte sie auch gemalt, nur für sich. Während der Vorlesungen füllte sie ihren Block mit Skizzen, während ihre Nebensitzer schrieben. Das Zeichnen half ihr, sich zu konzentrieren. Es war wie eine Fokussierung. Wann immer sie nachdenken wollte, griff sie zu Papier und Bleistift. Oft nahm sie hinterher Farben dazu. Sie begann, die Gesichter um sie herum zu zeichnen.

Und als sie dann Klavier spielte, wann immer ihr innerer Druck zu groß wurde, ließ sie ihn aus den Fingerspitzen wieder herausfließen aufs weiße Blatt.

Und irgendwann merkte sie: Das war es. Sie setzte es bewusster ein und gezielter. Menschen strömten in ihre Ausstellungen, weil sie spürten: Diese Künstlerin konnte nicht nur malen. Es war ihre Art zu sehen, ihre Wahrnehmung, die sich in den Gemälden spiegelte und die Menschen berührte. Und wenn sie ihre Bilder ansahen, war es ihnen, als sähen sie sich selbst.

leib-haftig
jede farbe braucht eine fläche
auf der sie wirken kann
sich ver-körpernd
in erscheinung tretend aus nichts
an-haftend im leib
herausgeboren aus dunklem
im aufstehen schatten werfend
nichts ist nur licht
leib-haftiges schließt schatten ein

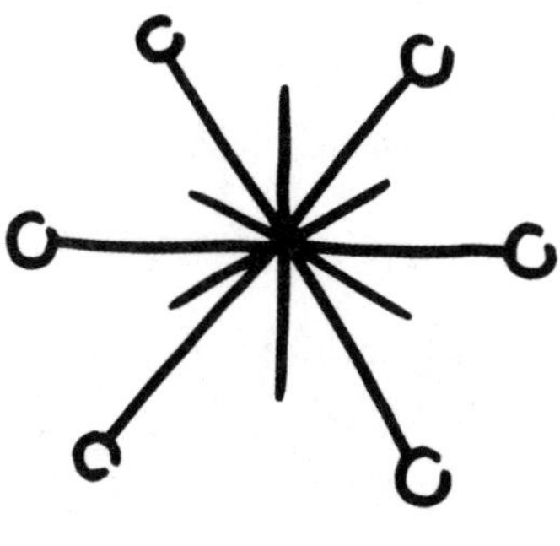

## Schreibimpuls

*Aufbruch. Wann haben Sie sich das letzte Mal zu einem wichtigen Ereignis auf den Weg gemacht? Beschreiben Sie den Punkt des Aufbruchs, den Moment, in dem der Fuß sich vom Boden löst. Wie fühlte der sich an?*

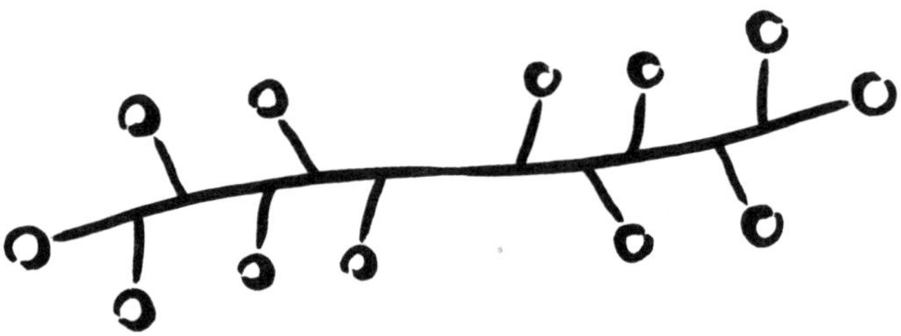

# 17. Dezember

## Elisabeth

Ihr wurde wirklich einiges zugemutet. So lange kein Baby. Das war an sich schon schwierig. Sie hatte sich so darauf gefreut, Mutter zu werden. Sie nahm Teil am Glück der anderen, bereitete sich vor, half bei Geburten, lernte so viel wie möglich, um es in der eigenen Familie anzuwenden. Immer länger wartete sie. Und immer seltener half sie mit. Bis sie irgendwann ganz damit aufhörte. Gerede kam auf.
Sie war nicht nur eine Frau ohne Kind. Sie war die Frau eines Priesters ohne Kind. Sie war die Frau aus einer Priesterfamilie ohne Kind. Das bedeutete immer gleich das Dreifache, egal wovon. Wenn Gott sie bestrafte, wie groß musste ihr Vergehen sein, wenn sie sogar als Tochter und Frau eines Priesters kein Kind bekam. Wurde nicht einiges durch den Dienst im Tempel wieder ausgeglichen? Wiedergutgemacht? Gesühnt? Und dennoch bekam sie keine Kinder?
Sie war sich keiner Schuld bewusst. Aber wem sollte sie das erklären? Schuld nicht mal einzugestehen, wenn die Auswirkung doch für alle offensichtlich ist, ist gleich noch mal schwieriger. Und nun war sie schwanger und ihr Mann stumm. Sie hielt es nicht länger aus. Sie versteckte sich. Fünf Monate blieb sie im Haus. Sie ertrug es nicht

mehr. Sofort würden alle sehen, dass etwas nicht stimmte. Sie war zu alt für diese Art von Bauch.
Es klopfte an ihrer Tür. Maria stand da. Elisabeth schöpfte Hoffnung. Sie fühlte Zuversicht. Zwei Frauen und jeweils eine große Portion Mut im Bauch. Was für eine Veränderungskraft. Und lasst euch nie einreden, etwas wäre ein Fehler, nur weil es nicht verstanden wird.

mut wächst
wenn angst
und unkraut
beiseitegeräumt
werden und
schön ist es
wenn das
nicht alleine
geschehen muss

## Erklären

Zwei Jahre haben wir mit unseren Kindern in den USA gelebt, in Ohio. In der Weihnachtszeit sitzen in den Einkaufszentren häufig Weihnachtsmänner, mit denen die Kinder fotografiert werden. Die Fotos werden dann von den Eltern gekauft. Als Deutsche habe ich dieses Prozedere sehr kritisch betrachtet: die lange Schlange der Wartenden, die Besonderheit, auf dem Schoß des Weihnachtsmannes zu sitzen, die schrägen Fotos, denn oft waren vor allem die Kleinsten eher verängstigt von der bärtigen Gestalt, auf dessen Schoß sie sich setzen sollten. Schnell entdeckten auch meine Kinder den Weihnachtsmann und natürlich mussten auch wir solche Fotos machen. Es kostete mich wirklich Überwindung, mich mit den Kindern in diese Schlange zu stellen und mitzumachen.

Während der Wartezeit unterhielt ich mich mit einer jungen Frau, welche den Verkauf und die Fotografien organisierte. »Kennst du den Weihnachtsmann?«, fragte sie mich. »Den Weihnachtsmann?«, fragte ich irritiert zurück. Sie lachte. »DIESEN Weihnachtsmann. Das ist Sam. Sam ist ein besonders guter Weihnachtsmann. Sam war Sonderschullehrer. Er macht diesen Job jetzt schon 12 Jahre. Er sieht die Kinder auf eine ganz besondere Weise. Ich glaube, das hat auch damit zu tun, dass er durch die Schule so viele Familien begleitet hat. Er sieht, was die Kinder brauchen. Für jedes Kind hat er etwas, das er ihm zuflüstert. Oft reden die Kinder mit ihm. Sie erzählen ihm erst ihre Wünsche und dann ihre Sorgen und Ängste.

Schauen sie mal zu, was mit den Kindern passiert, wenn er mit ihnen redet.«

Ich beobachtete ihn eine Weile. Als meine Kinder bei ihm waren, fragte er nicht nur nach den Wünschen. Ein kleiner Moment nur, aber die Kinder öffneten sich und er fand gute Worte für sie.

So war es häufig, als wir im Ausland lebten. Wenn ich etwas merkwürdig fand und es jemanden gab, der mir erklärte, was da vor sich ging, wurden die merkwürdigen Handlungen oft sinnvoll und schön. Ich fragte mich, warum wir das in Deutschland nicht eigentlich auch einführen.

## Impuls

*Nur ein Gedankenexperiment: Wenn alle Angst beiseitegeräumt wäre und Sie über ausreichend Mut verfügen würden, was würden Sie tun oder sagen?*

# 18. Dezember

## Unter dem Schnee

Feucht drängen sie sich aneinander. Kein Windhauch bringt sie in Bewegung. Es drückt und zwickt an allen Seiten. Zu nah, zu feucht, zu eng, zu dunkel. Nur an wenigen Tagen scheint die Sonne so, dass sie durchdringt und ein wenig Dämmerlicht bringt. Der Geruch der anderen sticht. Eine Zumutung.

Wahrscheinlich wird kein Frühling mehr. Sagten sie nicht, es sei ungewiss? Alles ändert sich. Wer kann schon mit Sicherheit sagen, dass der Schnee schmelzen wird? Dass das Eis aufbricht? Dass die Müdigkeit abfallen wird und neue Kraft fließt? Wer weiß das schon mit Sicherheit? Alle Bewegung hat aufgehört. Das Seufzen und Stöhnen hat sich ins Innere gekehrt. Ruhe liegt unter dem Schnee, so unterschiedlich gefärbt, aber immerhin. Ruhe.

Die Grashalme haben Zeit, in die Tiefe zu hören. Begrenzung führt immer in die Tiefe. Und wenn das Wachsen in die Höhe in der Winterkälte erstarrt, spüren die Grashalme in sich hinein, spüren in die Tiefe, fühlen die Wurzeln sich ausstrecken in alle Richtungen. Welche Freiheit!

in der begrenzung
in die tiefe wachsen
fokussiert werden
ohne ablenkung
neue freiräume finden

## Impuls

*Pflanzen Sie etwas auf der Fensterbank in ein kleines Töpfchen. Kresse vielleicht oder Petersilie. Oder wie wäre es mit Schnittlauch? So völlig gegen die Zeit das Wachsen beobachten und sich erinnern lassen, dass immer etwas wachsen möchte. Das ist die Schöpferkraft in uns.*

## Sicherheit

jesus, der raum in mir
mein safe-place, meine sicherheit
meine komfortzone
wenn sich viel verändert um mich herum
bleibt er in mir
ich schmelze hinein in sein herz
er schenkt mir ohren zu hören
und lässt sie wachsen
er geht mir voran
und ich folge ihm
auch wenn reden nichts bringt
und er aufsteht und geht
jesus, meine sicherheit
wenn es außerhalb von mir
keine gibt.
so trage ich
meinen eigenen hafen in mir

# 19. Dezember

**Marias Freude**

gott hat mich gesehen
von nun an werde ich
gutes von mir denken
wenn sie über mich reden
der, der mächtig ist,
traut mir viel zu
er kümmert sich um mich
machtverhältnisse kehrt er um
gott fängt gerade erst an
mit mir

Im Himmel. Bereits eine ganze Weile nach der Auferstehung der Menschheit. Die Menschen haben sich noch immer nicht ihre Erden-Rituale abgewöhnen können.

Sie wollen ihre kalenderangelehnten Feste aufrechterhalten. Eines davon: Weihnachten. Manche Menschen brauchen einen Rhythmus. Auch im Himmel. Sie wollen auf Weihnachten nicht verzichten. Und auch nicht auf das Krippenspiel.

Also werden auch hier Rollen verteilt. Nur, da es ja der Himmel ist, wird das Skript nicht ganz hundertprozentig eingehalten. Denn es gibt, wie schon immer auf der Erde, die Problematik mit der Rollenverteilung: Fast alle wollen Maria sein. Im Himmel dürfen sie es. Alle, die wollen, dürfen die sein, zu der der Engel spricht, die jubelt, weil Gott Verhältnisse umkehrt, und welche die Worte in ihrem Herzen behält und bewegt.

Der diensthabende Engel wundert sich jedes Mal, wenn er über die nicht zählbare Menge von Köpfen aller Marias hinwegblickt. Wenn sie das nur auch auf der Erde gewusst hätten, denkt er sich jedes Mal. Wenn sie nur schon auf der Erde verstanden hätten, dass sie alle Maria waren.

## Schreibimpuls

*Welche Worte des Lebens behalten Sie für heute in Ihrem Herzen? Schreiben Sie sie auf.*

..........................................................................................

..........................................................................................

..........................................................................................

..........................................................................................

..........................................................................................

..........................................................................................

..........................................................................................

..........................................................................................

..........................................................................................

..........................................................................................

..........................................................................................

# 20. Dezember

## Freude

wenn eintrifft
was ich erhofft habe
tritt freude ein
auf was hoffe ich?

Der Tag, an dem Klaus kam, war zunächst ein ganz gewöhnlicher. Es war in den Ferien. Ich wollte schon anfangen, die Unterrichtsstunden der ersten Wochen vorzubereiten, hatte aber noch etwas Luft. Seit einiger Zeit arbeitete ich parallel für einen Schulbuchverlag. Die Arbeit machte mir Spaß, ich genoss den Kontakt mit meinen Kolleginnen und Schülern, zumindest meistens, und dachte mir irgendwann, ich könnte ja auch Hilfe im Haushalt in Anspruch nehmen, um nicht immer so viel Zeit mit der ganzen Putzerei zu verbringen. Es gab sicher irgendjemanden, dem das mehr Freude bereitete als mir, irgendwer wollte sich vielleicht damit Geld verdienen und mich hielt es nur vom Arbeiten ab.
Also schrieb ich eine kleine Anzeige: Haushaltshilfe gesucht. Telefoniert hatte ich mit Moni. Sie meldete sich auf meine Anzeige hin, teilte mir aber bereits im ersten Gespräch mit, dass nicht sie kommen würde. Sie würde nur die Absprachen treffen und dafür sorgen, dass ihre

Schutzbefohlenen angemessen entlohnt werden würden. Alle ihrer Mitarbeiterinnen und Mitarbeiter waren angemeldet. Wir wurden uns über die Details einig und so wartete ich auf Donnerstag.
Zur besagten Uhrzeit klingelte es. Ich öffnete die Tür und vor mir stand Klaus. Ein Rentner in Latzhose, mit Trittleiter auf der Schulter und Putzmitteln im Eimer. »Hallo, ich bin der Klaus. Moni schickt mich«, sagte er mit seiner tiefen kratzigen Stimme.

Ich musste an mich halten, um nicht die Augen aufzureißen. »Also gut, wenn Moni Sie schickt, kommen Sie bitte rein«, sagte ich. Ich merkte, dass ich unsicher wurde. So ganz recht war es mir irgendwie nicht, dass Klaus jetzt mein Badezimmer putzen würde. Er war etwas älter als mein Vater. Mit Moni hatte ich bereits abgesprochen, was zu tun war. Klaus fragte nach dem Badezimmer und fing direkt an. Ich saß an meinem Arbeitstisch, konnte mich aber nicht so richtig konzentrieren, hörte stattdessen immer wieder auf die Putzgeräusche von nebenan. Als Klaus fertig war, klopfte er kurz bei mir am Arbeitszimmer und sagte, dass er jetzt gehen würde. »Also, das hatte das Bad schon richtig nötig. Die Kalkspuren überall, die muss man doch wegmachen.« Er klang schon etwas vorwurfsvoll und ich kam mir vor wie ein kleines Schulmädchen, nickte beflissen und gelobte Besserung.
Klaus lachte. »Ne, ne, dafür bin ich ja jetzt da.« Nett irgendwie. Das Badezimmer strahlte. Wie schön. Klaus würde wiederkommen.

## Schreibimpuls

*Erinnern Sie sich an ein Ereignis, an dem Sie etwas anderes erlebt haben als erwartet und dennoch nicht enttäuscht waren?*
*Beschreiben Sie es.*
*Was war entscheidend dafür, dass Sie sich trotz der Änderung freuen konnten?*

.............................................................................

.............................................................................

.............................................................................

.............................................................................

.............................................................................

.............................................................................

.............................................................................

.............................................................................

.............................................................................

# 21. Dezember

## Herodes

Seine Schritte hallen durch menschenleere Räume. Unruhe steigt in ihm auf. Sie ist nicht mehr zu leugnen. Sein Gespür hat ihn noch nie verraten. Als er in Rom war, wusste er stets, an wen er sich zu wenden hatte. Das führte so weit, dass ihm der Titel »König« verliehen wurde. Er hatte zwar kein Land, aber mächtige Freunde. Auch als sein Gönner an Macht verlor und er sich Octavian zuwandte, war sein Gefühl richtig. Kalkül wurde ihm dafür vorgeworfen. Dabei wollte er doch nur anerkannt sein. Nicht er hatte sich von Alexander abgewandt, Alexander war es, der sich anderen zuwandte. Er, Herodes, hatte es nur frühzeitig gemerkt. Octavian belohnte ihn für seine Treue schließlich mit Land. Er wurde ein König mit Land. Was er seinen Untertanen alles geboten hatte! Er wollte ihnen nichts Böses, wie viele behaupteten. Tatsächlich hatten sie schon lange keine so friedliche Zeit mehr erlebt wie mit ihm. Er wollte ein guter Herrscher sein. Er wollte, dass sie zu ihm aufschauten. Aber was machten sie? Sie sagten, er wäre ein Monster, weil er seine Frau und zwei seiner Söhne hatte hinrichten lassen. Seine Frau hatte er hinrichten müssen, sie ließ ihm keine Wahl. Sie war Verbindungen eingegangen. Ebenso seine Söhne. Er hatte sie opfern müssen. Sie hätten das Land in großes Unglück gestürzt.

Und jetzt war Octavian ziemlich angesäuert, was untertrieben war. Herodes hatte einen Krieg angefangen. Keine große Sache eigentlich. Aber er hatte verloren. Octavian war nicht amüsiert. Jetzt brauchte er einen Plan. Er musste das wieder hinkriegen. Er brauchte irgendetwas, das Octavian schmeicheln würde, ihm zeigen würde, wie sehr er verehrt wurde, das würde ihm gefallen.

Wie sehr hatte Octavian sich gefreut, als eine Volkszählung durchgeführt wurde. Im Zuge einer gewöhnlichen Registrierung, wie sie in anderen Provinzen bereits durchgeführt worden war, musste jeder Untertan einen Eid auf den Kaiser schwören. Das kam gut an bei Octavian. Das könnte funktionieren. Herodes würde jedoch hier auf den Eid verzichten. Der würde ihm nur Schwierigkeiten einbringen. Er wollte niemanden provozieren. Eine einfache kleine Zählung und Octavian von den er-

gebenen und treuen Untertanen erzählen. Das war ein guter Plan. Seine Miene hellte sich auf.
Er hatte es wirklich nicht leicht zwischen diesem Volk und dem Kaiser. Er war kein Monster. Er hatte den Tempel aufbauen lassen. Er hatte ihnen in gewisser Weise ihre Religion zurückgeschenkt. Und der Kaiser bekam Frieden in dieser unruhigen Region. Warum konnten sie das nicht sehen? Er wollte einfach nur, dass sie es sahen. Er wollte nur geliebt werden.

bedingungslose liebe
zauberglaube
für entgrenzte
hoffnung des ichs
sich selbst zu entkommen

## Schreibimpuls

*Nehmen Sie sich drei Minuten Zeit. Es können auch fünf sein. Stellen Sie sich einen Wecker. Schreiben Sie möglichst viele Worte auf, die Ihnen im Zusammenhang mit Liebe in den Sinn kommen. Setzen Sie diese Worte anschließend zu einem kleinen Gedicht zusammen.*

..................................................................................

..................................................................................

..................................................................................

..................................................................................

..................................................................................

..................................................................................

..................................................................................

# 22. Dezember

## Unterwegs

Gerade war sie von ihrer Tante Elisabeth nach Hause gekommen, da mussten sie wieder aufbrechen. Eigentlich wäre es jetzt langsam wichtig, sich zu schonen, aber sie fühlte sich gut. Hätte sie gewusst, dass zur Volkszählung aufgerufen werden sollte, hätte sie auch gleich bei Elisabeth bleiben können. Joseph hätte sie dort abgeholt. Bis nach Bethlehem wären es dann nur noch ein paar Stunden gewesen. Sie wusste nicht recht, was sie davon halten sollte. Es waren viele Menschen unterwegs. Doch eine richtige Volksfestatmosphäre wollte einfach nicht aufkommen. Alle fanden die Volkszählung überflüssig.
Ihr Baby würde in Betlehem zur Welt kommen. Sie hatte alles Notwendige eigepackt. Geburten fanden zu Hause statt. Schon von klein auf war sie dabei und durfte manchmal mithelfen. Sie hatte keine Angst vor dem, was kommen würde.
Während sie einen Fuß vor den anderen setzte, schaute sie Joseph an, der neben ihr ging. Er starrte vor sich hin auf den Weg. Als er merkte, dass sie ihn ansah, versuchte er ein Lächeln, das etwas verschoben blieb. In ihrem Gesicht stand Zuversicht, trotz allem.
Es war voll in Betlehem. Sie hatten es gewusst. Joseph hatte die Herbergen schon durch. Da war nichts zu machen. Eigentlich wollte er nicht so gerne zu seinen Verwandten.

Sie sahen sich immer wieder beim Passah in Jerusalem, aber besucht hatten sie sich schon lange nicht. Er stammte aus dieser Stadt. Und er könnte an beliebiger Tür klopfen, seine Abstammung offenlegen und man hätte sie bei sich wohnen lassen. Aber sie hatten sich dagegen entschieden. »Joseph? Schau mal, das Haus da vorne sieht unbewohnt aus.« Maria saß im Schatten und beobachtete, wie Joseph zurückkam. Sie hatte die Häuserzeile beobachtet. Überall war Betrieb, nur in dem einen Haus geschah nichts. Ein wenig baufällig sah es aus. Es kam häufig vor, dass die Dächer undicht waren. Darum hatte Joseph als Zimmermann immer genug zu tun. Seine Hauptaufgabe war es,

Dächer auszubessern. »Es wäre gut, einen ruhigen Platz zu finden für die Nacht. Wir könnten vielleicht dort schlafen?« Joseph beobachtete das Haus, schaute durch das kleine Fenster hinein. »Macht es dir nichts aus?« »Sicher nicht. Bestimmt gibt es eine trockene Ecke darin.« Sie betraten das Haus und machten es sich, so gut es ging, bequem. Maria war sehr müde. Schnell schlief sie ein.

Ich bin Russlanddeutsche. Ein Kind habe ich in Italien zur Welt gebracht. Ehrlich gesagt ist es mir ein Rätsel, wie Joseph seine schwangere Maria und nachher das Baby an seiner verrückten Verwandtschaft vorbeischmuggeln konnte. Wo waren die Tanten mit ihren 1000 Ratschlägen und die Onkel, die sich in den Ecken rumdrückten, die Cousins und Cousinen, tuschelnd und mit roten Ohren? Oft wird nur das erzählt, was von den gewöhnlichen Abläufen abweicht.

du bleibst bei mir
ich bleibe bei dir
gemeinsam bilden wir einen kreis
die kommen werden
werden es warm haben
bei uns
wie uns warm ist
wenn wir beieinander sind

## Die Kerze der Liebe

Heute entzünden wir die Kerze der Liebe. Weihnachten gilt als Fest der Liebe. Das Thema berührt uns im Kern unserer Existenz. Wer will nicht geliebt, gesehen und anerkannt werden? Wer will nicht lieben? Und gleichzeitig müssen wir oft eingestehen, dass wir zu beidem nicht in der Lage sind: Weder können wir bedingungslos durchgängig den Anderen lieben, noch können wir durchgängig uneingeschränkt Liebe annehmen. Da sind Dinge in uns, die hindern uns daran. Diesen Fluss der Liebe, die Beziehungsfähigkeit frei zu legen, kann eine Lebensaufgabe sein.

Wenn wir anfangen, die Verbindung zwischen Gott und Menschen als eine Beziehung zu sehen, kann das der Anfang sein. Zu Beginn der Bibel lesen wir, dass Gott in seinen Garten geht und den Menschen sucht. Er will sich mit ihm unterhalten. Er will Zeit mit dem Menschen verbringen. Er kommt nicht zum Kontrollieren oder um einen Auftrag zu verkünden, sondern nur um bei ihnen zu sein. Mit Jesus wird das Kommen um zu sein noch eindrücklicher. Da kommt jemand, der uneingeschränkt beim Menschen sein möchte.

## Schreibimpuls

*Wie wird ein Neugeborenes in Ihrer Kultur begrüßt? Beschreiben Sie dieses Ereignis in kurzen Worten.*

# 23. Dezember

## Die Ankunft

Da liegt es, frisch gewaschen und gut gepuckt. Eben noch atmete es ruhig und gleichmäßig und duftete. Jetzt ist der Kopf rot. Dunkelrot. Stirn und Nacken zu Falten verzogen. Der weiche schwarze Flaum auf dem Kopf steht bergauf. Und es schreit. Laut und durchdringend. Unterbricht jede Tätigkeit. Von allen, die es hören. Bis es auf den Arm genommen wird. Getröstet wird. Das Köpfchen gestreichelt wird. Die Windel gewechselt bekommt. Trinken angeboten bekommt. Wann haben wir es verlernt, uns lieben zu lassen? Wir treten zurück. Nehmen uns selbst beiseite. Stellen uns hinten an. Wir lieben. Doch wann lassen wir uns lieben?

Gerade wollte Maria ihr Baby stillen, als sie Geräusche vor der Tür hörten. Ein Mann klopfte an und steckte den Kopf zur Tür herein. Er war einer der Hirten im Ort. Hinter ihm waren zwei weitere Hirten. Sie kamen rein, schauten Maria an und suchten den Wohnbereich mit ihren Augen ab. Dann blieb ihr Blick am Baby hängen. Sie stießen sich an und deuteten auf das Baby. Sie hockten sich in das Stroh und schauten auf das Baby.
»Das hat sich ja heute wie ein Lauffeuer verbreitet«, sagte Maria in die Stille hinein. Die Hirten schauten sie lange mit großen Augen an. »Uns hat niemand Bescheid gesagt«,

sagte einer von ihnen. »Na ja, doch«, unterbrach ihn ein anderer. »Uns hat jemand Bescheid gesagt. Aber niemand von hier.« »Das glaubt uns kein Mensch«, hörten sie den ersten Hirten flüstern. Etwas lauter sagte er: »Wir haben Engel gesehen. Und gehört. Uns haben Engel von dem Kind erzählt. Wir waren draußen bei den Tieren. Habt keine Angst, haben sie gesagt. Große Freude haben sie uns verkündet. Nicht nur für uns, für das ganze Volk. Der Heiland, der Retter ist geboren. Sie sagten uns, woran wir ihn erkennen: an Windeln, in einer Krippe liegend. Wir haben einige Häuser abgesucht, nirgends lag ein Kind in Windeln im Stroh, nur hier. Der Heiland, der Christus in der Stadt Davids.« Joseph wunderte sich. Maria behielt diese Worte in ihrem Herzen. Sie wusste, dass dies von größerer Bedeutung war, als sie zu dem Zeitpunkt ahnte.

liebe wächst unaufhörlich
im herzen
wenn ich es lasse
wo eine pflanze wächst
können auch zwei wachsen
oder noch mehr
im herzen ist das so

## Im Tempel

Sie blieben noch einige Tage in Betlehem. Nachdem Maria reisetauglich und die Zeit der Reinigung vergangen war, gingen sie zurück nach Jerusalem. Für jeden Erstgeborenen musste ein Opfer durchgeführt werden. Das wollten sie tun.
Im Tempel trat ihnen ein alter Mann in den Weg. »Darf ich ihr Kind auf den Arm nehmen?«, fragte er. Maria legte das Baby vorsichtig in seinen Arm. Er hielt es sicher, hob es hoch, dass alle es sehen konnten und sagte zum Himmel gerichtet: »Darauf habe ich mein ganzes Leben gewartet. Meine Augen haben den Heiland gesehen, den du gesandt hast als Licht.« Er segnete sie und sprach zu Maria: »Er ist gesetzt als Zeichen, dem widersprochen wird. Und auch du wirst leiden.«
So kam das Licht zum zweiten Mal in die Welt: als Zeichen, dem widersprochen wird und als Liebe, nicht ohne Schmerz.

## Schreibimpuls

*Malen Sie ein Herz. Schreiben Sie die Namen von allen Personen in das Herz, die Sie mögen. Schreiben Sie die Namen so in das Herz, das sie aussehen wie kleine Pflanzen, die aus dem Herzen herauswachsen. Keimen sie erst? Sind sie schon ein wenig größer? Haben sie Äste oder Blätter oder Blüten oder Früchte?*

..............................................................................

..............................................................................

..............................................................................

..............................................................................

..............................................................................

..............................................................................

..............................................................................

..............................................................................

# 24. Dezember

## Was ich zur Krippe bringe

Die Heiligen Drei Könige wandern. Sie haben den Stern gesehen, kennen die Prophezeiung und machen sich auf den Weg. Im Gepäck haben sie ihre jeweiligen Geschenke. Gold, Weihrauch und Myrrhe. Sie kaufen nicht etwa vor Ort ein, nein, sie haben das, was sie mitbringen, den ganzen weiten Weg lang bei sich als zusätzliches Gepäck. Ob es gut verstaut ist? Sicherlich.
Da ist Gold, angemessen für einen König. Weihrauch, als Duft der Götter. Und da ist Myrrhe, ein bitterer Stoff, der heilsam ist, aber auch zur Einbalsamierung verwendet wird.

hier ist meine bitterkeit
meine wunden
hier ist
was ich nicht vergeben kann
anderen aber
vor allem mir selbst
ich lege es hin
und warte mit dir
und du wartest mit mir
und siehst mich

## Schreibimpuls

*Was liegt Ihnen auf der Seele, was hätten Sie zur Krippe mitgebracht? Etwas Goldenes, Duftendes oder Bitteres? Schreiben Sie es unter die Krippe oder um die Krippe herum.*

........................................................................

........................................................................

........................................................................

........................................................................

........................................................................

........................................................................

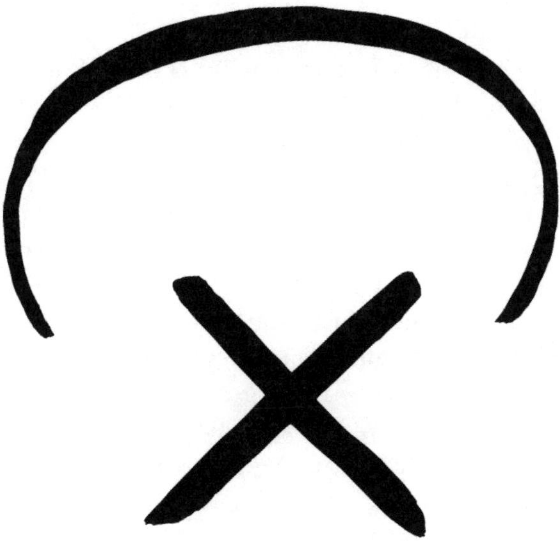

## Das schönste Weihnachtsfest

Martins schönstes Weihnachtsfest war keines aus der Kindheit. Die Weihnachtsfeste in der Kindheit waren eigentlich immer schön, aber ganz besonders war nur dieses eine, als er schon über 30 war. Lange hatte sein Vater mit ihm und seinem Bruder in den Urlaub fahren wollen, aber es kam immer wieder etwas dazwischen.
Kurz vor Weihnachten überraschte er sie beide mit einem gebuchten Flug nach Spanien. Von Barcelona aus fuhren sie einige Kilometer ins Landesinnere an einen See zum Angeln. Sie schliefen am Tag, fuhren am Abend raus auf den See und angelten die Nacht durch. In der einen Nacht ging der Motor kaputt und sie hatten keine Ruder dabei. Am nächsten Tag wurden sie irgendwann von einem anderen Boot eingesammelt und ans Ufer geschleppt.
Sie hatten den Sonnenbrand ihres Lebens, besorgten sich Quark, schmierten sich am ganzen Körper damit voll, weil das gegen den unglaublichen Sonnenbrand helfen sollte. Völlig voller Quark angelten sie weiter. Es war nicht weihnachtlich. Aber es war das schönste Weihnachtsfest, weil es das letzte Weihnachtsfest mit seinem Vater sein sollte. Gegen nichts in der Welt wollte Martin diese Erinnerungen eintauschen.

# Ein Krippenspiel mit Folgen.
# Eine Nachweihnachtsgeschichte

Marie durfte zum ersten Mal beim Krippenspiel mitspielen. Die Jahre zuvor war sie immer zu klein gewesen, aber jetzt war sie fünf. Ab fünf durften sie mitspielen. Sie wollte so gerne ein Engel sein. Aber wie es manchmal so ist, kam es anders. Überhaupt war in diesem Jahr einiges anders. Sie hatten einen neuen Pfarrer und während der Verteilung der Rollen für das Krippenspiel kündigte er an, dass es in diesem Jahr einige Rollen zusätzlich geben würde. Marie dürfe eine von den neuen Rollen übernehmen.
Sie war sich nicht sicher, ob sie das wollte. Den Text der Engel kannte sie schon. Den hatte sie nun schon seit sie drei Jahre alt war immer wieder mitgeübt. Ob die neue Rolle schwer war? Ob sie das schaffen würde? Pfarrer Mertens verriet aber nicht mehr. Zuerst müsse das eigentliche Krippenspiel geübt werden und später kämen dann die neuen Rollen dazu. Marie war aufgeregt. Ob ihr dann die Zeit zum Auswendiglernen reichen würde? Ob sie dann vorne stehen und den Text vergessen würde und alle würden sie anschauen und lachen? Es war schon ganz kurz vor Weihnachten und noch immer wussten sie nicht, welche geheimnisvollen Rollen Pfarrer Mertens sich ausgedacht hatte.

Langsam glaubten alle, Pfarrer Mertens hätte die zusätzlichen Rollen vergessen. Nach der letzten Probe verriet er es endlich: Ganz am Ende vom Krippenspiel, nachdem die drei Weisen ihre Geschenke überreicht hatten, sollten einige Kinder hervortreten und dem Jesuskind ebenfalls etwas schenken. Es konnte irgendetwas Tolles sein, was sie gemacht hatten. Es durfte aber auch etwas sein, worauf sie ganz und gar nicht stolz waren. Irgendetwas, was kaputtgegangen war, was sie vielleicht absichtlich kaputtgemacht hatten, womit sie jemanden traurig gemacht hatten oder wodurch sie selbst traurig geworden waren.

Darüber freut sich Jesus nämlich besonders, wenn wir ihm das schenken, was uns Mühe und Schwierigkeiten macht, erklärte Pfarrer Mertens, und wenn wir Jesus das schenken, was zwischen uns und unseren Mitmenschen etwas kaputtmacht.
Das war einfach und schwierig zugleich. Auf dem Weg nach Hause überlegte Marie. Was sollte sie mitbringen? Ihr Bild mit den Engeln? Das war richtig gut geworden. Aber nein, eigentlich wusste Marie schon, was sie Jesus schenken würde.
Zu Hause ging sie gleich in die Vorratskammer. Da sah sie schon, was sie suchte. Es war eine Tasse, die hier stand, weil Mama sie noch kleben wollte. Eine Ecke war herausgebrochen. Marie hatte die Tasse einige Tage zuvor auf den Boden geschmissen, weil sie so wütend war. Warum sie wütend gewesen war, wusste sie gar nicht mehr so genau. Aber Mama war sehr traurig. Die Tasse würde sie Jesus schenken, ob dann wieder alles gut werden würde?
Am Weihnachtsabend lief das Krippenspiel ab, wie es eben so abläuft. Mit einigen Patzern, aber insgesamt waren alle begeistert. Einen kleinen Moment waren alle überrascht, als Marie nach den Weisen nach vorne zur Krippe trat und sagte: »Jesus, ich möchte dir auch etwas schenken: Meine Tasse, sie ist kaputt, weil ich so wütend war. Kannst du sie reparieren?« Und nach Marie trat Tom an die Krippe. Er hatte ein Schulheft dabei und sagte: »Jesus, ich schenke dir meine letzte Klassenarbeit, sie war ziemlich schlecht. Beim nächsten Mal möchte ich früher anfangen zu lernen.« Schließlich kam Moritz. Er legte einen kaputten Filzstift an die Krippe. »Jesus, ich ärgere immer

wieder meine Klassenkameraden. Eigentlich ist das blöd. Ich schenke dir mein Spuckrohr, weil ich damit aufhören möchte.«

In der Kirche war es ganz still. Der Pfarrer trat vor die Gemeinde. Seine Predigt war ganz kurz. »Was möchten Sie dem Kind in der Krippe schenken? Vielleicht haben Sie wertvolle Geschenke, eines Königs würdig, wie die Weisen sie hatten. Vielleicht haben Sie Geschenke, die eher für den Retter der Welt bestimmt sind, die der Rettung und des Heil-Werdens bedürfen. Beides nimmt Jesus mit offenen Armen an. Wir werden die nächsten Tage die Krippe hier stehen lassen. Wann immer Sie das Bedürfnis haben, mit dem Kind in der Krippe in Kontakt zu treten, dürfen Sie das hier tun. Und was auch immer Sie mitbringen, dürfen Sie hier abladen.« Alle waren berührt von diesen Worten, vergaßen sie aber schnell, da ja das köstliche Weihnachtsessen und die Geschenke zu Hause warteten.

Die Einzige, die über diese unerwartete Wendung nachdachte, war die Küsterin. Sie verpackte nämlich in Gedanken schon die Krippe und alle Requisiten, um die Kirche wieder neu herzurichten. Jetzt sollte die Krippe da stehen bleiben? Wer weiß, auf welche Ideen die Leute kamen, aber wahrscheinlich würde ohnehin niemand kommen.

Doch es kamen einige Leute, verweilten an der Krippe und ließen tatsächlich etwas da. Und immer mehr Dinge wurden es, die neben der Krippe ihren Platz fanden. Der Pfarrer wurde angesprochen, ob die Krippe nicht noch ein wenig länger stehen bleiben konnte. Und so blieb sie stehen und immer wieder kamen Menschen, die ihre Geschenke an der Krippe ablegten.

Irgendwann reichte es der Küsterin. Das ganze Geraffel kann ja unmöglich noch Wochen da vorne liegen bleiben, dachte sie sich. Sie suchte einen Platz in einer Nische im Seitengang der Kirche und schob die Krippe dort hinein. Aber auch da wurden es immer mehr Geschenke. Schließlich kam sie mit einigen Umzugskartons, um wenigstens den ganzen Plunder, der dort lag, wegzuschaffen. Pfarrer Mertens sah es durch das Fenster seines Büros und kam, um ihr zu helfen. »Ich möchte nicht, dass diese Geschenke weggeschmissen werden. Wir finden sicher einen Platz im Keller des Pfarrhauses, an dem wir alles gut unterbringen können.« Die Küsterin fragte nicht, was er damit wollte. Ihr war es nur recht, dass endlich wieder Ordnung in der Kirche herrschte. Es war schon Frühling, als sie sich fragte, ob irgendjemand noch an die merkwürdigen Geschenke an der Krippe dachte? Seltsame Dinge hatte sie da eingepackt. Einen Putzlappen, kleine Zettelchen mit irgendeinem Gekritzel drauf, eine alte Gartenschere und allerlei Zeug, das eigentlich weggeschmissen werden müsste. Drei Umzugskisten waren es gewesen!
An Ostern war die Kirche wieder bis auf den letzten Platz gefüllt. Aber wieder war etwas anders als sonst. Auch dieses Mal war ein Bühnenbild vorne aufgebaut. Man konnte ganz gut das Holzgerüst erkennen, das an Weihnachten als Stall diente. Es war über und über mit hellen Stoffen behängt, nur ein schmaler Streifen war offen. Es sah aus wie eine Höhle, die im Inneren beleuchtet war. Daneben stand an die Wand gelehnt ein großer runder Kreis, aus Pappe ausgeschnitten. Offensichtlich sollte er den Grabstein darstellen, der von dem Grab weggerollt worden

war. Vor dem Grab war eine lange Schlange. Alle Besucher durften einen Blick in das Grab werfen. Das dauerte ziemlich lange. Wer auch immer hineinschaute, blickte anschließend etwas verunsichert auf den Pfarrer und setzte sich dann mit nachdenklicher Miene. Eine andächtige Stille füllte den Raum, als auch der letzte Besucher in das Grab geblickt hatte und Pfarrer Mertens anfing zu sprechen. Viele warteten gespannt auf die Predigt, weil sie eine Erklärung wollten.

Diejenigen aber, die nach Weihnachten an der Krippe gestanden hatten, brauchten keine Erklärung. Sie hatten es schon verstanden. Das Grab war nämlich nicht leer. Innen drin waren alle Geschenke aufgebaut, die sie an der Krippe abgelegt hatten. Da lag Maries Tasse neben dem Geschirrtuch ihrer Mutter. Toms Klassenarbeit lag da, aber auch andere Schulhefte und etwas, das aussah wie eine leere Seite, herausgerissen aus einem Lehrerkalender. Moritz' Spuckrohr lag inmitten von aufgeschriebenen Hänseleien. Moritz hatte sie im Grab schnell überflogen und einige hatte er wiedererkannt. Noch viel mehr Gegenstände lagen dort, deren Geschichte häufig nur der Schenkende kannte.

»Jesus freut sich mit uns, wenn etwas gut gelingt, aber er ist gekommen, weil er uns unsere Lasten und unsere Schuld abnehmen will«, erklärte Pfarrer Mertens. »Unsere Schuld bleibt nicht beim Kind in der Krippe. Jesus nimmt sie direkt mit ins Grab. Und während er aufersteht, bleibt sie im Grab, für immer. Vielleicht ist sie nicht immer vergessen, aber garantiert für immer vergeben. Darum können wir sagen, meine und deine Schuld ist ausgelöscht. Und

weil Jesus unsere Schuld von uns nimmt und uns vergibt, können wir uns vergeben und auch unserem Nächsten. Denn dort im Grab liegt meine Schuld nicht alleine. Sie liegt neben all den anderen. Mir wird vergeben, aber auch dem, der an mir schuldig geworden ist. Das ist das Besondere, was an Weihnachten beginnt und an Ostern vollendet wird. Darum können wir frei leben und frei unserem Nächsten begegnen.«

Wer genau hinsah, konnte sehen, wie Marie sich an ihre Mutter kuschelte und von ihr umarmt wurde. Tom atmete tief durch und Moritz, der sich unsicher umschaute, konnte einige Klassenkameraden erkennen, die ihm zunickten. Und die Küsterin, die am Nachmittag mit dem Pfarrer das Bühnenbild abbauen wollte, kam etwas früher, stellte ihre Umzugskartons in das Grab, setzte sich und schaute eine ganze Weile in Gedanken versunken in die Höhle.

# *Vorweihnachtliche Inspirationen und Impulse*

Sehnsucht ist das große Wort der Adventszeit. Advent ist die Zeit der Hoffnung und des sehnsuchtsvollen Wartens: Warten auf Gott und seine befreiende Ankunft in dieser Welt, die sich an Weihnachten erfüllt. 24 sehnsuchtsvolle Kapitel erwarten den Leser in diesem Adventskalenderbuch. Geschichten, Gedichte und Denkanstöße, ungewohnte Impulse und die beständige Einladung, ein adventliches Leben zu wagen. Ein Adventsbegleiter, der erwartungsvoll nach Weihnachten ausschauen lässt und hilft, die eigenen Sehnsüchte zu spüren und groß zu machen.

Fabian Brand
**Sehnsucht, Sinn und Stille Nacht**
24 mal Hoffnung im Advent

kartoniert, mit s/w-Illustrationen, 106 Seiten,
ISBN 978-3-7615-6538-4